Der Autor:

Seine Tätigkeit als Werbetexter hat Frank Jöricke nicht geschadet, im Gegenteil, zeichnet sich seine Sprache nicht nur für ein Romandebüt durch ihre Treffsicherheit und lebendige Fabulierkunst aus. Erweitert um den Blick des Texters, der schon von Berufs wegen immer ein genaues Sensorium für die kleinen und großen Widersprüche des Lebens haben muss, verfällt er dennoch nicht dem Zynismus. Dies ist wohl weniger der neuen Ernsthaftigkeit als dem nostalgischen Wohlwollen zu verdanken, das einen erfasst, wenn die eigene Jugend- und Adoleszenzzeit langsam aber sicher zu Geschichte wird. Frank Jöricke hat sie aufgeschrieben.

Ansonsten gilt Jöricke als der Entdecker von Guildo Horn, arbeitet nebenbei als Bad-Taste- und Ü30-DJ, ist Ex-Fußballschiedsrichter und manischer Blutspender (50 Mal in 13 Jahren) – dabei ist sein Buch alles andere als anämisch!

Frank Jöricke

Mein liebestoller Onkel, mein kleinkrimineller Vetter und der Rest der Bagage

roman

SOLIBRO Verlag Münster

1. Jöricke, Frank:
   Mein liebestoller Onkel, mein kleinkrimineller Vetter und der Rest der Bagage
   Münster: Solibro Verlag 1. Aufl. 2007
   ISBN 978-3-932927-33-1 / *gebundene Ausgabe*

2. Jöricke, Frank:
   Mein liebestoller Onkel, mein kleinkrimineller Vetter und der Rest der Bagage
   Münster: Solibro Verlag 1. Aufl. 2010
   ISBN 978-3-932927-36-2 / *Broschur-Ausgabe*

ISBN 978-3-932927-36-2
1. Auflage 2010
© SOLIBRO® Verlag, Münster 2010

Alle Rechte vorbehalten. Jede Verwertung des Werkes – auch auszugsweise – ist ohne schriftliche Zustimmung des Verlages unzulässig. Das gilt insbesondere für Vervielfältigungen, Übersetzungen, Mikroverfilmungen und die Einspeicherung, Verarbeitung und Verbreitung in elektronischen Systemen.

Umschlaggestaltung: *Cornelia Niere, München*
Reihengestaltung: *Wolfgang Neumann*
Foto des Autors: S. 2 oben: *Habib Hakimi*, unten: *privat*

Druck und Bindung: *CPI – Ebner & Spiegel, Ulm*
Gedruckt auf chlorfrei gebleichtem und alterungsbeständigem Papier.
Printed in Germany

> Bestellen Sie unseren **Newsletter** unter www.solibro.de/newsletter.
> Infos vom Solibro Verlag gibt es auch bei **Facebook** und **Twitter**.

www.solibro.de   verlegt. gefunden. gelesen.

Am Tag, als Janis Joplin starb, unterschrieb mein Vater den Kaufvertrag für unser Reihenhaus. Er legte so den Grundstein dafür, dass eine große Liebe zu einer Gütergemeinschaft verkam.

Die wilde BRD, man hatte sie zu Tode kultiviert. Schwäbisch Hall statt Che Guevara. „Auf diese Steine können Sie bauen" statt „Mit diesen Steinen können Sie werfen"

Inhalt

Auftakt		9
1967:	Studentenunruhen	11
1968:	Mercedes, Baureihe Strichacht	15
1969:	Kommune 1	19
1970:	Neubausiedlungen	24
1971:	Antiautoritäre Erziehung	27
1972:	Playboy	32
1973:	Krisen	36
1974:	Johan Cruyff	41
1975:	Spanien	47
1976:	DDR	54
1977:	Disco	59
1978:	Feminismus	64
1979:	Iran	72
1980:	Neue Deutsche Welle	78
1981:	Hausbesetzer	85
1982:	Michael Jackson	91
1983:	Die Grünen	98
1984:	1984	103

1985:	Boris Becker	109
1986:	Der Super-GAU	116
1987:	Missionen	122
1988:	Acid House	129
1989:	Maueröffnung	137
1990:	Wiedervereinigung	144
1991:	Katerstimmung	150
1992:	Gute Zeiten, schlechte Zeiten	156
1993:	Die 70er Jahre	163
1994:	Internet	170
1995:	Easy Listening	175
1996:	Späte Mütter	181
1997:	Lady Di	186
1998:	Viagra	190
1999:	Sonnenfinsternis	196
2000:	Neuer Markt	201
2001:	Elfter September	206
2002:	Die Flut	210
2003:	Klimawandel	217
Anhang		221
Nachweise		246

Die Mannschaft ist der Star.
Und das Buch ist rund – dafür danke ich:
Erik E. Schneider, Kirsten Jöricke, Christine Jöricke, Regina Binder, Christian Schaefer, Nathalia Schauer, Mike Kimpel, Ralf Reiter und Barbara Orthbandt.

Auftakt

Als ich neun Jahre alt war, wusste ich, wie die Welt funktioniert. Mir konnte keiner etwas vormachen. Längst hatte ich sämtliche Lebenslügen der Erwachsenen durchschaut. Unbeirrt und unbestechlich diagnostizierte ich das „Genusstrinken" vereinsamter Hausfrauen und überforderter Abteilungsleiter als diskrete Form des Alkoholismus.

Ebenso weigerte ich mich, Behauptungen wie, man rauche nur deshalb zwei Päckchen HB jeden Tag, weil es so lecker schmecke, widerspruchslos hinzunehmen. Im Gegenteil. Gern gab meine Tante Gertrud bei Familienfeiern jene Episode zum Besten, wie ich auf einer längeren Überlandfahrt eine geschlagene Stunde auf sie eingeredet habe, um ihr die Gefahren des Rauchens in der gebotenen Drastik vor Augen zu führen. Danach sei sie so mit den Nerven runter gewesen, dass sie sich zwei Zigaretten auf einmal habe anzünden müssen.

Auch gab ich mich keinen Illusionen über das Berufsleben hin. Ich sah, wie die tägliche Fron die Väter meiner Freunde verkümmern ließ. Lange bevor der Feminismus die Reihenhauszeilen der Kleinstädte erreichte, war mein Glaube an die Maskulinität erschüttert. Die Männer, die ich kennen lernte, waren keine kohleverschmutzten Kerle, die sich in ihrer Freizeit, wenn es sein musste, für ihre Kinder prügelten. Nein, es waren Schwächlinge, denen nicht nur der zu eng gebundene Schlips die Luft zum Leben nahm.

All dies zu erkennen, war keine Kunst. Auch bilde ich mir nichts darauf ein, das Ehedebakel meiner Eltern Jahre im Voraus kommen gesehen zu haben. Eher wundere ich mich, dass sie sich aus einer törichten, schwer nachvollziehbaren Trotzhaltung heraus weigerten, sich in das Unvermeidliche zu fügen. Warum sie wider jede Vernunft an ihrer Ehe festhielten, habe ich nie begriffen. Sie haben sich damit um viele schöne getrennte Jahre gebracht.

Vielleicht denken Sie jetzt, ich wäre ein altkluges, eingebildetes Kerlchen gewesen. Doch ich hatte allen Grund, eingebildet zu sein. Es gibt nämlich nur wenige Menschen, die von sich sagen können: „Mein Onkel war auf dem Mond." Ich gehöre dazu. Mein Onkel Charles Pete Conrad war der Leiter der zweiten Mondexpedition Apollo 12.

Ich gebe zu, die Bezeichnung „Onkel" ist etwas ungenau. Es ist nämlich so, dass Pete Conrads Urgroßvater auch der Urgroßvater meiner Oma war. Somit sind meine Gene zu 6,25 Prozent identisch mit denen von Pete. Mit diesem Wissen fiel es mir in angespannten Lagen oft leichter, die Ruhe zu bewahren. Ich stellte mir dann vor, wie Pete schwerelos über den Mond hüpft. Oder vom All aus die Welt betrachtet. Von dort oben müssen ihm die Erdbewohner ziemlich klein und lächerlich vorgekommen sein. Sogar unsere Familie. Und das will etwas heißen.

Als ich neun Jahre alt war, wusste ich, wie die Welt funktioniert.

1967: Studentenunruhen

Am Tag meiner Geburt gingen Millionen von Menschen auf die Straße. Gern würde ich behaupten, sie demonstrierten für den Weltfrieden oder gegen den Hunger in Afrika. Es handelte sich aber nur um die alljährlichen Maikundgebungen, bei denen die Werktätigen des Westens das Himmelreich auf Erden einforderten, während ihre Kollegen aus dem Osten kundtaten, dass sie in diesem längst lebten. Das Ganze war eine reichlich verlogene Angelegenheit.

Aufrichtiger ging es einen Monat später zu. Da bekannte ein hochmotivierter Polizist Farbe, indem er einen nicht ganz so motivierten Studenten niederschoss. Dies war „der Tag, der Deutschland veränderte", das heißt, das Leben lief weiter wie bisher. Meine Mutter quälte sich auch nach dem tödlichen Schuss morgens um sieben aus dem Bett, fand die Welt gar nicht in Ordnung und hetzte zur Arbeit. Mein Vater drehte sich dann noch einmal um, schnaufte kurz und schlief weiter. Nur mein Opa – Gott hab ihn selig! – gewöhnte sich in jenen Tagen an, vom „Studentenpack" zu sprechen, und vergaß dabei, dass sein eigener Sohn noch die Hochschule besuchte.

Natürlich hatte mein Opa Recht. Nicht weil er irgendwelche Argumente zur Unterfütterung seines Urteils vorgebracht hätte. Er war sich bewusst, dass differenziertes Denken das Leben nur unnötig verkompliziert. Nein, er hatte Recht, weil er mein Opa war und weil man Opas alles verzeiht.

Noch ehe mich in der Mittelstufe ein engagierter Geschichtsreferendar (der später arbeitslos und zum Softwareprogrammierer umgeschult wurde) mit den Verbrechen der Wehrmacht konfrontierte, hatte mein Opa bereits mein Bild des Zweiten Weltkriegs zementiert. Es gab darin keine KZs und keine Massaker an der Zivilbevölkerung. Es gab bloß den saukalten russischen Herbst, der nur deshalb nicht in den saukalten russischen Winter mündete, weil mein Opa, gerade noch rechtzeitig vor Stalingrad, einen Steckschuss erlitt, der ihn in die Heimat zurückbeförderte. Solche mündlichen Zeitzeugnisse, die mit jedem Trester an Farbe und Dramatik gewannen, prägten mein Bild der jüngeren deutschen Geschichte. Noch heute denke ich, wenn ich die Jahreszahl 1944 höre, nicht etwa an das Warschauer Getto oder das Attentat auf Hitler, sondern an meinen Opa, der, schon nicht mehr recht den Endsieg vor Augen, in Monte Cassino Apfelsinen pflückte, statt Trester Grappa soff (was aufs Gleiche hinauslief) und Italienerinnen hinterherpfiff.

Mit solchen Leuten ließ sich natürlich kein Krieg gewinnen. Wie hätte mein Opa den Iwan auch aufhalten sollen? Ausgerechnet er, der selbst vor meiner Oma, deren einzige Waffe das gesprochene Wort war, in Deckung ging. Ich glaube auch nicht, dass er besonders erpicht darauf war, der Welt den Krieg zu erklären. Der ganz normale Existenzkampf war brutal genug. Vor die Alternative gestellt, sich in ein Heer von Arbeitslosen oder eines von Soldaten einzureihen, hatte er sich für Letzteres entschieden. Das war 1932 gewesen. Kurz nach seinem 19. Geburtstag.

Ein Fall von „dumm gelaufen". Mein Opa hatte das Pech, zur falschen Zeit jung zu sein. 25 Jahre später hätte er eine feine Rock'n'Roller-Jugend verlebt, mit frisierten Haaren und Mofas und wöchentlichen Wirtshauskeilereien, die in Stuhl-

und Schädelbrüchen mündeten. 35 Jahre später wäre er dem Establishment entschlossen entgegengetreten, indem er mit keiner Frau zwei Mal gepennt hätte. Vielleicht hätte er auch ein wenig dummes politisches Zeug gebrabbelt, als Eintrittskarte in die Welt der neuen Bewegung.

Bewegungen brauchen so etwas: dumme Sprüche, die so fett daherkommen, dass sich ein jeder bequem dahinter verstecken kann. Es ist nämlich viel einfacher, in einer Menschentraube „Nieder mit dem Schweinesystem!" zu brüllen, als seiner Zimmerwirtin von Angesicht zu Angesicht darzulegen, warum es O.K. ist, nach 22 Uhr Damenbesuch zu empfangen. Nur kommt man mit solchen Debatten nicht in die Schlagzeilen.

Wer berühmt werden will, muss Transparente hochhalten wie „Unter den Talaren Muff von 1 000 Jahren". Mit ein wenig Glück findet man einen Altnazi-Professor, der blöd genug ist, in die rhetorische Falle zu tappen und den Studenten ein „Ihr gehört ins KZ!" entgegenzuschleudern.

Das Irritierende ist, 25 Jahre zuvor hätte er die Macht gehabt, genau dafür zu sorgen. Das Beruhigende ist, er hat sie nicht mehr. Das wissen natürlich die Studenten. Deshalb erscheint ihr Mut auf einmal nicht mehr ganz so mutig. Vor allem, wenn sie abends nach getaner Demo vor ihrer Zimmerwirtin kuschen. Der Student mit dem Talar-Spruch wurde später übrigens Professor.

Als mein Opa davon las, hat er spontan eine Hasstirade losgelassen. Dafür mochte ich ihn. Er konnte aus dem Stegreif heraus komplette Weltbilder schnitzen. Ansichten vom Leben, die in sich absolut stimmig und schlüssig wirkten. Wenn mein Opa die Studenten hasste, dann hasste ich sie eben auch. Sogar dann noch, als ich einsah, dass hinter jedem anständigen Hass eine gute Portion Selbsthass steckt. Mein Opa verachtete die

Studenten, weil er spürte, dass die meisten von ihnen ebensolche Waschlappen waren wie er selbst. Mit dem Unterschied: Er kam bis Monte Cassino, jene nur bis zur Toskana.

1968: Mercedes, Baureihe Strichacht

Am Tag nach dem Attentat auf Rudi Dutschke kaufte sich mein Onkel Ewald seinen ersten Mercedes. Einen mimosengelben 200er Diesel, dessen 55 Pferde regelmäßig, bevor die Tachonadel die 130 touchierte, unter der Last seines eigenen Gewichts in die Knie gingen. Ob dieser notorischen Antriebsschwäche wurde jedes der seltenen Überholmanöver zu einer existenziellen Grenzerfahrung. Noch heute zuckt meine Tante Gertrud zusammen, wenn sie das Wort „Gegenverkehr" hört.

Auch hatte mein Onkel zusätzliche Maßnahmen ergriffen, den Kampf ums langsamste Großserienfahrzeug für sich zu entscheiden. Indem er sich eine Automatik einbauen ließ, gelang es ihm, die Fahrwerte in unvorstellbare Höhen zu schrauben. Von 0 auf 100 in handgestoppten 41 Sekunden. Für die Elastizität – die Beschleunigung von 80 auf 120 – liegen leider keine Werte vor, da der Versuch meines Vetters, diese zu ermitteln, in einem Straßengraben bei Kastellaun endete.

Meinen Onkel ließen solche Zahlenspiele kalt. Hauptsache Automatik! Er, der im Beruf die 60-Stunden-Woche praktizierte, verweigerte fern seines Arbeitsplatzes jegliche Anstrengung. Schalten gehörte zu jenen Tätigkeiten, mit denen sich ein frisch ernannter Außendienstleiter nicht länger abzugeben hatte. So wurde der Mercedes zum Sinnbild seines Aufstiegs.

Auch erwies sich der Wagen als wirksamer Schild in der Abwehr von Widersachern. Jede Stern-Fahrt wurde zum Triumphzug durch Feindesland. Die anderthalb Tonnen Metall, in die er Tag für Tag stieg, waren sein Harnisch gegen eine Welt, deren Unberechenbarkeit sich bereits im Berufsverkehr zeigte. Da versuchten wild gewordene Enten, ihn von der Seite anzurempeln, oder tollwütige Käfer, ihm ins Hinterteil zu zwicken. Sein alter Ford Taunus war auf diese Weise zur blechernen Narbenlandschaft geworden, Zeugnis des täglichen Gefechts mit angriffslustigen Verkehrsteilnehmern.

Der Mercedes hingegen ließ alle Attacken souverän an sich abprallen. Ein aufdringlicher Fiat 500 verlor an dessen Stoßstange die Schnauze, und ein todesmutiger Mini Cooper, der sich die Vorfahrt zu erzwingen suchte, musste sein Kamikaze-Unternehmen mit der Schrottpresse bezahlen.

Mein Onkel aber gewann mit jedem Scharmützel an Selbstsicherheit. Die durch nichts zu beeindruckende Karosserie gab ihm ein Gefühl von Unverwundbarkeit. Es war, als gönne ihm das Leben eine Auszeit. Als könne er in jenem Kampf, den er seit seiner Kindheit führte, endlich eine Verschnaufpause einlegen. Vorbei der Nachkriegshunger! Vorbei das Ringen um seinen gesellschaftlichen Ruf, der darunter gelitten hatte, dass er als Achtzehnjähriger einer Siebzehnjährigen einen dicken Bauch gemacht hatte! Vorbei auch der steinige Weg nach oben, den er nie als Wirtschafts-„Wunder" empfunden hatte, sondern immer nur als Ochsentour!

Ja, er hatte – verdammt noch mal! – ein Recht darauf, stolz zu sein. Einen Gang zurückzuschalten. Und selbst das erledigte die Automatik für ihn. Er hatte es mit seinem Talent weit gebracht. Gute Gene. Von meinem Opa mochte er die scharfen Augen und die feine Nase geerbt haben, doch wichtiger war das Vermächtnis meiner Oma: das Mundwerk. Die Gabe, den lieben Mitmenschen seinen Willen aufzuzwingen.

Dieselbe Überzeugungskraft, die bewirkt hatte, dass sich ein hochreligiöses in ein hochschwangeres Mädchen verwandelte, kam ihm im Beruf zugute. Er machte Karriere als Vertreter für Wellpappe. Ich glaube nicht, dass ihn das Produkt sonderlich interessierte. Er hätte, wenn es verlangt worden wäre, auch Vegetariern Gänsestopfleber verkauft. Denn alles, was er über das Leben wissen musste, hatte er als Elf-, Zwölfjähriger auf dem Schwarzmarkt gelernt. Wie man Waren so bewirbt, dass sie Mondpreise erzielen.

Natürlich hätte es meine Tante stutzig machen müssen, dass er, der stets in Eile war, der immer „grad noch eben" ein Geschäft abschließen musste, plötzlich die Entschleunigung entdeckte. Die Wahrheit ist: Sein Wagen diente der Tarnung. Er sollte den Eindruck erwecken, sein Besitzer sei ein braver Familienvater, dessen „Exzesse" sich darauf beschränkten, beim Sonntagsausflug drei Stück Torte zu vernaschen. Der Strichacht schützte ihn vor Klatsch und Tratsch. Er war ein Panzer gegen die Neugier.

Und eine Droge, die meinen Onkel in einen anderen Menschen verwandelte. Er glitt, kaum dass die Fahrertür mit einem fetten Klack ins Schloss gefallen war, in einen Bewusstseinszustand hinüber, den andere erst durch jahrelanges Kiffen oder ausgedehnte Übungen im Zen-Buddhismus erreichen. Er setzte ein Lächeln auf, selig und entrückt, als führe ihn der Daimler schnurstracks ins Nirwana.

Nichts und niemand konnte ihn aus dieser für ihn so untypischen Gleichmut herausreißen. Nicht das Quengeln meines Vetters, er möge doch schneller fahren, nicht der säuerliche Kommentar meiner Tante, man wolle heute noch ankommen, und erst recht nicht das Hupen der fluchenden Hintermänner, die in ihm nicht das transzendente Individuum sahen, sondern bloß einen Sonntagsfahrer, der die Straße blockierte.

So wurde mein Onkel zum größten Verkehrshindernis des Hunsrücks. Selbst für andere Mercedes-Fahrer. Den Strichacht gab es nämlich auch als Benziner. Mit 185 PS. Von 0 auf 100 in 9,9 Sekunden. Höchstgeschwindigkeit: 203 Stundenkilometer.

1969: Kommune 1

Am Tag, als Neil Armstrong einen großen Schritt für die Menschheit tat, kehrte Onkel Ewalds Familie entnervt aus Rimini zurück. Sie hatten mehrere Stunden am italienischen Zoll zugebracht, waren danach in einen Auffahrunfall geraten und gerade noch rechtzeitig nach Hause gekommen, um zu erfahren, dass sie die Mondlandung verpasst hatten. Womit ein Katastrophenurlaub seinen gebührenden Abschluss fand.

Gleich am ersten Tag hatte Tante Gertrud ihre Handtasche verloren, natürlich samt Papieren, was einige zermürbende Behördengänge nach sich zog. Das „moderne, zentral gelegene Drei-Sterne-Hotel" entpuppte sich als statisch bedenklicher Waschbetonbunker mit Blick auf den Autobahnzubringer. Das Geld, das zum Schmieren der Bauaufsicht nötig gewesen war, hatte man an der Schalldämmung eingespart. So wurden mein Onkel und meine Tante Nacht für Nacht Ohrenzeugen der recht turbulenten Flitterwochen eines jungen englischen Paares. Meiner Tante schlug dies so auf den Magen, dass sie mehr Zeit im Badezimmer als am Strand zubrachte. Auch meinen Onkel ließen die nächtlichen Balzschreie nicht kalt.

Schon lange führten die beiden eine Ehe, in der das Einzige, was dampfte und brodelte, das abends aufgewärmte Mittagessen war. Meine Tante bekümmerte dies wenig. Ihre Einstellung zum Geschlechtsakt war die gleiche wie zum Hausputz: Von Zeit zu Zeit ließ er sich einfach nicht vermeiden, doch sie konnte sich – weiß Gott! – Schöneres vorstellen.

Meinen Onkel hingegen plagte die häuslich eingeschränkte Triebabfuhr. In früheren Jahren hatte er die angestaute Energie in seinen Beruf gesteckt, Kunden so lange penetriert, bis diese ihre eigene Entmündigungserklärung unterschrieben hätten. Doch nun, da ihm die sexuelle Revolution aus allen Zeitschriften entgegenplärrte, kam das Gefühl in ihm hoch, etwas verpasst zu haben. Anders als mein Opa, der in jenen Tagen den Begriff „Hippiegesocks" prägte, konnte sich mein Onkel nicht dazu durchringen, junge langhaarige Menschen für ihre freimütige Einstellung zur geschlechtlichen Betätigung zu verdammen.

Im Gegenteil. Auf geradezu hypnotische Weise faszinierte ihn das Thema „freie Liebe". Noch heute sehe ich das erstaunte Gesicht meiner Tante vor mir, als er, dessen Wochenlektüre sich bis dato auf die aktuelle Hörzu beschränkt hatte, plötzlich zum Stern-Käufer wurde: „Seit wann liest du denn DEN?"

Nun, um genau zu sein, seit Heft 28/1969, das unter der Überschrift „Glut im Eisschrank – Mädchen 1970" eine sehr kokette Mireille Darc zeigte. Heft 46/1969 sollte meinem Onkel dann vollends den Verstand rauben. Die Titelstory „Das ist die Liebe der Kommune" stürzte ihn in tiefe Verwirrung. Ihn, der zeit seines Lebens zu früh an die Reihe kam, der als Kind erwachsene Geschäfte führen musste, sich als Schüler in der Rolle des Familienvaters wiederfand und als frisch entlassener Obergefreiter an die Verkaufsfront seiner Firma abkommandiert wurde, ihn erwischte mit 34 Jahren die Lebensmittenkrise.

Doch wäre mein Onkel nicht mein Onkel gewesen, hätte er seine missliche Lage klaglos hingenommen. Viel zu stark war sein Drang, es dem Schicksal mal wieder zu zeigen. Hier waren Taten verlangt. Die gleiche Energie, die er sonst auf die Eroberung neuer Kunden verwendete, setzte er nun in der Gewinnung sexueller Zielgruppen ein.

Zunächst musste der Markt sondiert werden. Natürlich widerstrebte es ihm, den einfachen Weg zu gehen. Den, der in Bars und Bordelle führte. Warum für etwas bezahlen, was anderswo nichts kostete? Mein Onkel wusste, dass es genug Frauen gab, die nur darauf warteten, den Alltag ein wenig versüßt zu bekommen. Zum Beispiel Sekretärinnen. Jene, die zu früh geheiratet hatten und, nachdem sie ihrer Pflicht zur Reproduktion nachgekommen waren, notgedrungen ihrem alten Beruf wieder nachgingen. Schließlich musste das Haus ja abbezahlt werden.

Mein Onkel kannte viele solcher Frauen. Als Frontschwein der Firma hatte er täglich mit ihnen zu tun. Ich kann nicht behaupten, dass er ihnen sonderlich viel Respekt entgegengebracht hätte. Er benutzte sie. Sie waren der Türöffner zum Chefbüro. Indem er sie rhetorisch einseifte, stellte er sicher, dass sie ihren Vorgesetzten die richtigen Worte ins Ohr säuselten. Sein Kredo: „Sei nett zur Sekretärin, dann ist ihr Boss nett zu dir."

Doch nett sein allein genügte ihm nun nicht mehr. Er testete aus, wie weit er gehen konnte. Nach und nach überschritt er die Grenze zwischen unverfänglichem Flirt und entschlossener Anmache. Bis dahin hatte er geglaubt, der Hunsrück wäre ein Plateau der Tugend, von dem aus rechtschaffene Kirchgänger auf die Sündenpfuhle der Metropolen – also Mainz, Trier, Saarbrücken und Koblenz – hinabblickten. Nun wurde er eines Geileren belehrt. Das beschauliche Hochland offenbarte in Lendenhöhe nicht vermutete Qualitäten.

Mein Onkel blühte auf. Zwischen Kirn und Zell entdeckte er mit zwanzig Jahren Verspätung die befreiende Kraft der Sexualität. Doch brach auch auf diesem Gebiet der für ihn typische Ehrgeiz durch. Er trachtete danach, zum größten Einreiter zwischen Emmelshausen und Hermeskeil aufzusteigen. Mit ihm sollte Simmern zum Sodom und Morbach zum Gomorra werden.

Vorher aber musste er einige Hürden nehmen. Die erste war die einfachste: die Fantasie des Zielobjekts in Schwung bringen. Dafür musste er das übliche Komplimentengeseire kräftig verschärfen. Nicht nur das Kleid loben, sondern auch den Körper darunter. Der nächste Schritt war dann die Einladung zum Essen.

Damals öffneten im Hunsrück die ersten Pizzerien. Mein Onkel spürte, dass ein wenig italienisches Flair seinem Vorhaben dienlich sein könnte. Zarte Gefühle sprießen leichter bei Lasagne und „Volare" als bei Schlachtplatte und Marschmusik. Auch erweichte die Erinnerung an den Italienurlaub so manches zögerliche Herz.

Den Rest besorgte dann der rote Vino. Mein Onkel achtete darauf, die Gläser nicht leer werden zu lassen, um Willensbekundungen der Gegenpartei – „Jetzt hab ich aber wirklich genug!" – im Schwips zu ersticken. In dem Maß, in dem der Promillepegel stieg, fielen etwaige sittliche Bedenken. Schließlich, nach hartnäckiger alkoholforcierter Dauerumgarnung, war die Stunde der Belohnung gekommen.

Nun aber tat sich das größte Hindernis auf: das Finden eines Liebesnests. Natürlich war in Orten wie Thalfang und Rheinböllen nicht daran zu denken, ein Fremdenzimmer zu mieten. Ebenso gut hätte er sein Unterfangen im Trierischen Volksfreund oder der Rhein-Hunsrück-Zeitung ankündigen können. Auch hätte er bei aller Wortgewandtheit schwerlich meiner Tante vermitteln können, dass ein Geschäftsessen im Nachbarkreis eine Übernachtung nötig machte.

Und also fiel mein Onkel in das Entwicklungsstadium eines amerikanischen Teenagers zurück, mit anderen Worten: Er trieb es im Auto. Ich bezweifle, dass jene, die die sexuelle Befreiung propagierten, in seinem Tun ein Vorbild gesehen hätten. Auch würde ich nicht darauf wetten, dass die geschlechtliche Vereinigung auf knüppelharten Sitzen der Firma Daimler-Benz der weiblichen Orgasmusfähigkeit förderlich war.

Doch sind solche Fragen letztlich unerheblich. Wenigstens aus Sicht meines Onkels. Er hatte seinen Frieden mit der neuen Zeit geschlossen. Mehr noch: Er sah sich, innerhalb der ihm zur Verfügung stehenden Möglichkeiten, als Teil der sexuellen Bewegung. Von Tucholskys Ausspruch: „Wenn in Deutschland eine Idee populär wird, dann bleibt die Popularität, die Idee geht zum Teufel", hatte er garantiert nie gehört.

1970: Neubausiedlungen

Am Tag, als Janis Joplin starb, unterschrieb mein Vater den Kaufvertrag für unser Reihenhaus. Er legte so den Grundstein dafür, dass eine große Liebe zu einer Gütergemeinschaft verkam.

Bis dahin waren meine Eltern auf höchst eigentümliche Weise aneinander gekoppelt. Mein Vater wusste, dass er in puncto Gefühle gehandikapt war. In seinem Kopf fehlte jene Verbindung, die es Menschen ermöglicht, Empfindungen in Worte zu fassen. Es fiel ihm leichter, die Statik des im Bau befindlichen World Trade Centers zu erklären als die seiner Beziehung. Also überließ er das Thema meiner Mutter. Sie signalisierte ihm, wann Händchenhalten und wann „Hosen runter!" angesagt war.

Und mein Vater fuhr gut damit. Er fühlte sich, ohne dass er dies hätte formulieren können, verstanden und geliebt. Er folgte dem Instinkt meiner Mutter, weil sein eigener orientierungslos in der Gefühlswelt umherirrte. Sie war der Wegweiser, dem er vertraute. Bis zu dem Zeitpunkt, da das neue Baugebiet ausgewiesen wurde.

Es war mein Onkel, der die Ereignisse in Gang brachte. Als großer Bruder mit sieben Jahren Vorsprung wähnte er sich für meinen Vater verantwortlich. Er glaubte, ihm das Leben erklären zu müssen, was in seinem Fall hieß, noch die abgedroschenste Binse als originelle Einsicht zu verkaufen. Folglich musste ein Mann nicht nur ein Kind zeugen und einen Baum pflanzen, sondern auch noch ein Haus bauen. Was meinem Vetter, breit grinsend, die Bemerkung entlockte, er wolle lieber ein Haus sprengen, einen Baum fällen und ein Kind überfahren.

Mein Vater aber konnte sich den Worten meines Onkels nicht entziehen. Es imponierte ihm, wie dieser sich von Tag zu Tag die Wirtschaftswunder-Plakette mit Eichenlaubkranz neu verdiente. Hier sprach ein Mann der Tat, der es würdig war, dass man ihm zuhörte.

Zu allem Unglück schlug meine Oma in die gleiche Kerbe. Sie stimmte das Hohe Lied vom heimischen Herd an und schreckte nicht davor zurück, mich, den meinungslosen Dreijährigen, als Kaufargument vorzuschieben. Mit drastischen Bildern beschrieb sie, wie meine zarte Kinderseele in einer engen Mietwohnung auf Dauer Schaden nehmen würde. Um solcherlei Unheil abzuwenden, erklärte sie sich bereit, den Kauf des Hauses mit 10 000 Mark zu unterstützen.

Das war auch nötig. Längst stiegen die Immobilienpreise so schnell, dass mein Vater mit dem Ausrechnen der Zins- und Tilgungssätze nicht mehr nachkam. All dies erzeugte eine panische „Jetzt oder nie"-Stimmung, vor der meine Mutter schließlich kapitulierte. Sie spürte, dass sie im Begriff war, den Fehler ihres Lebens zu begehen. Gleichzeitig war sie realistisch genug, die Aussichtslosigkeit ihres Widerstands zu erkennen. Mit meinem Vater allein wäre sie fertig geworden. Doch vor einem hartnäckigen Onkel und einer verbissenen Schwiegermutter kapitulierte sie.

Und so zogen wir in ein Neubaugebiet. In ein Viertel, das sich vor Gegensätzen kaum retten konnte. Denn seine Planer hatten den beliebten emanzipatorischen Grundsatz, „alle Menschen sind Brüder und deshalb werden sie gefälligst auch Nachbarn", beherzt aufgegriffen und ohne lang zu fackeln in die Tat umgesetzt. Zwischen Proletenhochbunker und Neureichenbungalow lagen grad mal hundert Meter.

Und Welten. Die Proletenkinder bekamen zuhause kräftig Keile, dafür kein Mittagessen und kompensierten dies, indem sie mehr tranken, bevorzugt Hochprozentiges. Die Neureichenkinder bekamen Lacoste-Hemden und Tennisstunden und flanierten durchs Viertel, als wären sie Statisten in einer Effi-Briest-Verfilmung. Vielleicht weil sie nie Fußball spielen durften. Eine Kette von Indizien, die nahelegten, dass es nicht gut sein konnte, in Hochbunkern oder Bungalows zu leben. Die Erwachsenen dort kamen offensichtlich auf seltsame Gedanken und trieben ihre Blagen entweder in den Suff oder in Lacoste-Hemden.

Und die Mittelschicht? Sie saß, überschuldet und überfordert, in Reihenhäusern wie dem meiner Eltern. Mit 130 Quadratmetern Wohnfläche und vermoostem Rasen, der in zehn Minuten gemäht war. Hier lebten Menschen, die das Verlangen nach dem Aufstieg und die Angst vor dem Abstieg dazu antrieb, sich selbst auszubeuten.

Mein Vater war dafür das deutlichste Beispiel. Mit dem Tag des Einzugs stürzte er sich in die Arbeit. Er wusste: Mit jeder Überstunde tilgte er einen Bruchteil seiner Schulden und – was er nicht wusste – ein Stück seiner Liebe. Je mehr er sich seinem Beruf als Ingenieur widmete, ganze Wochenenden damit zubrachte, die Statik von Gebäuden zu berechnen, desto instabiler wurde seine Ehe.

Das alles für ein Reihenhaus mit Blick auf andere Reihenhäuser. Für ein Reihenhaus mit dünnen Wänden und undichten Fenstern. Vor allem aber für ein Reihenhaus, das viel zu teuer war. So teuer, dass mein Vater beschloss, die Heizkosten zu senken. Und da hatte er die Idee mit den Asbestplatten ...

1971: Antiautoritäre Erziehung

Am Tag, als Romy Schneider öffentlich bekannte, sie habe abgetrieben, bekam ich die erste Ohrfeige meines Lebens. Der Täter war die eigene Mutter, der Tatort die Süßwarenabteilung von Kaiser's. Als mildernde Umstände können geltend gemacht werden: eine postnatale Depression – meine Schwester Claudia war drei Wochen zuvor auf die Welt gekommen – und das störrische Verhalten des späteren Opfers – unter sirenenartigem Geschrei weigerte ich mich, auch nur einen der von mir beanspruchten zwölf Schokoladenriegel wieder zurückzulegen.

Auch schwor sich meine Mutter danach, nie mehr zuzuschlagen, womit sie ihrem gesellschaftlichen Umfeld in puncto Erziehungsfragen um etwa ein Jahrzehnt voraus war. In Großstädten mochten antiautoritäre Kinderläden gegründet werden, doch hier in der Provinz galt schon der als progressiv, der auf allzu offensichtliche Formen elterlicher Gewalt verzichtete.

Es ist nämlich keineswegs so, dass Menschen, denen von Generation zu Generation eingebläut wurde, eine Tracht Prügel habe noch niemandem geschadet, plötzlich ihr Erziehungsprogramm umstellen, nur weil ein paar Intellektuelle die Geschichte der Pädagogik neu schreiben. Also rutschten im Hunsrück auch weiterhin Hände aus, Lehrer testeten die Elastizität kindlicher Ohrläppchen und Eltern den Einfluss der Notengebung auf die eigene Gewaltbereitschaft.

Meine Mutter war einfühlsam genug, auch ohne Fachliteratur den richtigen Ton zu treffen. Es fiel ihr leicht, Wärme und Liebe zu geben, und nie hatte ich, der Erstgeborene, den geringsten Zweifel daran, dass ich der wichtigste Mensch in ihrem Leben war.

Lediglich ihr Hang zur übergroßen Vorsicht sollte sich hemmend auf meine Entwicklung auswirken. Die typischen Mutterängste – „Junge, pass auf, dass du nicht runterfällst / dich verbrennst / dir wehtust" – wurden zu meinen eigenen. Noch heute male ich mir im Angesicht neuer, ungewohnter Situationen aus, was alles passieren könnte. Und da ich über eine lebhafte, mitunter unkontrollierte Fantasie verfüge, werde ich von meinen eigenen Gedanken ausgebremst. Ich gerate ins Wanken, zaudere, zögere, muss mir erst einen Ruck geben, bevor ich den nächsten Schritt tue.

Julia war anders. Sie begegnete der Welt ohne Furcht. Und das ist das Gegenteil von Mut zeigen. Mein Onkel Ewald mochte sich voller Todesverachtung in jede noch so ausweglose Lage stürzen. Doch hinter seinem Mumm, seiner aberwitzigen Courage bleckte die Angst. Der innere Druck, sich immer und überall beweisen zu müssen – wenn er nicht grad mit seinem Strichacht den Verkehr aufhielt.

Julia kannte keinen Druck. Sie war das erste Kind des Hunsrücks, das antiautoritär erzogen wurde. Was ich als Vierjähriger natürlich nicht wusste. Aber ich spürte es. Und ich sah es sogar. Sie wirkte schmuddelig. Ihre Haare waren ungekämmt und fettig, ihre Schuhe ungeputzt, und ihr Kleid hatte Frühstücksflecken.

Meine Tante, die der Grund dafür war, dass Sagrotan erfunden wurde, empörte dies. Sie, die in der Vernichtung von Keimen eine Lebensaufgabe sah, war fassungslos darüber, wie ein Kind derart fahrlässig Schmutz und Dreck ausgesetzt werden konnte. Einmal angefangen, wusste sie sich nicht mehr zu beruhigen, hielt Kampfreden über die Verantwortungslosigkeit der Eltern, die ihre Tochter dem Verfall anheim gaben, sie zur leichten Beute für Viren und Bazillen machten. Widerworte waren zwecklos. Lobgesänge über den Segen der Dreckimmunisierung prallten an ihr ab wie an Stahlbeton.

Die äußere Verwahrlosung erschien ihr als Spiegelbild der inneren. Julia war nicht getauft. Ein Heidenkind. Eine Seele, die schon in jungen Jahren an den Leibhaftigen verloren war – dachten meine Tante und meine Oma. Es war schlimm genug, dass die katholische Brut sich freudig vermehrte. Die beiden sahen in jedem Katholen einen Agenten des Papstes, der die Gegenreformation vorantrieb. Doch dass Eltern sich entschieden, ihr Kind gottlos der Welt auszuliefern, überstieg ihre Vorstellungskraft. Hier musste gehandelt werden. Und so geschah es, dass die beiden, die ansonsten ein Schwiegermutter-Schwiegertochter-Verhältnis pflegten, das jedes Klischee bediente, sich ein einziges Mal einig waren: Die stille Post wurde geöffnet.

Binnen kurzer Zeit gelang es ihnen, die halbe Nachbarschaft aufzuwiegeln. Und die wiederum stellte sicher, dass die rohe Botschaft sich zügig verbreitete. Eltern hetzten ihre Zöglinge auf, und diese schnitten Julia fortan. Zu allem Übel versäumten es die Kindergärtnerinnen, zwei antriebsarme bigotte Mittvierzigerinnen, das verzogene Pack ins Gebet zu nehmen. Es war ein entwürdigendes Schauspiel.

Nur hatten alle die Rechnung ohne meine Mutter gemacht. Sie dachte nicht im Traum daran, sich in die allgemeine Ablehnungsfront einzureihen. Im Gegenteil. Einmal, als ich ihr empört berichtete, dass Tante Gertrud Julia als „Drecksgöre" bezeichnet hatte, sagte sie nur: „Vom Weltraum aus sehen alle Kinder gleich aus." Als ich fragte, woher sie das wisse, erzählte sie mir von Onkel Pete, der oft im All spazieren gegangen sei.

Ich war stolz darauf, einen solch weitgereisten Onkel zu haben. Aber noch stolzer war ich, als meine Mutter Julia zum Mittagessen einlud. Ich freute mich wie ein Schneekönig. Auf dem Nachhauseweg, als ich in unsere Straße einbog, nahm ich Julias ungewaschene Hand und zog mit ihr gemessenen Schrittes an den Reihenhäusern und Doppelhaushälften vorbei, so als wollte ich einer ungläubigen Nachbarschaft zeigen: „Seht her, hier kommt die neue Königin!"

Das war der Beginn einer wunderbaren Freundschaft. Julia zeigte mir, wie man Kaulquappen fängt, ich half ihr, auf Bäume zu klettern. Julia brachte mir Kraftausdrücke bei, ich trainierte ihren Torschuss. Julia erklärte mir die Welt der Ameisen, ich zeigte ihr meine Würmersammlung. Und gemeinsam sauten wir uns regelmäßig ein. Keine Pfütze, an der wir vorbeigingen. Kein Schlammloch, das unbeachtet blieb.

Auch lernte ich ihre Eltern kennen. Beide arbeiteten zuhause. Ihr Vater war Architekt, ihre Mutter Übersetzerin. Manchmal, wenn Julias Vater eine Schaffenspause brauchte, nahm er sie auf seinen Schoß und las ihr eine Geschichte vor. Oder er kochte einen Pudding. Dann stellte ich mir meinen Vater vor, der nicht einmal wusste, wie man einen Herd einschaltet.

Als Julia fünf wurde, ist sie mit ihren Eltern weggezogen. „Ich gehe jetzt in eine ganz große Stadt", hat sie gesagt, „aber irgendwann sehen wir uns wieder." Zum Abschied hat sie mir ihre Kaulquappen geschenkt. Und ich musste plötzlich weinen, vielleicht weil ich wusste, ich würde sie dann nicht mehr wiedererkennen. So wie man eine Kaulquappe nicht mehr wiedererkennt.

Achtzehn Jahre später traf ich Julia auf einer Geburtstagsfete in Kaiserslautern-Einsiedlerhof. Ich habe lange gerätselt, ob sie es tatsächlich ist. Denn sie sah überhaupt nicht mehr schmuddelig aus. Und obwohl ich sie minutenlang von oben bis unten musterte, konnte ich keinen einzigen Frühstücksfleck ausmachen. Später haben wir zusammen getanzt. Noch später, nach zu vielen Bieren, habe ich sie gefragt, ob sie mit mir schlafen will. Und da bekam ich die zweite Ohrfeige meines Lebens.

1972: Playboy

Am Tag, als der deutsche Playboy das erste Mal erschien, lag mein Vater mit Magen-Darm-Grippe danieder. Er langweilte sich entsetzlich. „Ich brauch was zu lesen", stöhnte er zwischen zwei Sitzungen auf dem WC. Und schließlich schickte er mich zu Edeka den Playboy kaufen.

Heute würde ich darin die reichlich durchsichtige Absicht erkennen, das Verlangen nach ein wenig nackter Haut mit hehren geistigen Motiven zu verschleiern. Damals aber klang der Satz, „ich will den Playboy LESEN", absolut glaubwürdig. Denn der Playboy war Anfang der 70er die wortreichste Zeitschrift des Erdballs. Das musste er auch sein, weil seine Leser alle Zeit der Welt hatten. Also packte man das Heft randvoll mit Reportagen, Interviews, Porträts und Kurzgeschichten, die in der Regel über zwanzig Seiten liefen und tagelanges hochkonzentriertes Lesen verlangten. Das strengte natürlich an, Autoren wie Leser.

Zum Ausgleich gab es kurzweilige Bilderstrecken, die gut gelaunte Ausflügler beim Strandbad oder Segeltörn zeigten. Und so wie die Menschen auf den Fotos ihre Anzüge und Kleider abstreiften, um ein wenig herumzutollen, sich Bälle zuzuwerfen oder mit Wasser zu bespritzen, streiften die Playboy-Redakteure ihre Intellektualität ab, um endlich einmal grundlegende Lebensweisheiten loszuwerden: „Es gibt nur eine Alternative zu einem schönen Mädchen: ein schweres Motorrad."

Die Redakteure werden sich bei solchen Sätzen sicher nichts Böses gedacht haben und auch nichts Doppelbödig-Hintersinniges – Ironie wurde erst zehn Jahre später erfunden. Wahrscheinlich dachten sie sich gar nichts dabei. Sie waren einfach der Ansicht, dass zu einer schönen Welt auch schöne Mädchen gehörten. Und dass für den Fall, dass schöne Mädchen gerade nicht verfügbar waren, ein schweres Motorrad nicht die schlechteste Alternative wäre.

„Schön" gebrauchte man damals im Sinn des Merz-Spezial-Dragees-Slogans „Natürliche Schönheit kommt von innen". Die Playmates waren deshalb ganz normale Mädels wie Linda, die im Reformkostladen ihres Stiefvaters arbeitete und die „mit roher Leber und Hefeextrakten" so hübsch geworden war. Die Fotos zeigten Linda dann, wie sie Hefeextrakt-Ampullen ins Regal einsortiert und wie sie mit ihrer Mutter Roggenbrot backt, selbstverständlich angezogen. Dann gab es noch Debby, die in der Verkaufsabteilung einer Motorbootfabrik angestellt war. Und Deanna, die unbedingt Lehrerin werden wollte. Es waren Mädchen zum Verlieben.

Heutige Playmates sind anders. Es ist ihr Blick, der sie verrät. Es ist kein schöner Blick. Er macht klar: „Ich will um nichts in der Welt in einem Reformkostladen arbeiten, geschweige denn Lehrerin werden, und deshalb habe ich mir die Brüste vergrößern lassen und ziehe mich für den Playboy aus. Und wenn ich Glück habe, werde ich für Baywatch entdeckt und so reich und berühmt wie Pamela Anderson." All das kann man in diesem Blick lesen. Er sagt nicht, „ich fühle mich sinnlich und begehrenswert", sondern, „ich will, dass mich ein Produzent so begehrenswert findet, dass sich die ganze Chose, die ich hier mitmache, für mich rechnet."

Vielleicht haben Linda, Debby und Deanna ähnlich gedacht, doch ich sehe es ihnen nicht an. Die Illusion funktioniert noch.

Ich stelle mir dann vor, wie ich Linda, nachdem sich der Playboy-Rummel gelegt hat, im Reformkostladen besuche – sie sortiert gerade Hefeextrakt-Ampullen ein – und sie zu einem Kaffee einlade, selbstverständlich ökologisch angebaut. Hinterher gehen wir schmusen. Linda, so viel steht fest, ist der Mensch, „der einem sicheren Schutz vor den Platzregen des Lebens geben kann. Bei dem Worte überflüssig sind. Nur noch Berührungen zählen – Berührungen der Hände, der Lippen, der Körper. Um das ‚Wir' zu finden."

Solche Sätze standen damals im Playboy. Und sicher hat sie keiner als pathetisch oder peinlich empfunden. Im Gegenteil. Man hat sich darüber gefreut, dass nach den ganzen Bleiwüsten eine Fotooase auftauchte. Eine verträumte Bilderstrecke, die zeigte, wie sich zwei Menschen liebhaben. Einfach nur liebhaben.

Ein unbekannter Texter hat dafür dann die passenden Worte gefunden: „Wir suchen nach etwas, das uns Grund gibt, einander zu berühren." Oder: „Lass uns sein wie die Blinden, die in der Liebe besser sehen können." Um solche Worte aufs Papier zu bringen, braucht man Zeit. So etwas schreibt sich nicht, zwischen einer Pressekonferenz und einem Recherchetermin, bei einem labbrigen Sandwich und aufgewärmtem Firmenkaffee, mal eben so runter. Hugh Hefner, der Playboy-Herausgeber, wird sich dessen bewusst gewesen sein und also hat er dem Redakteur die Fotos in die Hand gedrückt und ihm ein „Mach dir einen schönen Tag!" mit auf den Weg gegeben.

Später saß der unbekannte Texter dann im Park. Vielleicht war er frisch verliebt. Vielleicht hat er sich gewünscht, frisch verliebt zu sein. Zum Beispiel in die Frau auf den Fotos. Sie sieht sehr glücklich aus, wie eine Frau, bei der es schön sein muss, verliebt zu sein. Auf jeden Fall wusste er, wie sich das anfühlt, das Frisch-verliebt-Sein. Und sein Unterbewusstsein hat ihm dann Sätze diktiert wie: „Wir sind die schönste Geschichte der Welt. Jetzt."

Am nächsten Tag hat Hugh Hefner das Ganze dann gelesen. Und wiewohl er sich als Geschäftsmann keine falschen Sentimentalitäten erlauben konnte, wird er sicher ein wenig gerührt gewesen sein. Er mag daran gedacht haben, dass dies unglaubliche Zeiten waren, in denen sich mit Zärtlichkeit und Poesie ein Vermögen verdienen ließ. Nur eines verstand er nicht: Wenn diese Welt so viel Schönheit hervorbrachte, warum gab es dann solche schrecklichen Dinge wie diesen verfluchten Vietnamkrieg?

1973: Krisen

Am Jom Kippur, dem jüdischen Feiertag der Versöhnung, drehte Tante Gertrud durch. Während Syrer und Ägypter in Israel einmarschierten, erlitt sie einen Schreikrampf, vernichtete ein 56-teiliges Essservice mit gezielten Würfen gegen die Küchenwand, um sich danach heulend aufs Sofa zu werfen und die Tränenvorräte eines ganzen Jahres aufzubrauchen.

Onkel Ewald verfolgte dieses Spektakel mit einer Mischung aus Irritation und Unglauben. Er begriff nicht, wie ein Mensch sich so von seinen Gefühlen davontragen lassen konnte. Die emotionale Hitze, die hinter solchen Ausbrüchen stand, war ihm fremd. Und doch hatte ihn ihr Tobsuchtsanfall kaum überrascht. Wohin er schaute, verloren Menschen die Nerven.

Erst hatte mein Onkel dies aufs Wetter geschoben. Der lange heiße Sommer war vielen nicht bekommen. In einigen Unternehmen, die er mit Wellpappe belieferte, hatten wilde Streiks stattgefunden. Es war schwer genug für ihn nachzuvollziehen, dass Menschen die Arbeit verweigerten. Doch dass sie dies aus sich heraus taten, ohne dass es ihnen von korrupten Funktionären säbelrasselnd befohlen worden wäre, ging über seinen Horizont.

Es kam aber noch schlimmer. Und daran waren die Vereinigten Staaten schuld. Mein Onkel vergötterte die Amis. Sie standen für den Neubeginn nach 45. Für Nylons und Zigaretten. Für einen Wirtschaftsaufschwung, den der fette Erhard allein nie hinbekommen hätte. Amerika, das war das Land der

Guten und Erfolgreichen. Umso weniger verstand er, dass dieses Volk, das mit Hitler fertig geworden war, vor ein paar Kamikaze-Asiaten in die Knie ging.

Noch mehr Rätsel gab ihm die wirtschaftliche Entwicklung seines großen Vorbilds auf. Für meinen Onkel war der Dollar ein Symbol der Potenz. So stark und amerikanisch wie John Wayne. Die sicherste Währung auf Erden. Und wer daran zweifelte, der konnte jeden seiner Dollars jederzeit in jeder Bank der Welt in eine 35stel Unze Gold umtauschen.

Das aber hätte mein Onkel nie getan. Sein Vertrauen in die Unbezwingbarkeit von Uncle Sams Währung war unendlich. Eher würde die RAF den nächsten Bundeskanzler stellen, als dass der Dollar ins Wanken geriete. Glaubte er. Doch genau das geschah. Der Dollar fiel und fiel. Von 4 Mark auf 3 Mark 66, von 3 Mark 66 auf 3 Mark 32, von 3 Mark 32 auf 3 Mark 22, von 3 Mark 22 auf 2 Mark 90, von 2 Mark 90 auf 2 Mark 80. Und das war der Zeitpunkt, als mein Onkel schließlich nervös wurde, Kassensturz machte und feststellen musste, dass seine angesparten 35 000 Dollar nicht mehr 140 000, sondern nur noch 98 000 Mark wert waren. Und keine Bank der Welt hätte sie ihm gegen 1 000 Unzen Gold eingetauscht.

Natürlich nagte es an ihm, so viel Geld in den Sand gesetzt zu haben, aber noch mehr quälte ihn der Verlust der Illusionen. Seine unnahbar geglaubten Amerikaner waren auf ganzer Linie gedemütigt worden. Erst in Vietnam, dann an den Devisenmärkten. Der American Dream wurde zu seinem persönlichen Alptraum. Mein Onkel stand unter Schock – und hatte damit die beste Ausrede, sich gehen zu lassen. Er gestand sich das Recht zu, seiner geschundenen Seele Gutes zu tun. Und er tat dies, indem er noch öfter fremdging.

Bloß war er es inzwischen leid, zwischen Armaturenbrett und Handbremse Yoga-ähnliche Bewegungen zu vollführen.

Er sehnte sich nach französischen Betten und Matratzen, die die Kniescheiben schonen. Und ihn gelüstete nach Abenteuern. Als Freibeuter der Liebe war er bereit, sich der Gefahr zu stellen. Ihn erregte der Gedanke, die Geliebte in seinen eigenen vier Wänden zu entern.

Das Risiko, das er dabei eingehen musste, war überschaubar. Meine Kusine Sieglinde hatte in Mainz ihr Pharmaziestudium aufgenommen und kam nur noch an Wochenenden heim. Auch mein Vetter Günter sah sein Zuhause immer seltener. In dem Maß, in dem er sein schulisches Engagement herunterschraubte, erhöhte er seinen Einsatz für das Wohlergehen der Kirner Brauerei.

In früheren Jahren hätte mein Onkel derartige Auswüchse ohne Gnade bekämpft. Er hätte meinen Vetter an die Kandare genommen und ihm so lange Vokabeln und Formeln eingedrillt, bis dieser Blut und Wasser geschwitzt hätte. Mittlerweile aber musste er sich eingestehen, dass jene Auflösungserscheinungen, die er allenthalben beobachtete, vor seinem eigenen Leben nicht Halt machten. So wenig er es als verantwortungsbewusster Vater gutheißen konnte, dass sein Sohn seine Auskunftspflicht auf die drei Wörter „Ich bin weg" beschränkte, so sehr begrüßte er es als liebestoller Poussierstängel, dass ein weiterer potenzieller Zeuge aus dem Weg war.

Blieb Tante Gertrud, die die Welt, in der sie lebte, immer weniger verstand. Was hatte es zu bedeuten, dass Männer lange Haare trugen und Frauen ihren Körper in einer Weise zur Schau stellten, die bei „Was bin ich?" delikate Fragen nach dem beruflichen Umfeld herausgefordert hätten? In jedem Fall nichts Gutes. Meine Tante entwickelte eine Paranoia, die sich gewaschen hatte. Ihre Augen wurden zu Detektoren des allgegenwärtigen Verfalls. Und jede Hiobsbotschaft, die in ihre Hirnrinde drang, bestärkte sie darin, dass das Jüngste Gericht unmittelbar bevorstand.

Da half nur noch der flehende Blick gen Himmel. Mit jedem Monat erhöhte sie die Betfrequenz, als hinge das Schicksal der Menschheit von ihrer Glaubensstärke ab. Doch so oft sie auf die Knie fiel und den Allmächtigen um Hilfe bat – kein Hosianna vermochte ihre Seelenpein zu lindern. Längst hatte sich das Böse in Gestalt meines Vetters in ihrer eigenen Heimstatt breit gemacht. Die Klänge, die des Nachmittags aus seinem Zimmer hallten, ließen sie an satanische Messen denken. Als er sie darüber aufklärte, dass der Name seiner Lieblingsband übersetzt „Schwarzer Sabbat" laute, musste sie gegen den Impuls ankämpfen, unverzüglich einen Exorzisten aufzusuchen.

Mein Onkel legte ihr daher, nicht ganz uneigennützig, eine Kur in Bad Bertrich nahe. Und da sie hoffte, dass das sagenumwobene Wasser der Glaubersalzquelle sie innerlich reinigen würde, willigte sie sofort ein. Sie packte die Koffer, startete ihren Käfer und wechselte, indem sie die Mosel überschritt, die Mittelgebirge, vom Hunsrück in die Eifel. Sie bezog ihr Quartier im „Kavaliershaus". Ihr gefiel die Vorstellung, als eingefleischte Protestantin den Fuß in eine erzkatholische Heimstatt – eine ehemalige Residenz des letzten Trierer Erzbischofs Clemens Wenzeslaus von Sachsen – zu setzen.

Einige Dutzend Kilometer östlich betrieb mein Onkel sein eigenes Kavaliershaus, dessen Behandlungsprogramm sich merklich von dem in Bad Bertrich unterschied. Während meine Tante heiße Bäder in Glaubersalz nahm, geriet mein Onkel über seinen Liebschaften ins Schwitzen. So fanden beide zu sich selbst, salbten ihre Seelen, indem sie ihren Körpern Gutes taten.

Wahrscheinlich wäre meine Tante nach vier Wochen Kur innerlich gefestigt nach Hause zurückgekehrt, hätte sie nicht vorher die Idee gehabt, ihrem Göttergatten einen Überraschungsbesuch abzustatten. Und so unerwartet wie Syrien die Golanhöhen stürmte, fiel sie in sein Liebesnest ein.

Bereits in der Diele vernahm sie Geräusche, die sie in höchste Alarmbereitschaft versetzten. Mit jedem Schritt, dem sie sich dem Schlafzimmer näherte, wuchs ihre Anspannung. Schließlich, als sie die Klinke runterdrückte und die Tür einen Spalt öffnete, gerade so weit, dass sie meinen Onkel in Aktion sah, kannte sie kein Halten mehr.

Mit den Worten „Du Hurenbock" stürzte sie sich auf ihn, hieb mit den Fäusten auf ihn ein, ehe sich ihre Aufmerksamkeit auf seine Gespielin richtete, die, als wäre aus dem kleinen Tod ein großer geworden, leichenstarr die Decke fixierte. Ein Zustand, der genau in dem Augenblick endete, da meine Tante sie an den Haaren packte, mit einem Ruck von der Matratze schleuderte und ihr ein „Raus aus meinem Ehebett, du Flittchen!" hinterherbrüllte. Das war der Auftakt zu einem zehnminütigen Amoklauf, der den Behandlungserfolg von zweieinhalb Wochen Glaubersalzbädern zunichte machte und der Firma Villeroy & Boch neue Aufträge bescherte.

Die beiden Monate danach verbrachte meine Tante im schönen Andernach am Rhein. Es kümmerte sie nicht, dass die Scheichs in der Folge des Jom-Kippur-Kriegs die Rohölpreise vervierfachten, dass die Deutschen anfingen, Benzin zu horten, und dass die Regierung vier autofreie Sonntage verhängte. Ihr Desinteresse war allumfassend. Selbst die Sehenswürdigkeiten der Stadt ließen sie kalt. Weder besuchte sie den Runden Turm noch den Mariendom. Das einzige Bauwerk, das sie von innen sah, war die 1876 fertig gestellte Landesnervenklinik.

1974: Johan Cruyff

Am Tag, als Willy Brandt zurücktrat, wurde mein Vater arbeitslos. Von diesen beruflichen Veränderungen sollten zwei Menschen besonders profitieren: Helmut Schmidt, weil der Kanzlerposten unverhofft zu haben war, und ich, weil ein sicher geglaubter Stubenarrest, inklusive Fernsehverbot, an mir vorüberzog.

Doch konnte ich von diesem Glück noch nichts ahnen, als ich mit einer zerrissenen Kordhose den Gang nach Canossa antrat. Natürlich legte ich mir auf dem Nachhauseweg eine Vielzahl von Erklärungen zurecht, wie das Weihnachtsgeschenk von Tante Gertrud so unsanft hatte behandelt werden können. Ebenso erstellte ich im Kopf eine Liste von Schuldigen, die mich, das Lamm unter Wölfen, dazu getrieben hatten, mich einer Schulhofkeilerei anzuschließen. Umso überraschter war ich, als meine Mutter, noch ehe ich mein schauspielerisches Talent entfalten konnte, nur seufzte: „Leg sie hin. Ich flick sie am Wochenende."

Heute weiß ich, dass ihr die Sache mit Brandt wirklich naheging. Nicht dass sie sich für Politik interessiert hätte. Es hätte ihr, vermute ich, nichts ausgemacht, wenn Brandt der CDU beigetreten oder in Polen einmarschiert wäre. Sie sah in ihm nicht den Politiker. Brandt war ihr Robert Redford. Der Liebhaber, den sie nie erlebt, der Partner, den sie nie gehabt hatte. Kurz: Der Mann, auf dem sie all ihre Sehnsüchte und Wünsche abladen konnte.

Dabei spielte es keine Rolle, dass Brandt schon damals ziemlich alt war. Meine Mutter witterte die sexuelle Energie, die Männlichkeit, die noch immer von ihm ausging. Später, als die Gerüchte hochkamen, er habe auf seiner Wahlkampftour 1972 reihenweise Journalistinnen vernascht, meinte sie nur: „Als ob das eine Überraschung wär!"

Vor allem aber spürte sie, dass Brandt so anders war als jene männlichen Exemplare, mit denen sie täglich zu kämpfen hatte. Einmal, beim Betrachten einer Politrunde im Fernsehen, war ihr ein „Willy ist so sensibel, so zärtlich" rausgerutscht. Mein Vater verschluckte sich daraufhin an einer Gewürzgurke und schaute meine Mutter an, als hätte sie ihm eine Affäre gebeichtet.

Mein Vater nämlich war weder besonders sensibel noch zärtlich. Er gehörte – das brachte der Beruf als Statiker wohl mit sich – zu jenen Menschen, die glaubten, das Leben sei eine einzige Rechenaufgabe, bei der am Ende das richtige Ergebnis schon rauskommen würde. Vielleicht hat ihn deshalb seine Entlassung so fertiggemacht. Damit hatte er nicht gerechnet.

Er war überfordert mit der neuen Lage. Das Schlimme daran war nicht der monetäre Engpass – den hätte mein Onkel sofort überbrückt –, sondern die mentale Not. Sein Geist verarmte zusehends. Er hörte auf, sein Hirn für Höheres als die vier Grundrechenarten einzusetzen. Sein Kopf wurde zum Kalkulator, der Zahlenkolonnen abarbeitete. Ständig mussten irgendwelche Ein- und Ausgabeposten miteinander verglichen werden.

Konsequent wie er war, trieb er den arithmetischen Irrsinn auf die Spitze und stürzte sich auf die Anzeigenblätter. Ganze Tage verbrachte er mit dem Studium der aktuellen Sonderangebote. Abends dann instruierte er meine von Überstunden übermüdete Mutter, wo welche Produkte am günstigsten angeboten würden. Zum Glück war sie abgeklärt genug, seinen hausfraulichen Missionierungseifer ins Leere laufen zu lassen. Zumal die strikte Befolgung der von ihm entwickelten Einkaufsrouten bedingt hätte, dass sie ihren Beruf hätte aufgeben müssen, um mehrere Stunden täglich mit der Warenbeschaffung zuzubringen. Doch als er ihr vorhielt, sie klemme sich im Lauf ihres Lebens für 11 000 Mark Monatshygiene zwischen die Beine, verlor selbst sie die Beherrschung und brüllte ihn an, in seinem Kopf sei mehr Watte als in einer Großpackung Tampons.

Unter solchen Umständen war an ein entspanntes Familienleben nicht mehr zu denken. Der Zustand meines Vaters verschlimmerte sich von Woche zu Woche. Er bekam Panikattacken, weil er sich unter einer Brücke Korn saufen sah. Und jede Nachrichtensendung wurde zu einer Zerreißprobe für sein Nervenkostüm. Mit aufgerissenen Augen stierte er auf die Tagesschau, als wohnte er einem Horrorschocker bei, mit Karl-Heinz Köpke als Verkünder der Apokalypse. Es waren aber bloß die neuesten Arbeitslosenzahlen, die seinen Puls auf Höhenflug schickten. Meiner Mutter blieb dann nur noch der Weg zum nächstbesten Beruhigungstee.

Doch war mein Vater nicht der Einzige, der bibberte. Ganz Westeuropa war von Angst besetzt. Ganz Westeuropa? Nein! Ein von unbeugsamen Deichbauern besetztes Land hörte nicht auf, dem Eindringling Widerstand zu leisten. Seine Bewohner brauchten keinen Zaubertrank, um die Angst vom Feld zu fegen. Ein einfacher Lederball genügte. Und die Strategie waren ganze zwei Wörter: „Voetbal totaal!"

Andere mochten auf Zeit spielen. Sich einigeln. Das Erreichte verteidigen. Die Holländer aber gingen in die Offensive, machten Druck – und wurden so zum Vorbild all jener, die vom Spiel des Lebens mehr erwarteten als ein Dasein als Wasserträger.

Vielleicht sehe ich das auch alles falsch. Vielleicht waren sich die Holländer überhaupt nicht bewusst, dass sie eine Mission zu erfüllen hatten. Vielleicht hatten sie einfach noch nicht mitbekommen, dass der Zeitgeist gedreht hatte.

Und wer es garantiert nicht merkte, war Hollands Schlachtenlenker: Johan Cruyff. Cruyff war damals der arroganteste Mensch der Welt. Er war so arrogant, dass er sogar arrogant sprinten konnte. Und das konnte sonst keiner. Natürlich hasste ihn ganz Deutschland. Mit Galle im Kehlkopf und Schaum vorm Mund. Aber ich bin sicher, mein Vater hasste ihn noch ein kleines bisschen mehr.

Er freute sich wie ein Kind, wenn die vereinten Blutgrätscher Bulgariens und Uruguays, die in anderen Zeiten als Metzger brilliert hätten, sich anschickten, Cruyff auszubeinen. Umso größer war seine Enttäuschung, wenn die Attacken ihr Ziel verfehlten. Und das geschah häufig. Denn Cruyff war in einem ganz konkreten, körperlichen Sinn unnahbar. Noch ehe der Gegner zum Tackling ansetzte, hatte Cruyff dessen Bewegung bereits im Kopf vorweggenommen und den Ball weitergespielt. Der Verteidiger rutschte ins Leere. Vorbei an Ball und Mann.

Und Cruyff marschierte einfach durch. Er siegte und siegte, während die Niederlagenserie meines Vaters nicht abriss. Jede Woche brachte neue Briefe, die mit den Worten begannen: „Wir bedauern, Ihnen mitteilen zu müssen ..." In dem Maß, in dem sich Johans Mannen immer mehr zutrauten, verließ meinen Vater der Mut. Der Kontrast hätte nicht größer sein können. Hier: Cruyffs Team, das jede Grenze sprengte – Defensivspieler wirbelten im gegnerischen Strafraum, Innenverteidiger entdeckten die Flügel. Dort: Cruyffs Feind, der sich im Wohnzimmer einschloss.

So wurde mein Vater zum Spiegelbild der deutschen Mannschaft, die so antriebsarm daherkickte, dass Bundestrainer Helmut Schön an ihre Ehre appellierte: „Wer nicht kämpft, der hat keinen Platz in der Nationalmannschaft verdient." Mein Onkel heizte mit ähnlichen Worten meinem Vater ein: „Wenn du nicht kämpfst, hast du keinen Arbeitsplatz verdient."

Und die Wende trat ein. Beide rissen sich am Riemen, zeigten, wenn schon keine gute Laune, wenigstens guten Willen. Mein Vater quälte sich durch den Stellenanzeigenteil mehrerer Zeitungen, jagte die Bewerbungen im Akkord raus. Schöns Elf grätschte Jugoslawien nieder, lieferte sich Schlammschlachten mit Schweden und Polen. Und fand sich im Endspiel wieder. Gegen Holland.

Mein Vater bereitete sich auf das Ereignis vor, indem er eine Kiste Bier neben sich platzierte. Auf diese Weise wollte er sich jene Gelassenheit zurücktrinken, die ihm nach drei Monaten Arbeitslosigkeit und sechs holländischen Gruppenspielen abhanden gekommen war. Doch hätten ihn, so glaube ich, an jenem Tag die gesamten Hopfenvorräte Bayerns nicht zu beruhigen vermocht.

Denn nach 57 Sekunden beschloss Johan der Große, meinem Vater die endgültige Lektion zu erteilen, ihn ein für allemal das Grauen zu lehren. Zu diesem Zweck war er, wie so oft, allen davongelaufen. Bis ihm Hoeneß einen Fuß in den Weg stellte. Doch diesmal freute sich mein Vater nicht, als Cruyff die Bodenhaftung verlor. Es gab Elfmeter. Und in dem Moment, da Neeskens den Ball ins Netz hämmerte, kollabierte mein Vater vorm Fernseher. Eine Viertelstunde später traf der Notarzt ein.

Längst war mein Vater in ein Reich entschwunden, in dem es so viel friedlicher zuging als in jener Welt, in der die Cruyffs das Zepter schwangen. Daher verpasste er Hölzenbeins Schwalbe und Breitners Ausgleich. Er verpasste Müllers Wuseltor. Und er verpasste eine zweite Halbzeit, in der eine deutsche Mannschaft mit Kampf und Krampf den Sieg über die Zeit rettete.

Und damit endete das kurze glorreiche Regime der Herren von Oranien. Mein Vater aber fand, eine Woche nach dem Gewinn der Fußballweltmeisterschaft, einen neuen Arbeitsplatz. Unser Familienleben entspannte sich wieder. Es war, als hätten jene langen drei Monate niemals stattgefunden. Nur einmal, bei einem Fernsehbericht über den SPD-Parteitag, passierte etwas Seltsames. „Willy ist so alt geworden", seufzte meine Mutter. Und da schüttelte mein Vater den Kopf: „Nein, gebrochen."

1975: Spanien

Das Leben ging weiter. Die Menschen gewöhnten sich daran, dass das Benzin nicht mehr billiger wurde und die Arbeitslosenzahlen siebenstellig blieben. Rudi Carrell fragte „Wann wird's mal wieder richtig Sommer?", und wenigstens in dieser Hinsicht war Besserung in Sicht.

Schon im Mai hatten wir fast jeden Tag hitzefrei. Meine Mutter unterwarf sich dem rigorosen Selbstversuch herauszufinden, wie viel Sonne die menschliche Haut aufzunehmen in der Lage war – jede freie Minute brutzelte sie bei lebendigem Leib. Mein Vater tat das Gleiche mit Rostbratwürstchen und Hunsrücker Spießbraten. Ganze Wochen ernährten wir uns von nichts anderem als verkohltem Fleisch und Rettichsalat. Längst bereute er es, dass er das Angebot meines Onkels, die Ferien gemeinsam in Spanien zu verbringen, angenommen hatte. Die Vorstellung, den heimischen Grillplatz gegen ein Apartment an der Costa del Sol zu tauschen, bereitete ihm Magengrimmen.

Auch mein Onkel blickte dem Spanienurlaub mit wenig Enthusiasmus entgegen. Dies unterschied ihn von Millionen von Bundesbürgern, die noch immer im Bann von Hanna Aronis 72er Schlager „Eviva España" standen. Ganz besonders meine Tante, die – befördert durch stimmungsaufhellende Psychopharmaka – ihre Liebe zum Gesang entdeckte und ihre Umwelt so an ihrem Fernweh teilhaben ließ:

Ja, es fesselt dich der Klang der Kastagnetten
Und der Flamenco, der lässt dich nicht mehr los
Wenn wir so etwas bei uns zuhause hätten
Dann wär der Urlaub zuhause grandios
Doch alle Theorie hat keinen Sinn
Im Sommer fahr'n wir alle wieder hin.
Die Sonne scheint bei Tag und Nacht
Eviva España
Der Himmel weiß, wie sie das macht
Eviva España
Die Gläser, die sind voller Wein
Eviva España
Und jeder ist ein Matador
España por favor.
Schaust du träumend nachts um zwölf aus deinem Fenster
Ja, dann sieht Spanien mehr als verzaubert aus
Denn es schleichen dort an Stelle der Gespenster
Die Caballeros mit Gitarre um das Haus
Dann hört man Serenaden überall
So wie auf einem Schlagerfestival.
Die Sonne scheint bei Tag und Nacht
Eviva España (...)

Nach dem 478sten „Die Sonne scheint bei Tag und Nacht" hatte mein Onkel ein Einsehen. Er begriff, dass es sich nicht länger vermeiden ließ, sie ins Land ihrer Träume zu begleiten. Getreu der Devise „Geteiltes Leid ist halbes Leid" überredete er meinen Vater, sich ihm anzuschließen. Und so geschah es, dass wir zu acht an die Costa del Sol flogen: Onkel Ewald, Tante Gertrud, Vetter Günter, Kusine Sieglinde, meine Eltern, meine Schwester Claudia und ich.

Sieglinde hatte sich zunächst dagegen gesträubt. Ihr Spanienbild unterschied sich in wesentlichen Punkten von dem der Hanna Aroni. Sie wusste, dass es nicht immer der Klang der Kastagnetten war, der Menschen fesselte – manchmal taten es auch Handschellen. Und wer nachts um die Häuser schlich, waren keine Caballeros mit Gitarren, sondern Mitglieder der paramilitärischen Polizeieinheit Guardia Civil mit Gewehren. Für Sieglinde war Spanien ein Staat, in dem Andersdenkende unterdrückt wurden. Eine Diktatur, die bekämpft gehörte. Dem konnte mein Onkel schlecht widersprechen. Also traf er die feinsinnige Unterscheidung zwischen guten und schlechten Diktaturen. Und Spanien war definitiv eine gute.

Natürlich konnte es auch in einer guten Diktatur passieren, dass man gefoltert wurde. Doch es bestand die Möglichkeit, dass einem nach der Tortur eine eisgekühlte Coca Cola gereicht würde. Zumindest theoretisch. Denn eine gute Diktatur verfügte – im Gegensatz zu einer bösen kommunistischen – über all die Waren, die es in einer wahren Demokratie auch gab.

Zum Beispiel Fanta. Ich wusste damals nicht, dass Spaniens Diktator Franco im Sterben lag. Das halbe Land wartete darauf, dass „El Caudillo", der Führer, die Zügel losließ. Ich wusste nur, dass die spanische Fanta anders schmeckte als die deutsche. Intensiver, urlaubiger. Sie sah sogar anders aus. Als hätten die spanischen Fanta-Alchemisten ihrer Brause noch ein paar Extra-E's spendiert. Auf dass die Farbe richtig leuchtete. Ein sattes, fettes Orange, das den Sommer des Lebens versprach.

Ein Land, das eine solche Limonade komponierte, musste ein Schlaraffenland sein. Und vielleicht war es das auch. Nicht für die Menschen, die hier lebten – der Existenzkampf wird nicht dadurch angenehmer, dass das Meer rauscht und der

Himmel lacht. Aber ganz bestimmt für jene, die sich in Spanien, fernab der Heimat, von ihrem eigenem Existenzkampf erholten.

Auf eine Weise, die heute seltsam altmodisch anmutet. Es war die Zeit, in der man Sangria noch nicht eimerweise trank. Auch hätte Franco, bei aller Liebe für den Fremdenverkehr, um nichts in der Welt den Verkehr unter Fremden gebilligt. Spanien war damals das katholischste Land Europas. Führend in der Unterdrückung der Libido.

Was ganz im Sinne meiner Tante war. Seit ihrem Klinikaufenthalt in Andernach fürchtete sie die eigenen „unkontrollierten Gefühle" mehr denn je. Emotionen, so ihre Überzeugung, mussten in Bahnen gelenkt werden, in denen sie keine seelischen Schäden mehr anzurichten vermochten.

Eine Fähigkeit, die sie an Flamencotänzern bewunderte, ja, erregte. Es bereitete ihr Gänsehaut, mit welcher Hingabe diese ihren Körper einsetzten und doch keine Sekunde einen Zweifel daran ließen, dass sie die Situation kontrollierten. Der Tänzer mochte seine Partnerin mit Inbrunst umgarnen; ihr durch jede Geste, jedes Zucken zu verstehen geben, welche Naturgewalten in ihm wüteten. Nie aber würde er dem inneren Drang nachgeben, sich auf sie zu stürzen. Je heißblütiger er sich bewegte, desto kälter wurde seine Aura. Es schien, als entfernte er sich in dem Maß, in dem er sich ihr äußerlich näherte, innerlich von ihr.

Den Gedanken, dass auch Flamencotänzer Menschen aus Fleisch und Blut waren, hätte sie als absurd von sich gewiesen. Der selbstbeherrschte Spanier verkörperte ein Ideal, von dem mein Onkel – in den Augen meiner Tante – tausend Rosenkränze entfernt war. Also musste letzterer so scharf observiert werden, als spähte die Guardia Civil einem baskischen Separatisten nach. Jeder kurze Plausch mit einem weiblichen Wesen –

meine Tante achtete darauf, stets in Hörweite zu sein – wurde auf seinen Flirtfaktor hin überprüft. Hatte mein Onkel versteckte Signale gegeben, hatte er zwischen den Zeilen eine Verabredung vorgeschlagen? Das Misstrauen meiner Tante ging so weit, dass sie, wenn jener am Strand lag, seinem Blick zu folgen suchte. Hatte er sich ein williges Opfer herausgekuckt, ihr am Ende gar zugeblinzelt?

Natürlich spürte mein Onkel die Rund-um-die-Uhr-Überwachung. Ein halber Tag Dauerbeschattung hatte genügt, um ihm die Unmöglichkeit eines Urlaubsabenteuers vor Augen zu führen. Er fügte sich dem Schicksal, das heißt, er akzeptierte, dass die vor ihm liegenden zwei Wochen von völliger Ereignislosigkeit geprägt sein würden.

Nur hatte er da die Rechnung ohne die anderen gemacht. Ohne mich, der ich meine Schwester Claudia beim Versuch, ihr das Schwimmen beizubringen („Mit vier Jahren muss sie das können"), um ein Haar den Fluten überantwortet hätte. Ohne meine Mutter, die der Besuch eines Stierkampfs so mitnahm, dass sie stundenlang heulte und von diesem Tag an kein blutiges Steak mehr sehen, geschweige denn essen konnte. Ohne meinen Vetter Günter, der die kombinierte Wirkung von Sangria und San Miguel – ein Bier, an dem jeder Chemiker seine Freude gehabt hätte – auf dem Wohnzimmerteppich auslebte. Und vor allem ohne meine Kusine Sieglinde, das größte Mauerblümchen zwischen St. Goar und Saarburg.

Sieglinde war eine Mustertochter. Sie rauchte nicht, sie trank nicht, und die einzigen männlichen Lebewesen, denen sie Einlass gewährte, waren pubertierende Nachhilfeschüler mit Mathematikschwäche. Mit anderen Worten: Sie führte ein Leben, als ginge es darum, die Aufnahmekriterien für die Heilsarmee zu erfüllen. Die einzige Ausschweifung, die sie sich ab und an gönnte, war eine eigene politische Meinung, die sie so zaghaft und schüchtern vertrat, dass es den wenigsten auffiel.

Was auch für ihr Aussehen galt. Dass eine 21-jährige Frau mit Zöpfen und Glasbausteinen vor den Augen Schwierigkeiten hat, die Männerwelt für sich einzunehmen, leuchtete selbst in den ästhetisch bedenklichen 70ern ein. Umso unglaublicher war es, dass ausgerechnet ein Flamencotänzer sich für Sieglinde interessierte. Nach einer Vorführung, auf dem Weg zur Theke, blieb er an ihrem Tisch stehen und fragte sie in erbärmlichem Englisch, ob ihr der Auftritt gefallen habe. Meine Tante sah darin einen weiteren Beweis für die beispiellose Höflichkeit des Spaniers an sich.

Da mein Onkel kurz darauf den Fehler machte, einer hakennasigen Bedienung einen Sekundenbruchteil zu lange hinterherzublicken, entschied sie sich, einen Migräneanfall vorzutäuschen und ihn zum schnellen Aufbruch zu drängen. So kam es, dass meine Kusine schutzlos und ohne jeden Beistand den Verführungskünsten eines Profis ausgeliefert war.

In jener Nacht wurde meine Tante durch einen Laut geweckt, der ihr fremd und doch auf schreckliche Weise vertraut war. Als sie meinen Onkel selig schlummernd neben sich liegen sah – so er sündigte, dann nur in Morpheus' Armen –, glaubte sie einen Moment lang, nur geträumt zu haben. Dann aber wiederholte sich der Laut in immer kürzeren Abständen. Es war ein Seufzen, das von Minute zu Minute lauter wurde, unbeherrschter, haltloser, befreiter.

Meine Tante versuchte, sich zu bewegen. Doch so sehr es sie drängte hinauszustürmen, den Quell jener Wallung aufzuspüren, war sie nicht in der Lage, auch nur den kleinen Zeh zu rühren. Wie gelähmt lauschte sie einer Klangwelt, die ihr so rätselhaft und unverständlich blieb wie Zwölftonmusik. Als schließlich die Laute verstummten, sackte ihr Körper in sich zusammen. Von einer Sekunde zur nächsten fiel sie in einen betäubungsähnlichen Schlaf.

Am nächsten Morgen wirkte meine Tante erschöpft, aber erleichtert. „Ich hatte einen fürchterlichen Traum", erzählte sie am Frühstücktisch. In diesem Augenblick betrat Sieglinde den Raum. Sie trug ihr Haar offen und lächelte.

1976: DDR

Am Tag, als der Palast der Republik eröffnet wurde, setzte ich meinen Fuß auf DDR-Boden. Meine Oma, mein Opa und Tante Gertrud (mit Günter im Schlepptau) hatten beschlossen, der armen Ostzonen-Verwandtschaft einen Besuch abzustatten.

Doch was heißt schon „Verwandtschaft"! Ich kannte keinen dieser Sippe. Ich wusste nur, dass es dort drüben, nördlich von Zwickau, ein Dorf gab, in dem ein Bruder meiner Oma sich fortgepflanzt hatte. Und nun hockte dort eine Familie, die über abgewetzte Anzüge meines Onkels und ausgeleierte Schlüpfer meiner Tante in Verzückung geriet.

Es mussten seltsame Menschen sein, die sich über diese quartalsweisen Altkleider-Lieferungen freuen konnten. Auch malte ich mir aus, wie jene Wesen, die mit mir verwandt sein sollten, den lieben langen Tag nichts anderes taten, als Tchibo Gold Mocca zu trinken und Trumpf Schogetten zu essen. Palettenweise schickte meine Oma das Zeug gen Osten.

Ich gebe zu, ich war nicht allzu neugierig, die Empfänger dieser Care-Pakete kennen zu lernen. Im Gegensatz zu Tante Gertrud, die es kaum erwarten konnte, in die von Dankbarkeit erfüllten Gesichter zu blicken. Vor lauter Aufregung hatte sie sich auf der Zugfahrt, kurz vorm Grenzübergang Helmstedt, beim Versuch, eine Zigarette anzuzünden, eine halbe Augenbraue abgeflammt.

Jawohl, meine Tante rauchte. Im Alter von 40 Jahren war sie – auf Anregung ihres Seelenklempners, den sie einmal die

Woche aufsuchte – nikotinabhängig geworden. Der gute Mann hatte erkannt, dass ihr ein anständiges Laster fehlte. Erst in dem Augenblick, da sie selber sündigte, würde sie aufhören, die sittliche Verwahrlosung ihrer Umwelt anzuprangern. Und das Unvorstellbare geschah: HB trat an die Stelle des Gebets. Jede Kippe ersetzte ein Amen. Und ihre Umgebung, vor die Alternative gestellt, sich den Gefahren ihres Temperaments oder denen des passiven Rauchens auszusetzen, entschied sich für Letzteres. Lieber an Lungenkrebs sterben als mit einer Wahnsinnigen leben.

Von all dem wussten die lieben Ost-Verwandten nichts. Dafür wussten sie, wie man Kühe melkt, Schafe schert und Ziegen schlachtet. Das war die erste Überraschung: Es gab echte Kerle in unserer Familie. Naturburschen, die Ochsen stemmten und in der Lage waren, Schweine in Teewurst zu verwandeln.

Die zweite Überraschung war der örtliche Lebensmittelladen, „Konsum" genannt. Ein Blick auf das Warenangebot weckte in mir erste Zweifel an der Überlegenheit des Sozialismus. Dass es weder TriTop noch Dany + Sahne gab, hätte ich noch verschmerzt, auch dass die wenigen Apfelsinen zwischen Grün und Braun changierten, war ich bereit zu tolerieren, doch dass in der Eiskrem der Kristallzucker knirschte, gab mir den Rest. Wie sollte ein Staat seine Bürger für sich einnehmen, sie für Fünf-Jahres-Pläne begeistern, wenn er bereits an der Speiseeisherstellung scheiterte? Die DDR, so viel stand fest, würde früher oder später zur leichten Beute für italienische Eisdielenbesitzer.

Die größte Überraschung aber war meine Großkusine Kristin. Das Mädchen mit dem frechsten Lachen diesseits der Selbstschussanlagen. Während meine Großvettern Waldemar und Alwin mit systemfeindlichen Witzen („Wer war der beste

Maler der DDR? – Walter Ulbricht. Der hat die meisten Feiertage gestrichen.") mein kritisches Bewusstsein schulten, zeigte mir Kristin die sanfte Seite des Sozialismus.

Sie indoktrinierte mich, indem sie ihr breitestes Grinsen aufsetzte, gefolgt von einem „Na du?", das, je nach Tonlage, einer Einladung zum Händchenhalten oder Versteckspielen gleichkam. Wie sollte ich einen Staat hassen können, der solche Mädchen hervorbrachte! Hier hatte Honecker eine Geheimwaffe hervorgebracht, gegen die die geballte Kommunistenhatz meiner neu entdeckten Verwandtschaft keine Chance hatte.

Und das war eine Leistung! Meine Großtante Margot ließ keine Gelegenheit aus, den Umstand zu verfluchen, dass sie denselben Vornamen trug wie Honeckers Ehegenossin. Mein Großonkel Hans-Ludwig zerpflückte die tägliche Hofberichterstattung des „Neuen Deutschland" mit Worten, die jeden karrierebewussten Stasi-Spitzel in Freudentaumel versetzt hätten. Und meine beiden Großvettern machten sich den zweifelhaften Spaß daraus, ihrem Schlachtvieh die Namen von Parteigrößen zu geben. „Tja, Erich, jetzt heißt's Abschied nehmen", sagte Waldemar zu einem ausgewachsenen Eber, kurz bevor Alwin mit dem Hammer zuschlug. Auf diese Weise wurden jedes Jahr Dutzende von Erichs, Karl-Eduards und Kurts ins Jenseits befördert.

Kristins wirksamste Waffe war der Kuss. Nun ist Kuss nicht gleich Kuss. Noch heute befällt mich ein Schauder, wenn ich an die Schmatzer meiner Tante denke. Ihre fleischigen tropfnassen Lippen trafen so unvermittelt mein Gesicht wie Muhammad Alis rechte Gerade das seiner Gegner. Meine ganze Kindheit über konnte ich keine Liebesfilme sehen, weil ich in jeder Frau, die sich in offensiver Weise einem Manne näherte, meine Tante wiederzuerkennen glaubte.

Kristins Kuss war das Gegenstück. Er hatte etwas Flüchtiges, Verspieltes. Er streifte den Mund wie Kohlensäure, die aus einem vollen Glas Sprudel entgegenzischt. Nie wieder habe ich solch erfrischende Küsse geschmeckt. Sie waren ein einziges Gute-Laune-Versprechen. Und sie versprühten Frühlingsgefühle, die noch frei von jener Hitze waren, die mit den Hormonen kommt.

Vor allem aber waren sie ohne Erwartungen, ohne Hintergedanken – „ein Kuss ist ein Kuss ist ein Kuss ist ein Kuss". Später, in der Pubertät, verliert der Kuss seine Unschuld. Er ist nicht länger seliger Selbstzweck, sondern der kleine Finger, der zur ganzen Hand führt. Der Türöffner zu größeren Vergnügungen. Also denken wir beim Küssen ans Fummeln, beim Fummeln ans Vögeln und beim Vögeln daran, wen wir sonst noch alles vögeln könnten. Mit der Folge, dass wir irgendwann vergessen haben, wie schön das Küssen sein kann.

Und vielleicht liegt darin die Tragik des Erwachsenwerdens. Dass alles zur Vorstufe wird. Dass wir uns eine Zukunft herbeiträumen, die der Gegenwart keine Chance lässt. So wenig wie die DDR eine hatte. Denn deren wahre Feinde waren nicht Wolf Biermann oder Nina Hagen, sondern kreuzbrave Westbürger wie meine Tante oder Oma, die jeden Gedanken an Aufruhr und Umsturz von sich gewiesen hätten.

Aber doch halfen beide entschlossen mit, ein Land, dessen Menschen besser lebten als vier Fünftel der Weltbevölkerung, peu à peu zu zersetzen. Jede Tchibo-Bohne, jede Schogette war Munition im Kampf gegen das sozialistische System. Wer Gold Mocca trank, dem verging erst die Lust auf Mocca Fix Gold und dann auf jenen Staat, der solche Produkte hervorbrachte. Und von dem Tag an, da mein korpulenter Großvetter Waldemar sich in eine Wrangler meines Vetters Günter zwängte, weigerte er sich, noch länger Niethosen des VEB Oberbekleidung Lößnitz zu tragen.

Was ich damals trug: Schneidererzeugnisse meiner Oma – orangebraungrüne Pullunder und kratzende Gabardinehosen, die später in der Ostzone landeten. Anziehen wollte sie dort niemand, genauso wenig wie die abgewetzten Anzüge und die ausgeleierten Schlüpfer. Sie wurden weiterverschickt in sozialistische Bruderländer der ärmeren Kategorie. Ich bezweifle, ob meiner Tante die Vorstellung gefallen hätte, dass sinnenfrohe Kubanerinnen ihre Miederwaren trugen.

1977: Disco

Im Augenblick, da sich Andreas Baader eine Kugel in den Kopf jagte, legte sein Vetter Erich Theodor in einer Trierer Diskothek „Stayin' alive" auf – womit er gleich in zweifacher Hinsicht seherische Fähigkeiten bewies. Zum einen blieb der Terrorismus auch nach dem Selbstmord seiner Leitfigur eine lebendige Angelegenheit. Zum anderen kam die Disco-Bewegung, die mancher Hippie gerne tot gesehen hätte, jetzt richtig in Fahrt.

Mittendrin: mein Vetter Günter. Nicht dass er die Bee Gees gemocht hätte. Er gehörte zu jenen Menschen, die nicht wegen, sondern trotz der Musik Diskotheken aufsuchten. Hier konnte er, ganz der Vater, seinen Geschäftssinn ausleben. Dass er sich nicht damit brüstete, hatte einen einfachen Grund: Seine Handelsware war nicht Wellpappe, sondern Haschisch und Gras. Auch hätte es schwerlich den Beifall meines Onkels gefunden, dass Günter vom ersten Tag seiner Unternehmertätigkeit an zu seinen besten Kunden zählte. Genauer gesagt: Er hatte den Haschhandel bloß deshalb begonnen, weil ihn die tägliche Kifferei finanziell auszubluten drohte.

Doch davon bekam unsere Verwandtschaft nichts mit. Eine drogenerfahrene Mutter hätte aus dem Geruch der Wäsche, die er alle vierzehn Tage zu Hause ablieferte, die richtigen Schlüsse ziehen können. Meine Tante aber wunderte sich nur über das „seltsame Rasierwasser", nach dem seine T-Shirts stanken. Und meinem Onkel fiel auf, dass sein Sohn besser haushaltete als erwartet. Offensichtlich konnte selbst ein Studium in der „Großstadt" Trier ein preiswertes Vergnügen sein.

Und das war es in der Tat. Studieren galt damals als die eleganteste Methode, die Flegeljahre nach hinten zu verlängern. Zu diesem Zweck hatte sich mein Vetter für Englisch und Geschichte auf Lehramt eingeschrieben. Englisch, weil es dabei helfen konnte, die Texte seiner Lieblings-Hardrock-Bands besser zu verstehen. Geschichte, weil ihn Kriege faszinierten – er konnte sämtliche Frontberichte meines Opas nacherzählen, als hätte er persönlich im Schützengraben gebibbert. Lehramt, weil sechs Wochen Sommer-, eine Woche Herbst-, zwei Wochen Weihnachts-, drei Wochen Oster- und eine halbe Woche Pfingstferien nicht die schlechtesten Argumente für einen Beruf waren.

Doch hatten solche Überlegungen, kaum dass das Studium begonnen hatte, bloß noch hypothetischen Charakter. Bereits in der ersten Woche entschied mein Vetter, dass nur Menschen mit chronischem Schlafentzug vormittags Vorlesungen besuchten. Auch brauchte er den Montag, um sich vom Wochenende zu erholen, und den Freitag, um sich darauf einzustimmen. Wahrscheinlich hätte er ähnlich überzeugende Gründe gefunden, den Dienstag, den Mittwoch und den Donnerstag aus seinem Studienplan zu streichen, hätte es nicht das Geschäft verlangt, sich regelmäßig an der Hochschule zu zeigen.

Seine Klientel teilte Günter in drei Gruppen auf. Es gab die Karriere-Kiffer; Studenten der Rechts- und Wirtschaftswissenschaften, die nach 14 Stunden Akkordpauken das Zeug benötigten, um einschlafen zu können. Dann waren da die Komakiffer; antriebsarme Pädagogikstudenten, die nicht des Haschs bedurft hätten, um ein Leben in Zeitlupe zu führen. Und schließlich gab es die K-Gruppen-Kiffer, die, bevor sie sich der Veränderung des gesellschaftlichen Seins widmeten, erst mal ihr eigenes Bewusstsein in Revolutionsstimmung brachten – nach mehreren Joints klangen selbst die krausesten Theorien irgendwie einleuchtend. So wurde, mit freundlicher Unterstützung meines Vetters, eine ganze Generation politisch interessierter junger Menschen in den ideologischen Irrsinn getrieben.

Noch mehr vertickte Günter in den Discos von Eifel und Hunsrück. Vor allem jene Schuppen, in denen Amerikaner verkehrten, entpuppten sich als Goldgruben. Vietnamgeschädigte GIs kauften den Shit plattenweise. Doch auch Landpomeranzen, die traditionell mit Apfelkorn und Asbach-Cola abgefüllt wurden, ließen sich mit guten Argumenten – „Probier mal, knallt voll rein!" – von der Qualität der Ware überzeugen.

Am liebsten aber suchte mein Vetter die Schmusediscos auf. Es waren die einzigen Geschäftsräume, in denen er sich entspannt bewegen konnte. Anderswo begegneten ihm Kunden mit Argwohn oder Ablehnung. Jurastudenten ließen ihn ihre Verachtung spüren, als wollten sie sagen: „Wenn ich erst Richter bin, mach ich mit Leuten wie dir kurzen Prozess." In Schmusediscos hingegen trat er nicht als potenzieller Straf-, sondern als Wohltäter in Aktion. Hier kam jeder Handelsabschluss einem Akt der Barmherzigkeit gleich.

Das lag im Wesen der Schmusedisco begründet. Ein gesellschaftlicher Ort, der sich in keiner Zeitgeistchronik wiederfindet. Ein Zwitter des Nachtlebens, der seine Existenz jener seelischen Zerrissenheit verdankt, die Menschen das Neue suchen, doch die Veränderung fürchten lässt. Deshalb simulierten Schmusediscos das Feeling weltstädtischer Dancefloors, ließen Stroboskoplichter blitzen und Spiegelkugeln kreisen und vermittelten gleichzeitig das heimelige Gefühl, beim Tanztee mit Abklatschen zu sein.

Nur in Schmusediscos übten Paare auf „Stayin' alive" Foxtrott. Und nur hier konnte es passieren, dass auf Donna Summers „I feel love" Howard Carpendales „Tür an Tür mit Alice" folgte. Die Diskjockeys in solchen Läden waren nicht zu beneiden. Sofern sie nicht jeglichem musikalischen Anspruch abgeschworen hatten und uninspiriert die Verkaufscharts runternudelten, standen sie vor der vertrackten Aufgabe, dem Bauern die neue Kost schmackhaft zu machen.

Diskjockeys wie Baader beherrschen diese Kunst. Während sein Cousin Andreas mit Wort- und Gewehrsalven die Gesellschaft zerteilte, betrieb Erich Theodor, kurz: Eric, das Gegenprogramm. Abend für Abend wurde vereint, was nicht zusammenpasst: Glamour und Gemütlichkeit, Beats und Bierseligkeit, New York City und Neumagen-Dhron. Erics Waffe war das Mundwerk. Er redete sich, wie es sich für einen Missionar gehört, um Kopf und Kragen, erzählte schillernde Geschichten, die die Zuhörer auf den brandheißen US-Import, den Geheimtipp aus dem Studio 54, einstimmen sollten. Wenn das nicht half, wurde schwereres Geschütz aufgefahren: „Frau Wirtin"-Witze, verbaler Hardcore für Hartgesottene.

Danach hatte mein Vetter leichtes Spiel. Wer mit dem Unterleib dachte, hatte den Kopf frei für Drogen. Und das war der Moment, in dem aus Günter dem Dealer Günter der Barmherzige wurde. Denn vor den Schweiß (in der Nacht) setzten die Götter den Erfolg (am Abend). „Du hast Angst, sie anzusprechen, gell?" – dieser Satz genügte, um Verschämte geschäftsbereit zu machen. Fünf Minuten später war der Deal über die Bühne, und mein Vetter stoppte die Zeit bis zur geglückten Kontaktaufnahme seines Kunden mit dem anderen Geschlecht.

Gab es einen besseren Beweis dafür, welch wunderbare Dinge Drogen vollbringen konnten? Sie nahmen Schüchternen die Scheu, machten Paniker gelassen und Verkrampfte gelöst.

Eigentlich, fand Günter, gebührte ihm das Bundesverdienstkreuz. Der Zivilfahnder, dem er acht Gramm verkaufte, und der Richter, der ihn zu 200 Stunden gemeinnütziger Arbeit verdonnerte, sahen dies anders.

1978: Feminismus

In der Woche, als meine Mutter zu Renate Cullmann zog, verklagten Alice Schwarzer und Inge Meysel den Stern wegen sexistischer Titelbilder. Für meinen Vater waren beide Ereignisse Beleg dafür, dass Frauen verrückt zu werden drohten.

Vorausgegangen waren Monate, in denen sich die schwelende Ehekrise meiner Eltern zu einem Flächenbrand ausgeweitet hatte. Nur hatte mein Vater davon nichts mitbekommen. In seinen Augen funktionierte das Zusammenspiel zwischen ihm und meiner Mutter nach wie vor glänzend. Er sah in seiner Ehe eine Erfolgsgeschichte, die darauf gründete, dass er in seiner Rolle als Ernährer im traditionellen Sinn erstklassige Ergebnisse vorweisen konnte. „Traditionell" meint: zurückreichend bis in die Steinzeit.

Er setzte sein Leben aufs Spiel, um abends ein erlegtes Tier nach Hause zu bringen. Mit dem Unterschied, dass das Wildbret erst über den Umweg Gehaltsscheck und Fleischtheke den Weg zur heimischen Feuerstelle fand. Auch war die Gefahr gering, dass mein Vater auf seiner täglichen Jagd von fletschenden Tieren angefallen würde. Vielmehr zerriss er sich selbst, wurde Opfer seiner eigenen Arbeitswut und brachte sich durch exzessives Stressrauchen – bis zu drei Packungen Ernte 23 am Tag – in Lebensgefahr.

Der Mann, der abends am Küchentisch in sich zusammensank, entsprach in keiner Weise seinem steinzeitlichen Vorbild. Er hatte gelblich-braune Finger, eine Gesichtsfarbe wie

Parmesan und Augenringe, die bis zu den Wangenknochen reichten. Ich bezweifle, dass meine Mutter sich in dieses Bild des Elends verliebt hätte. Es fiel ihr schwer genug, mit diesem Schatten seiner selbst zusammenzuleben.

Eine Erkenntnis, die sich erst langsam bei ihr durchgesetzt hatte. Denn auch meine Mutter hatte jahrelang ein Leben geführt, das diese Bezeichnung nicht verdiente. Sie stand frühmorgens auf, brachte meine Schwester zu meiner Oma, raste zur Arbeit, tippte vier Stunden lang Angebote, Rechnungen und Briefe für eine Spedition, hetzte Punkt zwölf zu meiner Oma, holte meine Schwester ab, kochte das Mittagessen, brachte meine Schwester zu meiner Oma zurück, raste wieder zur Arbeit, tippte vier weitere Stunden Angebote, Rechnungen und Briefe, fuhr abends erschöpft nach Hause, wärmte meinem Vater das Essen auf, trug den Geschirrberg ab und fiel ins Koma.

Das hätte bis zur Rente so weitergehen können. Doch meine Schwester wuchs heran, wurde selbständiger. Bald brauchte sie keine Oma mehr, sondern nur noch einen Brustbeutel mit Haustürschlüssel. Auch kam der Chef der Speditionsfirma angesichts dünner werdender Auftragsbücher zu dem Schluss, dass der Vormittag zum Tippen der Angebote, Rechnungen und Briefe vollkommen ausreiche. Das Resultat war fatal: Meine Mutter hatte Zeit. Das erste Mal seit meiner Geburt.

Damit war die Ehekrise vorprogrammiert. Weil Menschen zu denken beginnen, wenn sie Zeit haben. Und keine Gerichtsshow, keine Seifenoper, kein Krawalltalk hätte sie davon abhalten können – das Einzige, was tagsüber den Bildschirm erhellte, war das Testbild der öffentlich-rechtlichen Sendeanstalten. Also dachte meine Mutter. Sie dachte daran, was ihr das Leben bot. Ein wenig waschen, putzen, saugen, was schnell erledigt war, da sie von Krankenhaushygiene nichts hielt. Zwei Kinder, die Masern, Mumps und Windpocken hinter sich hatten und alt genug waren, sich selbst zu beschäftigen. Und einen Mann, dessen Gesprächshappen sich in einem kargen „Schmeckt lecker!" und einem zähen „Bin ich so müde!" erschöpften. Eine ausgemergelte Kreatur, die Mehrfamilienhäuser zum Stehen zu bringen vermochte, doch garantiert nicht mehr sein Werkzeug zur Familienvermehrung.

Meine Mutter konnte sich nicht mehr daran erinnern, wann sie das letzte Mal ehelichen Verkehr gehabt hatte. Leider konnte sie ebenso wenig in Worte fassen, dass sie diesen Zustand als unbefriedigend empfand. Sie gehörte zu jener Generation von Frauen, die noch ohne publizistischen Beistand – ohne monatliche Kamasutra-Tipps und G-Punkt-Analysen – in zwischengeschlechtliche Begegnungen geschlittert war und sich nun in der Sumpflandschaft der Sünde zurechtfinden musste.

Und darin war sie ein Naturtalent. Instinktsicher ergründete sie, wie sie einer Angelegenheit, die auf keinen Fall Spaß machen durfte, den größtmöglichen Spaß abgewinnen konnte. Zwar hatte sie bis zu ihrem dreißigsten Geburtstag nicht gewusst, dass jenes wohlige Gefühl, das ihr hinterher ein „Hmm, war das gut!" entlockte, die griechische Bezeichnung Orgasmus trug. Auch hätte sie sich lieber die Zunge abgebissen, als Wörter wie „Schwanz" in den Mund zu nehmen. Doch wenn es um die Praxis ging, erwies sie sich als Fachfrau, die die Dinge richtig anzupacken wusste. Sie machte aus meinem Vater einen Menschen, der wenigstens im Bett von Statik auf Dynamik umschaltete und sich mit ansehnlicher Triebkraft jedem Zentimeter ihres Körpers widmete – nicht auszuschließen, dass er dabei Kurven und gleichschenklige Dreiecke berechnete.

Nur nahm sein Interesse für die menschliche Geometrie im Lauf der Jahre parabelförmig ab. Als es den Scheitelpunkt erreicht hatte, lernte meine Mutter Renate Cullmann kennen. Frau

Cullmann war frisch geschieden und, wie sie betonte, „von Männern kuriert". Ihr Ex-Gatte hatte sie geschlagen und überdies mit ihrer Kusine betrogen. Entsprechend offen war sie für die Leidensschilderungen anderer Frauen. Wohl hatte sich mein Vater weder der Körperverletzung noch der Untreue schuldig gemacht, doch konnte Frau Cullmann meine Mutter nach und nach, anhand zahlreicher Indizien, davon überzeugen, dass hier ein gravierender Fall von seelischer Grausamkeit vorlag.

Alldieweil wähnte sich der Täter in Sicherheit. Mein Vater bemerkte nicht, wie sich das Netz um ihn immer enger zusammenzog. Wie hätte er auch! Ihm, dem großen Schweiger, fehlte das Vorstellungsvermögen, dass Frauen sich austauschen. Dass sie über ihr Leben, ihre Beziehungen, ihre Partner reden. Und dass dadurch gedankliche Prozesse in Gang gesetzt werden, die für ihn verheerende Folgen haben konnten.

In diesem Zustand völliger Ahnungslosigkeit fügte mein Vater seiner Liste von Vergehen ein weiteres hinzu: Ohne erkennbare innere Regung erklärte er, wir müssten den lang geplanten Sommerurlaub ohne ihn verbringen. Es ginge nicht anders, ein Projekt sei ihm dazwischengekommen. Womit er die Dämme zum Brechen brachte. Zu viel hatte sich bei meiner Mutter angestaut.

Auch hatte Frau Cullmann ihr Bestes gegeben, den Druck noch zu erhöhen, indem sie immer dann, wenn meine Mutter ihr Leid klagte, Konsequenzen forderte. Sie natterte und viperte los, als läge das Schicksal des Feminismus in den Händen einer Hunsrücker Halbtagssekretärin. Einmal in Fahrt gekommen, erklärte sie die Ehe meiner Eltern zum Sinnbild für die jahrtausendelange Verknechtung des weiblichen Geschlechts. Nur wenn es meiner Mutter gelänge, dem „Chauvi-Schwein" den Laufpass zu geben, hätten „wir Frauen" eine Chance, „zu uns selbst" zu finden.

Lange Zeit hatte sich meine Mutter diesen Brandreden widersetzt. Etwas in ihr sträubte sich dagegen, in meinem Vater ein besonders heimtückisches Exemplar der Unterdrücker-Spezies zu sehen. Sie spürte, dass es nicht die Frauensolidarität war, die Renate Cullmann zu Tiraden inspirierte, sondern das Bedürfnis, die eigenen erlittenen Demütigungen stellvertretend gerächt zu sehen.

Immer wieder setzte sie ihr deshalb ein trotziges „Aber ich liebe ihn doch noch" entgegen. Dann zuckte Frau Cullmann zusammen, schluckte kurz und verrollte die Augen. Wie sollte die Befreiung der Frauen voranschreiten, solange diese mit ihren Unterdrückern sympathisierten! Schlimmer noch: Sie knüpften Heilserwartungen an das Leben mit jenen gefühllosen Tyrannen.

Meine Mutter wollte sich den Glauben nicht nehmen lassen, dass mein Vater nur eine Auszeit benötigte, um wieder der Alte zu sein, das heißt: der junge Mann, den sie in den 60ern kennen und lieben gelernt hatte. Indem er den Urlaub absagte, zerstörte er diesen Glauben. Eine Stunde später hatte sie ihre Sachen gepackt und mit den Worten „Dann viel Spaß im Büro!" das Haus verlassen.

Und da saß mein Vater nun und verstand die Welt nicht mehr. Dass dort draußen, in der Wildbahn, zahllose Gefahren lauerten, die Vorsicht und Wachsamkeit verlangten, war sein Überlebenswissen im täglichen Existenzkampf. Doch dass selbst die heimische Höhle keinen Schutz bot, traf ihn wie ein Keulenschlag. Er verspürte eine Hilflosigkeit, wie er sie seit seiner Kindheit, als eine Bombe ins Nachbarhaus einschlug, nicht mehr erlebt hatte.

Nur war er jetzt der Erwachsene, der einem elfjährigen Jungen und einem siebenjährigen Mädchen erklären musste, dass die heile Welt eine Auszeit genommen hatte. Er tat dies auf eine Weise, als gälte es, einem Auftraggeber schonend beizubringen, dass sich bei der Gebäudekonstruktion ein Rechenfehler eingeschlichen habe. Also druckste er herum, ließ die Augen umherschweifen und rückte schließlich mit der „leider ziemlich unangenehmen Angelegenheit" heraus:

Zwischen „eurer Mutter" und ihm habe es „etliche, äh, Schwierigkeiten" gegeben, die eine „räumliche Veränderung" als „sinnvoll" hätten erscheinen lassen. Doch sei er, „nun ja, zuversichtlich, dass schon bald ..." Das ganze Ausmaß der Zuversicht zeigte sich darin, dass er noch am selben Abend eine halbe Flasche Johnny Walker leerte und etwa dreißig Mal hintereinander mit Paul McCartney „Yesterday" anstimmte.

An den folgenden Tagen betätigte er sich in seiner Freizeit als Koch. Nachdem gleich der erste Versuch, drei Steaks zu braten, mit einer Rauchvergiftung geendet hatte, stieg er auf Dosengerichte um. Wir ernährten uns von Klassikern wie Bohnen in Tomatensoße, Nudeln in Tomatensoße und Hackfleischbällchen in Tomatensoße. Als meine Schwester – auf dem Speiseplan stand Tomatensuppe – losheulte, sie wolle Mama wiederhaben, lud uns mein Vater zum Essen ein.

Wir fuhren zu einer Pizzeria drei Orte weiter, weil er befürchtete, Bekannte könnten uns begegnen und lästige Fragen stellen. Stattdessen erspähten wir Onkel Ewald, der in Fingerspiele mit der Sekretärin einer Sprudelfabrik verwickelt war. Während mein Vater versuchte, uns die Sicht zu versperren und in eine andere Ecke des Lokals zu lotsen, winkte mein Onkel uns freudestrahlend zu. Offensichtlich war die Beute fest in seiner Hand.

Dass dieser keine Scham zeigte, verwirrte meinen Vater vollends. Seine käsige Gesichtshaut kippte ins Kalkige. Es war nur noch eine Frage der Zeit, bis sein Kreislauf kollabierte. Ich musste eingreifen: „Papa, das weiß doch jeder, dass Onkel

Ewald fremdgeht." Schlagartig kehrte das Leben in ihn zurück. Er gab sich einen Ruck, steuerte auf dessen Tisch zu, stellte sich vor und machte gute Miene zu einem Spiel, dessen Regeln er nicht begriff. Nach einem kurzen Smalltalk verabschiedete er sich hastig. Noch während er sich umdrehte, raunte ihm mein Onkel zu: „Wenn du mal Lust hast ..."

Den Rest des Tages sprach mein Vater kein Wort mehr. Daheim angekommen öffnete er eine neue Flasche Johnny Walker – die Spirituosenabteilung von Kaiser's verdiente in jenen Tagen gut an ihm – und betrank sich in einem Tempo, das jeden verantwortungsbewussten Genusstrinker entsetzt hätte. Ich fing an, mir Sorgen zu machen.

Nach anderthalb Wochen hatte der Spuk ein Ende. Meine Mutter kehrte zurück, nachdem mein Vater am Telefon unter Tränen Besserung gelobt hatte. Er werde sein Arbeitspensum einschränken, mehr Zeit der Familie widmen und überhaupt ein neuer Mensch werden. So habe er bereits mit dem Rauchen aufgehört. Sie glaubte ihm. Renate Cullmann nicht. Sie beschimpfte meine Mutter als „naive Trulla" und „bodenlos hörig". Natürlich kündigte sie ihr die Freundschaft auf.

Mein Vater aber lud als Zeichen der Versöhnung und in der Hoffnung, die Gerüchteküche einzudämmen, die ganze Bagage – meine lieben Verwandten – zu einem Grillfest ein. Es wurde kein sonderlich entspannter Abend. Tante Gertrud hielt meine Mutter unter Dauerobservation und versuchte, aus deren Mimik und Gestik herauszulesen, wie hoch die Wahrscheinlichkeit für eine glückliche Fortführung der Lebensgemeinschaft sei. Onkel Ewald hingegen spottete im Zehn-Minuten-Takt über das „heilige Band der Ehe" und setzte dabei sein schmutzigstes Grinsen auf.

Schließlich, zu vorgerückter Stunde, verkündete er, mit dem Pathos eines autoritären Amtsrichters, dass er meine Mutter

„wegen unerlaubten Entfernens vom Herd" zu „lebenslangem Bett- und Küchendienst" verurteile. Mein Vater lachte daraufhin zum ersten Mal seit Fastnacht 76. In diesem Augenblick schwante meiner Mutter, dass sie den vielleicht größten Fehler ihres Lebens begangen hatte.

1979: Iran

Am Tag, als Ayatollah Khomeini persischen Boden betrat, hatte ich meinen ersten Samenerguss. Der Zusammenhang dieser Begebenheiten erschloss sich mir nicht auf Anhieb. Zum ersten Mal in meinem Leben versagte mein altkluger Kopf vor der Aufgabe, die Welt zu erklären. Die bewährte Schwerelos-Strategie – ich stellte mir vor, wie Onkel Pete im Kosmos schwebend auf die Erde herabblickte und auf alles sofort eine Antwort parat hatte –, sie funktionierte nicht mehr.

Was hatte es zu bedeuten, dass ich nachts mit einer verklebten Schlafanzughose aufwachte, und warum trugen die Frauen im Iran plötzlich Schleier? Die erste Frage schien schnell beantwortet. Ich hatte von Ute Decker geträumt. Sie war nach dem ersten Schulhalbjahr als nicht ganz freiwillige Sitzenbleiberin zu uns in die Klasse gekommen. Da mein Banknachbar nach einer Schlittenfahrt, die an einer Edeltanne geendet hatte, im Krankenhaus lag, war der Stuhl neben mir frei. Und auf den steuerte Ute Decker, kaum dass sie den Raum betreten hatte, mit unverschämter Selbstverständlichkeit zu.

Das Erste, was ich registrierte, war eine Duftwolke von solcher Dichte, dass mir schwarz vor Augen wurde. Ein klarer Verstoß gegen das Betäubungsmittelgesetz. Nachdem sich meine Nase an die Reizüberflutung gewöhnt hatte, wagten meine Augen einen vorsichtigen Blick zur Seite. Was ich sah, trug wenig zur Beruhigung meiner Sinne bei.

Bis dahin hatte ich in meinen Mitschülerinnen nichts Besonderes entdecken können. Mädchen waren Jungen mit gewissen Abweichungen. Konkret: Sie zeigten Schwächen im Fußball und trugen mitunter Faltenröcke. Dies steigerte den Unterhaltungswert der Pausen beträchtlich. Regelmäßig gab es ein lustiges Gezerre und Gezeter, sobald man versuchte, den Rock zu heben, um mit abmontierten Taschenspiegeln von Bonanza-Rädern Schnitt und Muster weiblicher Unterhosen zu ergründen. Doch ahnte ich schon damals, VOR der Pubertät, dass Mädchen über eine Waffe verfügen, deren Wirkung ein mit Fußballstatistiken vollgestopftes Knabenhirn völlig überfordert: den Blick.

Bei uns Buben sind die Augen stumme Lautsprecher. Wortlos plärren sie den Zustand unseres Gemüts aus. Man sieht einem Jungen IMMER an, wie er sich fühlt. Ob er wütend ist oder euphorisch, zufrieden oder beleidigt. Und da die meisten männlichen Artgenossen ewige Kinder sind, verraten sie sich noch im Greisenalter unaufhörlich. Sehr ärgerlich.

Mädchen nutzen ihre Augen als Spiel- oder Werkzeug. Sie haben die Gabe, ihren Blick zu kontrollieren. Mit einem gezielten Augenaufschlag können sie einen Jungen in den Himmel oder ins Verderben schicken. Doch als wäre dies nicht bereits Wettbewerbsverzerrung genug, hat ihnen die unfaire Natur noch weitere Manipulationsinstrumente mit auf den Weg gegeben: die sekundären Geschlechtsmerkmale, den Busen und den Po.

Selbstverständlich weiß ich, dass diese schon aus Gründen der Paarungsbereitschaft und damit der Arterhaltung absolut notwendig sind. Nur dachte ich als Neuankömmling in der Pubertät nicht an den Fortbestand der menschlichen Spezies, sondern daran, dass es nicht gerecht sein konnte, dass Ute Decker mir mehrere Körbchengrößen voraus war. Das Wesen, das neben mir saß, war kein Mädchen, dessen Faltenrock zu Schabernack einlud. Neben mir saß eine FRAU.

Und damit fingen die Probleme an. Ein Mensch, der in meine Träume eindrang und es schaffte, Kontrolle über meine Körperflüssigkeiten zu erlangen, musste über unheilvolle Kräfte verfügen. Etwaige Zweifel an ihrem Status als böse Fee ließ ich gar nicht erst aufkommen. Dass sie mir am Morgen danach wissend zuzwinkerte, war ein eindeutiger Beleg für ihre Täterschaft.

Was aber bezweckte sie mit ihrem dämonischen Treiben? Ich hatte bis dahin ein zufriedenes Leben geführt. Ich war ein unbekümmertes Kind gewesen, das die Wunderlichkeiten der Erwachsenenwelt wie Popcornkino konsumierte. Nun aber musste ich feststellen, dass ich nicht länger im Zuschauerraum saß, sondern mich mitten im Leinwandgeschehen wiederfand. Und der Film, der dort spielte, war keine flapsige Teeniekomödie, sondern ein Ingmar-Bergman-Drama mit mir in der Hauptrolle.

Es ging um Sex, der nicht stattfand, um Sünden, die im Kopf kursierten. Denn: Nie hätte ich gewagt, Ute ungeziemende Avancen zu machen, ihr erst den Verstand und dann die Unschuld zu rauben. Ich hätte auch nicht gewusst wie. Schon der erste Abgrund erwies sich als unüberwindlich: Wie bringt man ein Mädchen dazu, sich zu entblößen? Indem man sie bittet? „Entschuldigung, Ute, könntest du bitte deine Bluse aufknöpfen und deinen BH ausziehen? Ich komm sonst nicht an deinen Busen ran." Hm.

Es war wie verhext. Den eigenen Oberkörper vermochte ich in zwei Sekunden freizumachen, doch das Gleiche bei einem Mädchen zu erreichen, schien eine Frage von Äonen. Oder wenigstens von Jahren. Hier war eine Vorbereitung vonnöten, die meinen Verstand heillos überforderte. Wie sollte ich Ute ansprechen, ohne meine zweifelhaften Absichten sofort zu verraten? Dr. Sommer, der alterslose Bravo-Experte für Teenagerängste, machte alles noch schlimmer. Sein Standardratschlag für gepeinigte Pickelgesichter: „Sag ihr einfach, was du für sie empfindest."

Einfach?!? Schon ohne Selbstoffenbarungen war es schwer genug, neben ihr sitzend keine Schweißausbrüche, Pulsüberschläge oder Herzrhythmusstörungen zu erleiden. Wandte sie sich mir dann auch noch zu, entwickelte ich Symptome, die mich als Versuchsobjekt für die Stressforschung qualifizierten. Die Frage nach einem Radiergummi genügte, um meine Nerven auf die Achterbahn zu schicken. Ihr „einfach" zu sagen, was ich empfand, wäre einem Himmelfahrtskommando gleichgekommen. Verlangte Dr. Sommer allen Ernstes von mir, ihr mitzuteilen, dass ihr Körperbau es mir unmöglich machte, mich auf den Unterricht zu konzentrieren? Dass sie meinen Spermaausstoß in die Höhe trieb, OHNE dass ich Hand an mich gelegt hätte?

Und damit wir uns recht verstehen: Das war, BEVOR Mädchen sich in Hüftthosen und bauchfreie XXS-Shirts zwängten. Der heutige Dresskode hätte aus mir einen Stammkunden von Apotheken gemacht. Einen dankbaren Empfänger von Betablockern, Barbituraten und ähnlichen Beruhigungshämmern. Lieber ein Leben zum Wohle der Pharmaindustrie – ein Leben, dessen scharfe Umrisse biochemisch abgesoftet wurden – als jene klar konturierte Angst, die jeden Schulbesuch zum Psychoschocker machte! Mit Ute Decker als Femme fatale, deren schiere Präsenz einem hormongefluteten Minderjährigen Minderwertigkeitskomplexe bereitete. Ich sah mich einer Macht ausgesetzt, die Tag für Tag ihre Wirkung an mir austestete. Die mich dazu brachte, das kleine Wörtchen „Ja" als vielsilbigen Rap zu stottern. Die meinen Teint nach Belieben zwischen Panikweiß und Schamrot hin und her bewegte. Wie einen Spielball, der ab und zu getreten werden muss.

Mit jedem Tritt nahm der Schmerz zu. Und mit ihm die Wut. Meine erotischen Wunschträume wurden von Gewaltfantasien abgelöst. Alles in mir schrie nach Genugtuung, nach Rache, nach Vergeltung. Bis ich jene Fernsehbilder sah, die mich mit einem Schlag in die Wirklichkeit zurückholten. In eine Welt, in der die Dinge nicht im Kopf passierten, sondern ganz real. Mitten im Iran.

Ich wunderte mich über Männer, die sich wie wild gewordene Teenager aufführten, die Fäuste, Fahnen und Schwerter schwenkten und dabei grimmig in die Kamera blickten. Dann sah ich die Frauen oder besser: das, was von ihnen übrig geblieben war. Der Ganzkörperschleier hatte sie in große schwarze Kegel verwandelt. Bei ihrem Anblick wurde ich ruhig und gelassen – hier war das Gegenbild zu Ute Decker. Gesichtslos, geschlechtslos, reizlos. Vor solchen Frauen musste selbst ich mich nicht fürchten.

Und da begriff ich es: Dass jene Männer, die ihre Frauen in unförmige Schwarzkittel steckten, ebensolche Waschlappen waren wie ich. Pubertierende im Geiste, die vielleicht den Tod nicht fürchteten, doch umso mehr das eigene Weib. Ich musste handeln, wollte ich nicht als potenzieller Hexenverbrenner enden. Schon der nächste Morgen würde über mein weiteres Schicksal entscheiden.

In der großen Pause, nachdem ich mir die Konsequenzen fortgesetzter Feigheit noch einmal vor Augen geführt hatte, trat ich meinem Feind entgegen. „Ute, ich muss dir etwas sagen. Ich habe Angst vor dir. Du machst mich fertig." Dann lieferte ich ihr einen Livebericht aus der Hölle.

Sie schluckte mehrfach, während ich erzählte. Ihre Augen weiteten sich wie Expander. Und plötzlich war sie es, deren

Gesichtshaut Farbwechsel vollführte. Ich war überrascht, hielt inne. Sekundenlang schauten wir uns fragend an. Dann beugte sie sich zu mir rüber, und mit den Worten „Den hast du dir verdient" drückte sie ihre Lippen auf meine. Eh ich mich versah, war ich stolzer Besitzer eines Zungenkusses. Es war der erste meines Lebens.

Und dabei blieb es dann auch. Heute verstehe ich, dass Ute ihren sechzehnjährigen Freund nicht für ein unbedarftes Greenhorn verließ. Damals jedoch stürzte mich ihre Abfuhr von einem Elend ins nächste. Denn nun lernte ich, was Liebeskummer heißt. Aber das ist eine andere Geschichte.

1980: Neue Deutsche Welle

Anders als die meisten Gebirge, die ihre Bewohner in Täler einkesseln, lässt der Hunsrück seinen Menschen viel Raum. Er ist ein Hochplateau. Ein Flachland auf Stelzen, das an vielen Stellen kilometerweite Sicht bietet, ohne dass sich ein Hügel dazwischenschiebt.

Meinen Vetter Günter interessierte dies nicht. Für ihn war der „Hundsbuckel", wie der Hunsrück im Dialekt heißt, der Inbegriff der Enge – das Kulturleben beschränkt, die Bewohner verschlossen. Oder, je nach Laune, auch umgekehrt. Man kann nicht behaupten, dass mein Vetter seine Heimstatt mochte.

Aggressionsverschärfend kamen jene 200 Stunden gemeinnützige Arbeit hinzu, die er als Sinnbild für die Absurdität des Lebens empfand. Zum Dank dafür, dass er bedürftigen Menschen mit Gras geholfen hatte, durfte er jetzt das Gras in öffentlichen Parkanlagen mähen. Es war Zeit, die Droge zu wechseln. Konsequent entsagte er dem Kiffen und widmete sich nicht minder kompromisslos koffeinhaltigen Getränken, bevorzugt in den Geschmacksrichtungen Bacardi-Cola und Jim-Beam-Cola.

Die Folgen zeigten sich von Jahr zu Jahr deutlicher. Ohne den mäßigenden Einfluss von Mary Jane & Co lief mein Vetter innerlich heiß. Die Longdrinks waren der Brennspiritus, der seine Seele befeuerte. Überall sah er böse Mächte am Werk, die ihn an der freien Entfaltung seiner Persönlichkeit hinderten. An vorderster Front: meine Tante und mein Onkel. Er hatte beschlossen, ihnen die Schuld an seiner Misere zu geben – wovon er sie sporadisch samstagnachts in Kenntnis setzte, indem er Möbel verrückte und das Haus zusammenschrie. Und da er eh schon in Fahrt war, pöbelte er bei der Gelegenheit auch meine Kusine an, beschimpfte sie als „Strebersau" und „frigide Kuh". Sie konterte mit der Bemerkung, er müsse sich schon entscheiden, ob sie ein Rindvieh sei oder ein Schwein.

Auch machte er sich nicht mehr die Mühe, die Illusion einer nach Plan verlaufenden Akademikerausbildung aufrechtzuerhalten. Im Gegenteil. Er begann, mit seinem Dasein als Bummelstudent zu kokettieren, und trieb so meinen Onkel zur Weißglut. Dies gelang umso besser, als letzterem das Druckmittel Geld fehlte. Denn Günter war pragmatisch genug, den Restalkohol in der Frachtabfertigung des Luxemburger Flughafens rauszuschwitzen und so den finanziellen Grundstock für weitere Besäufnisse zu legen.

Dort lernte er Oswald kennen, der ähnlich freiherzige Ansichten über Mindeststudienzeiten und Höchstpromillegrenzen vertrat. Oswald kam aus Hannover, der, wie er behauptete, „härtesten Stadt Deutschlands". Nirgendwo gebe es mehr Hardrock-Bands und Kneipen. Ein Argument, das meinen Vetter überzeugte. Fortan röhrten die beiden in einem Fiat 500, dessen Auspuffanlage jeden TÜV-Prüfer das Gruseln gelehrt hätte, regelmäßig nach Hannover und ergründeten dort in furchtlosen Selbstversuchen die Belastungsgrenzen von Trommelfell und Leber.

Es war ein Leben am Rande der Zirrhose, ein Kraftakt unter Hörsturzgefahr. Doch während Oswald in dieser Form der Körpererfahrung Glück und Erfüllung fand, wuchs in meinem Vetter die Anspannung. Und das verstörte ihn. Umso mehr, als er im Bemühen, Dampf abzulassen, titanische Kräfte entwickelte. Allein, es half nichts. Kein Schlagzeug der Welt vermochte das Ticken seiner inneren Zeitbombe zu übertönen.

Das Hüpfen von Exzess zu Exzess wurde zum Sisyphus-Unternehmen: Kaum hatte er das Stadium völliger Verausgabung erreicht, baute sich der Druck von Neuem auf. Bald erschien ihn sein Kampf um Gleichmut und Gelassenheit wie der Wettlauf zwischen Hase und Igel, bei dem der Hase, sosehr er sich auch anstrengte, stets ein „Ich bin schon da!" zu hören bekam.

Wie hätte er auch gewinnen können! Nicht sein Körper, dessen Nehmerqualitäten gigantisch waren, sondern sein Gemüt wollte befriedigt werden. Und schließlich, als sich seine seelische Verfassung der eines Bombenlegers angenähert hatte, traf er auf seine Erlöser. Sie hießen Robert Görl und Gabi Delgado und traten unter der Bezeichnung Deutsch Amerikanische Freundschaft, kurz: DAF, der Öffentlichkeit entgegen. Oder, um genau zu sein: Sie traten die Öffentlichkeit. Sie waren die eisenummantelte Stiefelspitze einer Bewegung, die nichts vereinte außer der Unzufriedenheit mit einer Welt, für die „Glück" und „Grundig-Fernseher" Synonyme waren.

Es war am 21. April 1980, als das Leben meines Vetters wieder einen Sinn erhielt. DAF traten in der Werkstatt Odem in Hannover auf. Und Günter, der bis zu jenem Tag dem achtminütigen Gitarrensolo als höchster musikalischer Ausdrucksform gehuldigt hatte, wurde zum Fan elektronischer Maschinen, die Dreitonmelodien ausspien, während Delgado Parolen rezitierte und Görl stereotype Taktfolgen weghämmerte. Das hatte es bis dahin nicht gegeben, harte Musik ohne Gitarren.

Und das durfte es, nach Meinung von Oswald, auch nie geben. Also zog er während des Auftritts kurzerhand den Stecker. Was sich als Fehler erweisen sollte. Ein Publikum, das unter Hochspannung steht, zeigt in der Regel wenig Verständnis für mutwillig herbeigeführte Stromausfälle. Oswalds Fluchtversuch war durch 13 Biere, die seinen Orientierungssinn ausgeschaltet hatten, zum Scheitern verurteilt. In der sich anschließenden Keilerei verlor er zwei Schneidezähne und einen Freund. Günter beschimpfte ihn als „asozialen Arsch", ehe er im Bemühen, seiner Empörung Nachdruck zu verleihen, das Nasenbein eines Nebenstehenden traf.

Noch Jahre später erzählte mein Vetter, dies wäre das schönste Konzert seines Lebens gewesen. So schön, dass er in derselben Nacht als Roadie bei DAF anheuerte. Natürlich waren DAF für deutsche Verhältnisse viel zu hart. In einem Land, in dem Neunzehnjährige zu Bausparverträgen verführt werden, hat es eine Band schwer, die ihr Publikum auffordert:

Verschwende deine Jugend
Verschwende deine Jugend
Solang du nur noch kannst
Solang du nur noch jung bist
Schön und jung und stark
Schön und jung und stark
Und nimm dir, was du willst
Nimm dir, was du willst

Und dann erst die Liebeslieder! In den späten 70ern waren Beziehungen zu höchst labilen Verbindungen geworden. Die Frauen wussten nicht mehr, was sie wollen sollten, und die Männer nicht mehr, was sie wollen durften. Dass man zusammen war, weil man sich mochte, einander gut und geil fand, genügte als Begründung nicht länger. Nicht die Intervalle geschenkter Blumen, sondern die Anzahl geteilter Neurosen wurde zum Gradmesser einer gelungenen Beziehung. Gemeinsam gestört durchs Leben eiern. Dann kamen DAF, und plötzlich war alles wieder einfach:

Verlieb dich in mich
Schau, so einfach:
Ich zeig dir, wie es geht
(...)
Ich sag, dass ich dich lieb´
Du sagst, du liebst mich auch
Ich küss dich, schau:
Verliebt sein ist leicht
Schau, so leicht
Ich zeig, wie Liebe geht
Probier die Liebe aus

Gleich in der ersten Stadt als Roadie probierte mein Vetter „Verlieb dich in mich" als Anmachspruch aus und erzielte damit einen Achtungserfolg. Zwar verhalf ihm die DAF-Zeile nicht zur Liebe des Lebens, doch immerhin zu einem One-Night-Stand.

Mehr wollte er auch nicht. Schließlich ging es um Energie, nicht um Gefühlsduselei. In einer Welt voll falschen Pathos war Energie die einzige verlässliche Größe. Und davon sollte er reichlich bekommen. Denn DAF beschlossen, die hoffnungslos verweichlichte Bundesrepublik vorübergehend zu verlassen, um im Königreich der Proletarier und Proleten die Zündkraft ihrer Musik zu testen. Mein Vetter legte sich zu diesem Zweck einen Schlagring zu. Eine Entscheidung mit Weitblick.

Delgado und Görl nämlich hatten es versäumt, sich vorab über die sozialen Strukturen ihrer Auftrittsorte kundig zu machen. Dass es in England Menschen gab, deren Definition eines „guten Konzerts" anders aussah als die von Besuchern der Royal Albert Hall, hatten beide nicht bedacht. Und so landete der DAF-Tross im Zustand völliger Ahnungslosigkeit in Middlesbrough. Eine Industriestadt im Nordosten Englands, deren Hauptattraktion das zentral gelegene Atomkraftwerk ist.

Ich kann mir vorstellen, dass es an solchen Orten schwer ist, eine positive Grundhaltung zum Leben zu entwickeln, aber ich bezweifle, ob Delgado und Görl, als sie auf der Bühne standen – vor ihnen 800 Skinheads, neben ihnen deren Anführer, der nur darauf lauerte, das Startsignal zu geben, die „fucking Krauts" auseinanderzunehmen – darüber sinnierten, dass die Mehrzahl der Konzertbesucher eine schwere Kindheit hinter sich hatte. Nein, das taten sie bestimmt nicht. Eher werden sie daran gedacht haben, dass die Chance, wieder heil aus der Halle zu kommen, ziemlich gering war. Also prügelten sie auf ihre Instrumente ein, als ginge es um ihr Leben. Und so war es ja auch: Es GING um ihr Leben.

Görl verdrosch sein Schlagzeug, und Delgado nahm das Mikrofon in den Würgegriff, brüllte Parolen wie „Deutschland, Deutschland, alles ist vorbei!" mit einer Wut heraus, als müsste er einen Parteitag zum Toben bringen. Einen aufgeklärten Mitteleuropäer mag es befremden, dass das Publikum – des Deutschen nicht mächtig – das Ganze in „Deutschland, Deutschland, Sieg Heil!" umformulierte. Auch ist zu vermuten, dass die aufgeputschte Meute die Aufforderung „Tanz den Mussolini! Tanz den Adolf Hitler!" keineswegs faschismuskritisch interpretierte. Doch hatten Delgado und Görl im Angesicht gewaltbereiter Glatzen andere Sorgen als die Deutung von Liedtexten.

Und es wurde dann auch eine bestialische Prügelei. DAF erledigten ihren Dompteursjob so gut, dass die Skins, statt die Bühne zu stürmen, es vorzogen, sich untereinander die Knochen zu brechen. Mein Vetter, der sich am Herd des Geschehens befand, hielt sich mittels Schlagring die schlimmsten Fieslinge vom Leib, während Delgado und Görl unbeirrt ihren musikalischen Blitzkrieg fortsetzten. Die Neue Deutsche Angriffswelle verlangte den Tommys alles ab. Es war wie in den seligen Jahren Churchills. Wieder flossen „Blut, Schweiß und Tränen", und wieder waren es die Krauts, die alles angezettelt hatten. Der Philosoph Hegel hat also Recht: Alle geschichtlichen Vorgänge ereignen sich zwei Mal.

Und mein Vetter fügte hinzu: „Das eine Mal als Tragödie, das andere Mal als Farce." Sagte ich „mein Vetter"? Ich meinte natürlich Karl Marx.

1981: Hausbesetzer

Am Tag, als Heinrich Lummer sich mit Napoleon verwechselte, hatte meine Kusine das Pech, zur falschen Zeit am falschen Ort zu sein. Doch der Reihe nach:
Alles fing damit an, dass Sieglinde Mainz satt hatte. Ihr gefiel die Stadt nicht, die wie so viele deutsche Städte in der Nachkriegszeit durch Allerweltsbauten versaut worden war. Ihr gefielen die Menschen nicht, die in der „fünften Jahreszeit" aufdrehten, um nach Abklingen des Narhallamarschs in eine neunmonatige Aschermittwochstarre zu fallen. Und am wenigsten gefiel ihr, dass es ihr in fünf Jahren Pharmaziestudium nicht gelungen war, einen „gescheiten Typen" zu finden – was mein Vetter mit den Worten kommentierte: „Manche Männer spielen halt lieber mit Reagenzgläsern."
Also zog sie Ende der 70er Jahre nach Berlin. Als letzter Außenposten der westlichen Welt, umschlossen von säbelrasselnden Kommunisten, genoss die Stadt Narrenfreiheit. Sie war das verhätschelte Nesthäkchen, das unentwegt mit Süßigkeiten gemästet wurde. Natürlich sagte man nicht „Süßigkeiten", sondern „Subventionen". Wenn es den Westdeutschen gut ging, dann musste es den Westberlinern gefälligst noch besser gehen, auf dass jeder DDR-Bürger sähe, welches System das überlegene sei.
Auch hatte es sich rumgesprochen, dass der einfachste Weg, der Bundeswehr zu entgehen, der nach Berlin war. Auf diese Weise vermied man auch die wenig verheißungsvollen Alter-

nativen Rollstuhlschieben und Umgang mit Stuhlgang. Berlin wurde zur Stadt der Verweigerung. Ein Ort für Menschen, denen nicht der Sinn danach stand, ihren Lebenslauf dem Anforderungsprofil multinationaler Konzerne anzupassen.

Unter solchen Umständen verspürten selbst die Unternehmer keine Lust, ihre Ausbeuterinstinkte auszuleben. Statt, wie es sich für anständige Kapitalisten gehört, die Luft zu verpesten und die Arbeiter zu knechten, zogen sie es vor, ihr Geld direkt bei der Regierung abzuholen. Man brauchte dafür bloß ein großes „Projekt", das Irrsinnssummen Geld verschlingen würde, und schon erklärte sich ein edler Senator bereit, für so viel Idealismus zu bürgen. Genauer gesagt, nicht für den Idealismus, sondern für die 20, 40 oder 100 Millionen Mark, die dieser Idealismus verlangte.

Seltsamerweise reichte das Geld dann doch nicht aus. Die Baufirma ging Pleite, und der edle Senator musste vors Volk treten und diesem erklären, wohin die 100 Millionen so plötzlich entschwunden waren. Absonderlichkeiten wie diese stellten den gesunden Menschenverstand auf eine harte Probe. Es war, als hätten sich die Bauherren und Hauseigentümer Berlins zum Ziel gesetzt, die eigene Bevölkerung in die Obdachlosigkeit zu treiben. Die einen bekamen Geld dafür, dass sie Häuser entwarfen, die nie gebaut wurden. Die anderen wollten nicht einmal das, sondern ließen ihre Gebäude lieber leer stehen und verfallen. Möglicherweise, um hinterher Häuser zu entwerfen, die nie gebaut würden. Monopoly der virtuellen Art. Da war es nur konsequent, dass auch jene Menschen, die üblicherweise „Mieter" genannt werden, ihre eigenen Spielregeln aufstellten. Sie zogen in zerbröckelnde, leer stehende Gründerzeitbauten und zahlten keinen Pfennig dafür.

In einem dieser Bauten hauste Javier Heinz. Javier Heinz war Halbspanier. Das genügte, um meine Kusine in Verzücken zu versetzen – das Ergebnis einer klassischen Konditionierung. Seit ihrer spanischen Nacht war sie für germanische Minne verloren. Ihr Arbeitsethos mochte typisch deutsch sein, fleißig, penibel, diszipliniert, doch in Liebesfragen vergaß sie ihre Herkunft. Sie verachtete die „neuen Männer". Jene scheinsensiblen Zeitgenossen, die in schlimmster deutscher Tradition vorauseilenden Gehorsam übten. Mit verständnisvoller Miene lauschten sie den Klagen über 5 000 Jahre Patriarchat und nickten jeden feministischen Standpunkt brav ab; immer in der Hoffnung, dass sich so die Chance erhöhte, dem Körper des femininen Gegenübers näher zu kommen.

Meine Kusine war immun gegen derartige Liebedienerei. Sie hatte die harte Chauvinistenschule meines Onkels durchlaufen und sich mit meinem Vetter, der sich für keine Abgeschmacktheit zu schade war, einen jahrelangen Kleinkrieg geliefert. Sie verstand daher nicht, wie Männer derart kampflos das Feld räumen konnten. Was sie suchte, waren Eroberer mit Reibefläche. In Javier Heinz, benannt nach seinen Großvätern, fand sie beides: andalusisches Temperament und teutonische Rechthaberei.

Kennen gelernt hatte sie ihn in einer kollektiv verwalteten Kreuzberger Kneipe, in die sie sich bei einem Wolkenbruch hineinverirrt hatte. Der Ort bestätigte sämtliche Vorurteile, die sie gegen die Alternativszene hegte. Als Doktorandin der Pharmazie erkannte sie auf Anhieb, dass sie sich in einer Virenschleuder ersten Ranges befand. Sie war geneigt, vor die Toiletten ein Schild zu hängen: „Vor Betreten der sanitären Einrichtungen Hepatitis A-Spritze setzen!" Entgegen ihren Trinkgewohnheiten bestellte sie einen Doppelkorn, darauf spekulierend, dass der hochprozentige Alkohol die im Glas vorhandenen Keime abtöten würde. Und so begann die vielleicht seltsamste Begegnung in dem an seltsamen Begegnungen nicht armen Liebesleben meiner Kusine.

Denn niemand anderes als Javier Heinz servierte ihr den Schnaps mit den Worten: „Du passt hier nicht rein." Sieglinde, die – Günter sei Dank! – mit solchen Unverschämtheiten umzugehen wusste, pampte zurück: „Zum Glück nicht! Dann krieg ich wenigstens keine Filzläuse." Er: „Bei mir zuhause ist es sauberer." Sie: „Das will ich sehen!" Zwei Stunden später befand sie sich in Javier Heinzens Zimmer, drei Stunden später auf seinem Bett, vier Stunden später auf Wolke sieben.

Er hatte übrigens nicht gelogen: Sein Zimmer war sauberer. Was man vom Rest der Wohnung nicht behaupten konnte. Meine Kusine lernte, wie nah Faszination und Ekel beieinanderliegen. Nämlich eine Türschwelle. Sie trennte das Universum der gelebten Geschlechtlichkeit, der befreiten Gefühle, der leichten Gedanken von dem des Schmutzes.

Es war ein Schmutz, der allgegenwärtig war. Er steckte in den Ritzen der Bodenleisten, klebte an der Unterseite der Türgriffe, saß fest zwischen den Herdplatten, machte sich breit in Form von Schimmelpilzen in Deckenecken und Biotopen in Kochtöpfen. Die Vorstellung, hier dauerhaft leben zu müssen, löste in meiner hygienehysterischen Kusine Schüttelfrost aus. Vor dem ab und an unvermeidlichen Gang zum Etagenklo bewaffnete sie sich mit Sprühreiniger. Und die Küche betrat sie nur im äußersten Notfall, das heißt, wenn die Rotweinvorräte in Javier Heinzens Zimmer zur Neige gingen.

Doch lernte sie bei aller Abscheu vor Moder und Schmant, dass es dort, wo geputzt und geschrubbt wurde, noch schmutziger zuging. Javier Heinz gab ihr, in den kurzen Erholungspausen zwischen Nachspiel und Vorspiel, einen Crashkurs in angewandter Politologie. Er vermittelte ihr, dass in sauberen Uniformen dreckige Charaktere steckten und dass nicht nur in

Versuchslaboren heftige Reaktionen ausgelöst werden konnten, wenn bestimmte Elemente aufeinandertrafen. Vor allem aber machte er ihr deutlich, dass in gewissen Situationen das Aufstellen von Barrikaden wichtiger war als das eines Putzplans.

Das Argumentieren fiel ihm leicht. In Sieglinde hatte er eine Schülerin, die versessen darauf war, ihr Wissen um die Zusammenhänge zwischen Wirtschaft und Gesellschaft zu vertiefen. Bald schon benutzte sie Parolen wie „Kampf den Immobilienhaien" und „Instandbesetzen statt Kaputtbesitzen" ebenso selbstverständlich wie ihr potenter Dozent. Dass sie ein Doppelleben führte – tagsüber forschte sie mit Unterstützung der Pharmaindustrie, abends begrüßte sie Enteignungen auf breiter Front –, grämte sie nicht weiter. Sie hatte Erfahrung darin, mit Widersprüchen zu leben. Als Javier Heinz ihr verkündete, die Staatsmacht in Gestalt von Innensenator Heinrich Lummer rüste für die Räumungsschlacht, strahlte sie, als stünde ein Ausflug in einen Vergnügungspark an.

Umso weniger konnte sie nachvollziehen, dass ihr privater Che Guevara von Tag zu Tag mürrischer wurde. Er klagte über Magenschmerzen, reagierte gereizt, wenn sie ihn fragte, mit welchen Mitteln er ihre „neue Heimat" – das von der gleichnamigen gewerkschaftseigenen Immobiliengesellschaft beanspruchte Haus – verteidigen werde. Schließlich, im Morgengrauen des Großkampftags, verließ er die Wohnung mit zwei vollen Koffern, die er, so seine Worte, bei Freunden deponieren wolle, bevor er ins Gefecht ziehe.

Nach zwei Stunden vergeblichen Wartens begriff Sieglinde, dass sie als Single ihren Mann würde stehen müssen. Und sie tat dies mit der ihr eigenen Konsequenz. Die gleiche Verbissenheit, mit der sie Wirkstofflisten und Gegenanzeigen auswendig lernte, verwandte sie nun auf die Abwehr des Feindes.

Gemeinsam mit Javier Heinzens Wohnungsgenossen, die sie nur Wochen zuvor als „Schmutzfinken" gebrandmarkt hatte, verbarrikadierte sie das Treppenhaus mit Schutt und Sperrmüll. Sie bewaffnete sich mit einer Dachlatte, und als die Stunde der Entscheidung kam, kämpfte sie wie eine Torera, die nicht davor zurückschreckt, den Bullen bei den Hörnern zu packen.

Dieser fügte ihr in rasender Angriffslust eine Fülle von Blessuren zu: angefangen bei der Platzwunde an der Stirn über mehrere geprellte Rippen bis hinunter zum verstauchten rechten Fuß. Nicht zu vergessen: der gequetschte linke Daumen sowie großflächige Schürfwunden an Armen und Beinen. Sie würde in den kommenden Wochen ausgiebig Salben schmieren und Verbände wechseln können. Die größte Sorge aber bereitete ihr eine andere Verletzung. Doch sooft sie auch die Wirkstofflisten in ihrem Kopf durchging, ihr fiel kein Präparat ein, das ein gebrochenes Herz heilt.

1982: Michael Jackson

Am Tag, als Michael Jackson sich anschickte, mit „Thriller" alle Verkaufsrekorde zu brechen, erwarb mein Vetter Günter seinen ersten Anzug. Ein Ereignis, dessen Bedeutung irgendwo zwischen der Mondladung und dem Untergang der spanischen Armada anzusiedeln ist. Und genau das war der Kauf: ein Untergang, eine Kapitulation. Mein Vetter ergab sich der neuen Zeit.

Er wollte nicht länger mit ansehen, wie seine Mitmenschen schlechte Ideen in gutes Geld verwandelten. Die Neue Deutsche Welle war dafür das beste Beispiel. Längst hatte sie den Schlagring gegen die Rassel eingetauscht. Regression statt Aggression. Sogar die Babysprache hatte man Gewinn bringend wiederentdeckt. Mit „Da da da" konnte man wunderbar reich werden. Und als eine Band mit Namen UKW mittels Reimlexikon die Zeilen

Tina
Ist das nicht prima
Was für ein Klima
Haben wir hier schlechtes Klima
Fahren wir sofort nach Lima

zusammenhaspelte und damit einen Nummer-Eins-Hit landete, da dämmerte es meinem Vetter, dass es höchste Zeit war, selber Kasse zu machen.

Die Voraussetzungen dafür standen nicht schlecht. Günter kam es zugute, dass er keine Scheu vor Leuten hatte, die andere am liebsten durch Gardinen hindurch wahrnehmen, bevorzugt schwedischen Fabrikats. Aus verständlichen Gründen war seine Neigung, Drogen zu vertreiben, gering. Er suchte ein Handelsgut, das unverdächtig war. Eine Ware, die gesetzestreue Staatsbürger dazu verleiten würde, ihre ethischen Prinzipien für vierzig Prozent Preisnachlass über Bord zu werfen.

Die Wahl fiel nicht allzu schwer. Nachdem die bundesdeutschen Haushalte sich doppelt und dreifach mit Farbfernsehern eingedeckt hatten, waren nun die Videorekorder an der Reihe. Auch zeigten die hartnäckigen Warnungen der Hifi-Branche vor Klirrfaktoren, Gleichlaufschwankungen und Fremdspannungsabständen endlich Wirkung. Menschen, die einen Kontrabass nicht von einer Geige unterscheiden konnten, setzten sich in den Kopf, in neue Klangdimensionen vorzustoßen. Tadellos funktionierende Kompaktanlagen aus den 70ern wurden an den Nachwuchs durchgereicht oder landeten in staubigen Trödelläden, in der Ecke für Elektroschrott. Mit einem Mal war ein Soundsystem verlangt, das Töne erzeugte, die jenseits des fürs menschliche Ohr noch wahrnehmbaren Frequenzbereichs lagen. Und so geschah es, dass Günters Garage zum Fachmarkt für Unterhaltungselektronik wurde.

Alles Weitere war ein Kinderspiel. Die Ausgaben für Werbung und Marketing beschränkten sich auf Inserate in wöchentlichen Anzeigenblättern: „Restbestände: Videorekorder und Hifi-Systeme preisgünstig abzugeben." Bei den „Restbeständen" handelte es sich um Geräte, die „zufällig" von LKW-Pritschen gerutscht oder Opfer des „natürlichen" Schwunds in den Lagern von Elektrofachmärkten geworden waren.

Die offizielle Version lautete anders. Wenn Kunden nachfragten, warum er seine Produkte so preiswert anbieten könne, erzählte mein Vetter die schöne Mär der „Re-Importe". Das klang ziemlich kompliziert und folglich plausibel. Und überhaupt, so genau wollten es die meisten gar nicht wissen. Lediglich ein misstrauischer Mittdreißiger, hinter dem Günter einen Polizisten vermutete, bohrte ein wenig allzu interessiert nach Details. Doch mit der Bemerkung, „ich könnte Ihnen das Kassettendeck noch gratis dazugeben", ließ dessen Neugier schlagartig nach.

Auch Onkel Ewald und Tante Gertrud verzichteten darauf, sich Günters Businessmodell näher erläutern zu lassen. Ersterer, wiewohl argwöhnisch ob des unverhofften Wohlstands seines Sorgenkinds, war viel zu sehr damit beschäftigt, seine eigenen Betrugsgeschichten – sein Sexualleben spielte sich wie eh und je außer Haus ab – zu verschleiern. Letztere ließ den Gedanken, ihr Sohn könne ein Krimineller sein, gar nicht erst zu. In dem Umstand, dass Günter T-Shirt und Jeans gegen einen Markenanzug getauscht hatte, sah sie ein Ereignis biblischen Ausmaßes, vergleichbar der Wandlung des Saulus zum Paulus.

Es war aber eher die Wandlung des Michael Jackson von „Off The Wall" zum Michael Jackson von „Thriller". Beide – Michael wie Günter – wollten den Erfolg. Und beide wollten ihn um jeden Preis. Sie hatten erkannt, dass man, um eine Zielgruppe zu erreichen, sich dieser angleichen muss. Das war im Fall von Michael, der es auf die weißen Mittelschichtkids abgesehen hatte, keine einfache Aufgabe. Er mochte den Soul bis zur Unkenntlichkeit aufweichen (höre: „The girl is mine", das Duett mit Paul McCartney) oder mit Schweineriffs zersägen (höre: „Beat it", mit Eddie Van Halens Gitarrensolo). Er blieb ein Afroamerikaner. Ein Neger mit einer dicken Nase.

Anderthalb Jahrzehnte zuvor, in den bürgerbewegten 60ern, wäre dies ein Grund gewesen, sich – seines Selbst bewusst –

gegen eine feindlich gesinnte Umwelt zu behaupten. Nun aber, in den 80ern, ging es nicht länger darum, die eigene Identität zu verteidigen, sondern zu verändern. „Anything goes!" statt „Say it loud: I'm black and proud!" Und also führte Michaels Weg nicht auf die Straße, sondern zum Schönheitschirurgen.

Dieser vollbrachte die handwerkliche Meisterleistung, einen Schwarzen in eine frisch gekalkte Wand zu verwandeln. Ebenso bescherte er Michael eine Nase, die in keinem Evolutionslehrbuch vorgesehen war. Günter verteilte großzügig Häme über „Doktor Frankensteins Werk" und zog damit die Empörung meiner elfjährigen Schwester auf sich, die Jacko verehrte. Dabei hätte ein Blick in den Spiegel genügt, um ihm zu zeigen, dass er selbst, wenn auch ohne Mitwirkung der plastischen Chirurgie, eine Häutung durchlaufen hatte. Aus einem halbstarken Parkaträger war ein halbseidener Parvenü geworden.

Mein Vetter hatte den Luxus entdeckt. Sichtbarster Ausdruck der neuen Lust am Konsum war sein „Dienstwagen", ein verschobener umlackierter BMW Alpina 630 Turbo, dessen Vergasermotor mit solcher Wonne Super soff, als würden die Scheichs den Sprit verschenken. Mein Onkel, der in einem Anfall von Geschwindigkeitswahn von seinem Strichacht (Höchstgeschwindigkeit: 135 km/h) auf einen 240er Diesel der 123er-Baureihe (Höchstgeschwindigkeit: 143 km/h) übergewechselt war, mokierte sich darüber, dass es im Jahre 9 nach der Ölkrise noch Autos gab, die mehr als 20 Liter auf 100 Kilometer wegtranken.

Mit diesem Einwand jedoch stieß er bei Günter auf taube Ohren. Dessen knapper Kommentar: „Ich tank in Luxemburg. Da ist der Sprit eh billiger." Und als wolle er, bei aller Verschwendungssucht, meinem Onkel beweisen, dass ein kühler Rechner in ihm stecke, machte er bei jeder Fahrt ins Großherzogtum nicht nur den 100-Liter-Tank randvoll, sondern zusätzlich ein halbes Dutzend Reservekanister. Auch erwog er ernsthaft, den Kofferraum wasserdicht mit Plastik auszukleiden, um diesen als Benzinwanne zu nutzen. Eine Idee, die er nur deshalb verwarf, weil er den Stauraum für die stangenweise Einfuhr luxemburgischer HB, Ernte 23 und Lord Extras benötigte.

Mein Vetter hatte nämlich, neben seinem Engagement in der Unterhaltungselektronik, einen florierenden Zigarettenschmuggel aufgezogen. Zu seinen Hauptabnehmern zählten meine Tante, die ihrerseits ihren Kaffeeklatschkreis mit Rauchwaren versorgte, und meine Kusine, die nach dem unrühmlichen Ende mit Javier Heinz dazu übergegangen war, ihre oralen Bedürfnisse mit Erzeugnissen der Reemtsma Cigarettenfabriken GmbH zu befriedigen.

Ungeachtet seiner vielfältigen vertrieblichen Aktivitäten geriet Günter in finanzielle Schwierigkeiten. Denn natürlich verlangte es mehr als einen Anzug und einen BMW Alpina, um die Rolle des gesellschaftlichen Aufsteigers überzeugend zu verkörpern. Einem Jungunternehmer ziemte es nicht, sich den Magen mit Spießbraten und Stubbis – Bier aus bauchigen Drittelliterflaschen – zu blähen. Er, der sich jahrelang im Gasthaus Zur Mutter durchgefuttert hatte, verschmähte mit einem Mal ihre „derbe Hausmannskost". Selbst Armen Rittern, seit Kindheitstagen seine liebste Süßspeise, verweigerte er sich und zog es vor, in Mainzer Szenerestaurants, wo er Geschäftspartner traf, Champagnercreme zu löffeln.

Doch das war erst der Anfang der kulinarischen Erweckung meines Vetters. Seine Freundin – eine Diskobekanntschaft, die, nachdem sie seinen BMW erblickt hatte, ihre zärtlichen Gefühle entdeckte – liebte es, „lecker essen" zu gehen. Und weil er sehr schnell begriff, dass ihre Geschmacks- und ihre Geschlechtsorgane miteinander kurzgeschlossen waren, wurde aus dem Gourmand der Gourmet Günter.

Jedes Wochenende war eine Reise zu den Sternen, denen des Michelin. Die gemeinsamen Schlemmertouren führten ihn über das Rheinland nach Flandern, über den Schwarzwald ins Elsass, über Oberbayern ins Salzburger Land. Und auf direktem Weg in den Dispo. Da an eine Kürzung der Ausgaben nicht zu denken war – seine Liebste hätte sich schwerlich mit Kurztrips zu holländischen Frittenbuden abgefunden –, musste Bewegung in die Einnahmen kommen.

Rettung versprach ein kleines braunes Gerät, das aussah wie ein Brotkasten mit Tasten. Es trug den Namen Commodore 64 und war der Volkswagen unter den Rechnern; der erste Computer, der für ein breites Publikum erschwinglich war. Nur wusste mein Vetter, dass 650 Mark noch immer eine schöne Stange Geld waren und dass sich niemand beschweren würde, böte er den gleichen Apparat für 399 Mark an.

Doch war der Einsatz diesmal mit einem höheren Risiko verbunden. Er sollte den Lieferanten auf einem Waldweg an der Hunsrückhöhenstraße in Empfang nehmen. Der Treffpunkt behagte ihm nicht, aber noch weniger gefiel ihm die Aussicht, sich in seinem Lebensstandard einschränken zu müssen. Er saß in der Zwickmühle. Sollte er das Wagnis eingehen? Sein Instinkt sagte Nein, sein Taschenrechner Ja. Er ahnte, dass hinter dem lukrativen Deal dilettantische Kräfte standen. Anfänger, die eine Halle ausgeräumt hatten und plötzlich feststellten, dass sie ihre Ware nicht auf Marktplätzen feilbieten konnten. Er fuhr dennoch.

Sein Instinkt sollte Recht behalten. Aus mehreren hundert Metern Entfernung sah er die Blaulichter. Er wusste nicht, ob der Freund und Helfer rechtschaffener Bürger bereits auf ihn wartete. Er wusste nur, dass ihm nicht der Sinn danach stand, die kommenden Jahre in der Justizvollzugsanstalt Wittlich zuzubringen. In einem halsbrecherischen Wendemanöver riss er das Lenkrad herum, stemmte den Fuß aufs Gaspedal und testete aus, ob 300 Pferde stark genug wären, ihm die Freiheit zu schenken ...

Im November ist Nebel keine Seltenheit im Hunsrück. Die Dunstschleier fallen ebenso unvermittelt wie übergangslos vom Himmel. Eben noch war die Sicht klar, doch einen Wimpernschlag später schon schiebt sich das Gewölk zwischen Frontscheibe und Horizont. Mein Vetter raste mit 160 Sachen in die Nebelwand. Obgleich er sofort abbremste, konnte er nicht verhindern, dass er die Orientierung erst wiedererlangte, als er bereits auf die Böschung zusteuerte. 30 Meter tiefer beendete der BMW das Leben mehrerer Fichten, ehe er selbst sein abruptes Ende fand. Ein halbes Dutzend randvoller Benzinkanister leisteten ihren Beitrag dazu, dass der Wagen zügig Feuer fing und – aus Sicht des Fahrers – nicht eine Sekunde zu früh in die Luft ging.

In jener Nacht legte ein ramponierter, demoralisierter Jungunternehmer 24 Kilometer zu Fuß zurück, um danach halbtot ins Bett zu fallen. Den folgenden Tag sprach er keine zehn Wörter. Meine Tante spürte, dass es besser wäre, wenn auch sie den Mund hielte. Daher fragte sie nicht, wo er sein Auto gelassen habe und warum sein Anzug und seine Schuhe so zerschlissen seien. Stattdessen brutzelte sie eine ganze Schüssel Arme Ritter. Mein Vetter ließ keinen einzigen übrig.

1983: Die Grünen

In der Woche, nachdem die Grünen zum ersten Mal in den Bundestag gewählt worden waren, brachte meine Mutter das Thema Asbest aufs Tapet. Sie hatte sich in den Monaten zuvor – eine Folge des grünen Wahlkampfs – ausgiebig mit Umweltfragen beschäftigt und dabei entdeckt, dass in ihren eigenen vier Wänden ein hochgefährliches Baumaterial einlagerte.

Mein Vater versuchte, sie in gewohnter Manier zu beschwichtigen. Doch bin ich sicher, dass er unverzüglich aktiv geworden wäre, hätte er geahnt, welche Bedrohung von dem Werkstoff ausging. Jene feuerfeste Mineralfaser, die er um der Wärmedämmung willen plattenweise verbaut hatte, wurde zum Gift für seine Ehe.

Zunächst aber maß er den Klagen meiner Mutter keine Bedeutung bei. Vielmehr zeigte er eine gute Laune, wie sie für CDU-Wähler in jenen Tagen typisch war. Nachdem die Zahl der Arbeitslosen zwischen 1980 und 1983 von 890 000 auf 2,25 Millionen hochgeschnellt war, konnte es unter einem Kanzler Kohl nur besser werden. Glaubte mein Vater. Keine Sekunde lang zweifelte er an dem CDU-Slogan „Aufwärts mit Deutschland – Jetzt den Aufschwung wählen". Umso mehr, als er die Sozis als Verursacher allen Übels ausgemacht hatte. „Arbeitslosigkeit, Schulden, Pleiten – Nicht wieder SPD!", sagte die CDU und sagte auch mein Vater, wenn er seinen Puls mit politischen Gemeinplätzen in Fahrt brachte. Für ihn stand außer Frage, dass der Sozialismus gerade eben noch mal abgewendet worden war und dass mit der Wahl Helmut Kohls ein goldenes Zeitalter anbrechen würde.

Wären da nicht die tückischen Fasern gewesen. Anfangs versuchte er, hierin seinem Vorbild nicht unähnlich, das Problem auszusitzen. Sämtliche Argumente prallten an ihm ab wie Kälte an Asbestpappe. Nur unterschätzte er die Hartnäckigkeit meiner Mutter. Als ihre Bitten nicht fruchteten, schleppte sie wissenschaftliche Studien herbei, die dazu angetan waren, selbst unerschrockenen Gemütern Todesfurcht einzuimpfen. Die Ergebnisse dieser Untersuchungen referierte sie – ein dramaturgischer Schachzug von heimtückischer Brillanz – beim gemeinsamen Mittagessen.

Das sich täglich wiederholende Schauspiel nahm alsbald die Züge eines absurden Dramas an, das jeden Familienpsychologen zum sofortigen Einschreiten veranlasst hätte. Als ob die Wörter „Asbeststaublunge" und „Rippenfelltumor" unkontrollierte Fressattacken auslösten, schaufelte mein Vater Bauarbeiterportionen in sich rein, während meiner zwölfjährigen Schwester die Siechtumsthemen auf den Magen schlugen. Sie verweigerte, von sporadischen Schokoriegeln abgesehen, die Nahrungsaufnahme.

Das Protestfasten ließ sich nicht lange verheimlichen. Das Aussehen meiner Schwester legte die Vermutung nahe, die Kinder vom Bahnhof Zoo wären mit vier Jahren Verspätung im Hunsrück angekommen. Als sie im Sportunterricht einen Kreislaufzusammenbruch erlitt, lud ihre Klassenlehrerin meine Mutter zum Elternsprechtag vor. Das Gespräch nahm einen unerquicklichen Verlauf, als die besorgte Pädagogin nachfragte, ob Claudia magersüchtig sei. Meine Mutter, durch den Psychokrieg mit ihrem Gatten nervlich am Rande der Auflösung, blaffte sie an, sie möge sich besser um ihre eigene Figur kümmern, bevor sie sich den Kopf über anderer Leute

Gewicht zerbreche. Dies war insofern keine nette Erwiderung, als Claudias Klassenlehrerin bei einer Größe von 1 Meter 58 einen Doppelzentner auf die Waage brachte. Die Unterredung war danach rasch beendet.

Der totale Eklat folgte eine Woche später, beim 70. Geburtstag meiner Oma. Auslöser war mein Vetter, der, seitdem ihn seine Freundin verlassen hatte, seine Liebe zum Sarkasmus kultivierte. Bösartig grinsend fragte er Claudia, ob sie eine Karriere als Fotomodell anstrebe. Sie mache sich bestimmt gut auf Plakaten für die Welthungerhilfe. Ihre Antwort überraschte nicht nur ihn: „Ich esse nichts, weil wir ohnehin bald tot sind." Der Satz genügte, um sämtliche Tischgespräche ersterben zu lassen. Tante Gertrud fand als Erste die Worte wieder: „Kind, red keinen Unsinn!", schalt sie meine Schwester. Die aber beharrte auf ihrem Standpunkt. „Es stimmt aber. Papa mag uns nicht. Er will uns vergiften." In diesem Augenblick ließ meine Oma, die mit dem Rinderbraten rang, das Tranchiermesser fallen.

Dass ihr eigener Sohn ein Giftmörder sein sollte, erschien ihr Grund genug, zur Furie zu werden. Mit dem Schalldruckpegel einer startenden Concorde kreischte sie Claudia an, was ihr einfalle, so von ihrem Vater zu sprechen. Das war das richtige Stichwort für meine Mutter, die nicht minder lautstark losbrüllte: „Ich verbiete dir, in diesem Tonfall mit meiner Tochter zu reden. Dein Sohn weiß überhaupt nicht, was es heißt, Vater zu sein." Meine Oma, in ihrem Mutterstolz gekränkt, konterte gallig: „Du kannst dankbar sein, dass mein Sohn dich geheiratet hat. Einen besseren Mann hättest du gar nicht kriegen können." Und damit brachen alle Dämme. Meine Mutter begann, hysterisch zu lachen. „Dankbar? Deinem ach so tollen Sohn ist doch alles egal. Sogar, dass er seine eigene Familie umbringt." Jetzt meinte auch der mutmaßliche Missetäter mitmengen zu müssen: „Verdammt noch mal, es ist doch nur Asbest!" Eine Bemerkung, die meiner Mutter ein verächtliches Kopfschütteln entlockte.

An dieser Stelle hätte Sieglinde dank ihres chemischen Fachwissens zu einer Versachlichung des Gesprächs beitragen können. Doch kurz bevor sie dazu anheben konnte, einen Vortrag über die unterschiedlichen Verarbeitungsarten von Asbest und die damit einhergehenden Gesundheitsrisiken zu halten, erlitt sie, als Folge einer verkehrt herum angezündeten Lord Extra, einen Hustenanfall und war so im entscheidenden Moment außer Gefecht gesetzt. Meine Mutter nutzte die Gelegenheit, um ihrerseits mit Wissen zu glänzen. Sie kramte einige Zahlen aus ihrem Gedächtnis hervor, die belegten, dass die Lungenkrebsgefahr bei Rauchern durch Asbest potenziert werde und dass sie daher der Familie meines Onkels, die samt und sonders dem Nikotingenuss frönte, nur abraten könne, einen Fuß in ihre „Gifthöhle" zu setzen.

Sie hätte wissen müssen, dass meine Tante die Warnung in den falschen Hals bekommen würde. Aber meine Mutter war mittlerweile über jenes Stadium hinaus, in dem man Formulierungen mit Sorgfalt und Bedacht wählt, um den Frieden zu wahren. Sie wollte den Krieg, und sie bekam ihn. Denn nun oblag es meiner Tante, die Säbel zu rasseln: „Verstehe, wir sind also unerwünscht. Typisch! Ihr habt euch ja schon immer für was Besseres gehalten. Du und dein Möchtegern-Architekt."

Dem Möchtegern-Architekten entgleisten bei diesem Wort die Gesichtszüge. Hatte er gehofft, seine Ehefrau würde ihn gegen jene ungeheuerliche Unterstellung in Schutz nehmen und glühenden Herzens für ihn einstehen, so sollte sein Leben wenig später um eine Ernüchterung reicher sein. Meine Mutter dachte nicht daran, den geschmähten Gatten zu verteidigen. Vielmehr ging sie ohne Verzögerung zum Gegenangriff über, holte zum finalen Schlag unter die Gürtellinie aus: „Wir SIND etwas Besseres. Wir haben nämlich keinen Sohn, der sich mit krummen Geschäften über Wasser hält."

Ich habe Günter zwei Mal sprachlos erlebt. (Das zweite Mal war beim Europapokalrückspiel Kaiserslautern gegen Barcelona im Oktober 1991, als sein heiß geliebter FCK wie eine Feuerwalze über den spanischen Meister hinwegfegte und dann durch ein Gegentor in der 90. Minute ausschied. Von jenem Tag an gehörte der Satz „Das Leben ist ungerecht", begleitet von einem tiefen Seufzer, zu seinen häufigsten Aussprüchen). Mehrfach schüttelte er sich und verrollte die Augen. Sein Blick ließ keine Rückschlüsse darüber zu, ob er als Nächstes den Raum verlassen oder meiner Mutter den Hals umdrehen würde. Ich hielt Letzteres für wahrscheinlicher. Auch hätte ich kein Geld darauf gewettet, dass meine Tante ihre Contenance würde wahren können. Die Kontrolle über ihre Mimik hatte sie bereits verloren, und es war nur noch eine Frage von Sekunden, bis auch ihr restlicher Körper ein Eigenleben entwickeln würde. Doch kam ihr meine Oma zuvor.

Mit den Worten „Ich werde euch alle ..." hob sie den rechten Arm und ließ ihn sofort wieder sinken, um sich an die Brust zu fassen. Es folgte ein Hochfrequenz-Schrei, der meinem Vater, der neben ihr saß, ein zwei Tage anhaltendes Ohrenpfeifen bescherte. Einen Wimpernschlag später verlor meine Oma das Gleichgewicht. Sie fiel vornüber, schlug mit der Stirn auf dem Rinderbraten auf, während sie mit dem Arm die Soßenschüssel anstieß, sodass diese umkippte und sich im Schoß meiner gegenüber platzierten Tante ergoss.

Und damit endete der 70. Geburtstag meiner Oma. Meine Mutter hatte Recht behalten: Asbest war tödlich. Sogar für jene, die nicht damit in Berührung kamen.

1984: 1984

1948 schrieb ein Engländer namens George Orwell einen düsteren Sciencefiction-Roman. Darüber sinnierend, in welchem Jahr er die Handlung ansiedeln sollte, hatte er den nicht sonderlich originellen Einfall eines Zahlendrehers. Aus 1948 wurde 1984. Möglicherweise hätte Herr Orwell auf eine konkrete Zeitangabe verzichtet, hätte er geahnt, dass 36 Jahre später weltfremde Lehrer ihre Schüler dazu nötigen würden, sich darüber auszulassen, inwieweit seine Negativutopie Wirklichkeit geworden war. Vielleicht wäre es ihm sogar peinlich gewesen. In einer Englisch-Lehrprobe erklärte mein Banknachbar Tobi, der bekannt dafür war, alles besser zu wissen, dass Herr Orwell mit seinen Vorhersagen gründlich danebengelegen hatte. Das brachte ihm den Unmut der labilen Referendarin ein, die ihm fehlendes Problembewusstsein vorwarf und hinzufügte, er wäre nicht „sensible enough". Als er ihr entgegnete, dass „sensibel" im Englischen „sensitive" heiße, „sensible" hingegen „vernünftig" und sie ja wohl „sensitive" meine, verließ sie kreidebleich das Klassenzimmer und ward nicht mehr gesehen. So zerstörte „1984" eine hoffnungsvolle akademische Laufbahn.

Natürlich hatte Tobi Recht gehabt. Orwells Prognosen waren ein Desaster. Vor allem in einem Punkt hatte er sich komplett geirrt. Von Lust- und Liebesfeindlichkeit war im Europa des Jahres 1984 trotz Aids keine Spur. Im Gegenteil. Unter Druck standen nicht jene, die sorglos der Versuchung erlagen, sondern Menschen wie ich, die noch nicht „hatten" und sich den Kopf zerbrachen, wie dieser unbefriedigenden Situation ein Ende gemacht werden könne.

Immerhin, so viel wusste ich: Liebe braucht ein Gegenüber. Und ich wusste noch mehr: Liebe hat viele Gesichter. Sie bahnt sich ihren Weg in mannigfacher Weise. Von vorne und von hinten. Liegend und stehend. Bisweilen triumphiert sie oral und manchmal gar rektal. Auch gibt es Liebe, die zwischen weiblichen Brüsten ihr Ziel findet. Und hier und da drückt sie sich in Formen aus, die Bandscheibenschäden verursachen – mehr darüber hätte mein Onkel berichten können.

Dieses Wissen war das Ergebnis eines harten Gruppenstudiums. In aufreibenden Videonächten hatten meine Freunde und ich uns profunde Kenntnisse über Beischlaftechniken angeeignet – Telekolleg Hardcore. Die Herausforderung des Anschauungsmaterials lag dabei weniger in der intellektuellen als in der psycho-hormonellen Verarbeitung des Gesehenen. Denn selbstverständlich wollte keiner von uns zugeben, dass ihn die Aufnahmen kopulierender Paare erregten. Lieber ereiferten wir uns über die stocksteifen Darsteller, die grenzdebilen Dialoge und das wahnwitzige Drehbuch – als käme es bei einem Porno auf Charakterzeichnung und Handlungsführung an.

Nach einem solchen Akt der Selbstverleugnung waren wir reif für „Rambo". Dem Erhalt des Nervenkostüms war es dienlicher, Wagenladungen Schießpulver verballert zu sehen als einige Milliliter Sperma. Das brünstige Verhalten anderer führte mir die eigene sexuelle Unzulänglichkeit vor Augen. Besser Pornodarsteller als Jungfrau! Mit jedem Monat, der geschlechtsverkehrlos an mir vorüberzog, wuchs der Zwang, mich zu rechtfertigen. Vor mir selbst, vor Gleichaltrigen, die bereits Erfahrungen gesammelt hatten, und, nicht zuletzt, vor anteilnehmenden Verwandten. Hierbei tat sich vor allem Onkel Ewald hervor, der unbekümmert, mit dem ihm eigenen Feingefühl, den Finger in die Wunde bohrte. Auf jedem der unvermeidlichen Familientreffen nahm er mich beiseite, legte väterlich den Arm um mich und fragte mit Verschwörermine: „Na, was macht die Liebe?"

Gar nichts machte sie. Zwar stammelte ich Sätze hervor wie „Ich hab da jemand kennen gelernt, mal schaun, wie's sich entwickelt", aber mein Onkel, ganz die alte Verkäuferseele, ließ solche Ausflüchte nicht gelten und setzte mir zu, als wolle er mir Lastwagen voll Wellpappe unterjubeln. Doch waren es nur Aufreißtipps aus dem Vertreterhandbuch, die er anzubieten hatte. Erfolg bei Mädchen durch aggressives Forechecking: „Anhauen! Umhauen! Abhauen!" Mit der „AUA"-Methode zum Ziel. Flirten als knallharte Abverkaufe. Es machte für ihn keinen grundlegenden Unterschied, ob er einen unwilligen Kunden bis aufs Hemd auszog oder bei einer widerspenstigen Sekretärin noch ein Kleidungsstück weiterging.

Meinen vorsichtigen Einwand, man müsse Mädchen ja erst einmal finden, bevor man sie „anhauen" und „umhauen" könne, schob er mit dem Satz beiseite: „Die findest du auf Partys." „Party" war das Erwachsenenwort für „Fete". Das Ereignis, das seit „La Boum – die Fete" und „La Boum 2 – die Fete geht weiter" die Fantasien von Teenagern auf Trab hielt. Nur auf Feten trafen schüchterne Jungen auf Mädchen wie Sophie Marceau, die ihnen zulächelten und mit einem angedeuteten Nicken signalisierten, dass es in Ordnung wäre, sie anzusprechen. Folglich mussten wir, um Mädchen zu finden, Feten finden.

Dabei sollte uns Tobi helfen. In unserer Clique galt Tobi als ausgewiesener Casanova. Aus dem einfachen Grund: Er hatte eine Freundin. Das imponierte uns. Aber noch mehr beeindruckte uns, dass er eine Freundin hatte, die viele Freundinnen hatte. Zu unserer Freude hatten die Freundinnen von Tobis Freundin ein Problem. Eine Schwierigkeit, die – und dies kam einer Sophien-Erscheinung gleich – durch unsere schiere Anwesenheit überwunden werden konnte: Jungenmangel.

Es hatte sich herausgestellt, dass Geburtstagsfeiern mit 80 Prozent Mädchenanteil den Charme von Tupperware-Partys hatten. Mit dem Unterschied, dass man bei Letzteren wenigstens nützliches Plastikgeschirr mit nach Hause nahm. Die Planung von Feten war unter solchen Umständen ein Aberwitz. Ohne Flirtobjekte kein „La Boum"! Also wurde Tobi, sobald ein Geburtstag anstand, von der vereinten Mädchenwelt gebeten, doch „ein paar nette Jungs" mitzubringen. Es brauchte keine große Überzeugungsgabe, um ihm klarzumachen, dass mit den „netten Jungs" nur wir gemeint sein konnten. Verstockte Großmäuler mit unreiner Haut, die Pornos schauten und von Händchenhalten träumten.

Bald fanden wir uns auf einer Fete wieder, vor der die kühnste Fantasie kapitulieren musste. Bereits beim Eintritt in die neue Welt erkannten wir, dass unsere Vorstellungen von diesem Ereignis der Wirklichkeit nicht annähernd gerecht werden konnten. Auf der Türschwelle empfing uns, statt einer zärtlichen Marceau, eine teutonische Matrone. Ein als Mutter verkleideter Feldwebel, der uns musterte, als stünden wir im Verdacht, die gastgebende Tochter für den Menschenhandel ausgekuckt zu haben. Drinnen dann wurden wir vom jüngsten Sohn, einem verzogenen frühpubertären Rotzlöffel, ohne Verzug erkennungsdienstlich behandelt. Blitzlichtbewaffnet hielt er uns aus 30 Zentimeter Entfernung seine Kamera ins Gesicht und drückte ab. Der Vorgang wiederholte sich im Lauf des Abends mehrere Male, sodass ich anfing, mich mit Raimund Harmstorf, dem Idol meiner Kindheit, zu identifizieren. Vor meinem inneren Auge erlebte ich noch einmal jene Szenen, in denen er als Michael Strogoff, Kurier des Zaren, auf Befehl des Khans geblendet wird und sich danach halbblind durch die russische Taiga robbt.

Doch während Harmstorf in seinem Martyrium eine bildhübsche Begleiterin an seiner Seite wusste, saß ich allein auf einem Campingstuhl, knabberte Salzstangen und stellte mir vor, gleich würde Loriot aus dem Halbdunkel hervortreten und verkünden: „Der Sketch ist im Kasten." Er ging aber weiter. Der Feldwebel hatte mittlerweile eine neue Berufung gefunden und versuchte sich als Stimmungskanone.

Zu diesem Zweck wurden „lustige Spielchen" veranstaltet, die, ihrer Sinnfreiheit nach zu urteilen, in einem Pädagogikworkshop ausgebrütet worden waren. So musste jeder seinen Namen auf einen Zettel schreiben und diesen in einen Zylinder werfen. In der sich anschließenden Ziehung, die der allgegenwärtige Rotzlöffel im Stil einer Kirmestombola moderierte, wurde ich Tobi zugelost.

Ich danke dem Himmel dafür, dass sich das nachfolgende entehrende Schauspiel in einem schlecht beleuchteten, von außen nicht einsehbaren Partykeller abspielte. Die Aktion hätte auf alle Beteiligten ein bizarres Licht geworfen. Am meisten auf die Erziehungsberechtigte, die es zu verantworten hatte, dass siebzehnjährige Jungen pärchenweise auf „Girls just wanna have fun" tanzten. Ich fragte mich, was Onkel Pete davon gehalten hätte. Wahrscheinlich hätte er sich, peinlich berührt von den absonderlichen Bräuchen der Erdbewohner, den unendlichen Weiten des Weltraums zugewandt.

Nachdem Tobi und ich auch Lionel Richies „Hello" hinter uns gebracht hatten, wollten wir uns nur noch betrinken. Es gab aber nur sauren Sprudel und Apfelsinensaft von Onkel Dittmeyer. Dieselbe Frau, die Schutzbefohlene traumatischen

Situationen aussetzte, hielt es für „unverantwortlich", an „Minderjährige" Bier auszuschenken. Ich täuschte Magenprobleme vor und verabschiedete mich Hals über Kopf. Als ich mich zur Haustür wandte, hörte ich eine helle Mädchenstimme: „Ich muss leider auch gehen." Ich blickte mich um. Ihr Lächeln traf mich wie ein Blitzschlag. Aus einer Eingebung heraus sagte ich: „Wenn du willst, kann ich dich noch ein Stück begleiten." Sie nickte kurz, und da wusste ich: Die Fete geht weiter.

1985: Boris Becker

Am Tag nach Boris Beckers erstem Wimbledon-Sieg traten Onkel Ewald und mein Vater einem Tennisklub bei. Die beiden hatten sich beim Betrachten des Finales in Hochform getrunken und waren nach dessen erbaulichem Ende darin übereingekommen, dass es doch nicht so schwierig sein könne, einen weithin sichtbaren Ball mit einem hinreichend großen Schläger über ein niedrig gespanntes Netz zu befördern.

Die Motive, die hinter ihrer plötzlichen Begeisterung für den Weißen Sport standen, hätten dabei nicht unterschiedlicher sein können. Während mein Vater hoffte, auf diesem Weg sein im Lauf der Jahre angefressenes Übergewicht von zwanzig Kilo runterretournieren zu können, dachte Onkel Ewald bereits einen Ausfallschritt weiter. Er wollte seine Kalorien nicht auf dem Court, sondern auf weicherem Untergrund verbrannt sehen. Und befriedigender als die im Glaskasten des Klubhauses publik gemachten Matchgewinne erschienen ihm jene symbolischen Siege, die in keiner Statistik auftauchten, weil sie erst lange nach Spielende – im Mixed und ohne Zuschauerbeteiligung – unter Dach und Fach gebracht wurden.

Beide verband die Überzeugung, dass das Vereins- dem Familienleben vorzuziehen war. Dieses hatte nach dem tödlichen Geburtstag meiner Oma guerillahafte Züge angenommen. Mit meiner Tante als Speerspitze des Terrors. Dass ihr hochheiliger Sohn vor der eigenen Sippschaft bloßgestellt worden war, musste gesühnt werden. Die Methoden, derer sie sich dabei bediente, hätten schwerlich die Zustimmung ihres verehrten Herrn Pfarrers gefunden. Sie, die in Fragen kirchlichen Brauchtums keine Ausnahmen duldete (was so weit ging, dass sie meinem Vetter an Karfreitag eine wüste Szene machte, weil er ein Wurstbrot aß), verwarf jetzt, da es die eigene Befindlichkeit erforderte, alle christlichen Grundsätze. Als Erstes landete die Bergpredigt auf ihrem persönlichen Index der verbotenen Schriften. Die Nächstenliebe hörte auf, sobald der zu liebende Mensch mit ihr verwandt oder verschwägert war.

Auch entschied sie sich für eine Lightversion der Zehn Gebote. Es wäre von ihr zu viel verlangt gewesen, nicht falsch Zeugnis abzulegen über das „Weibsstück, das eine arme alte Frau auf dem Gewissen hat." (Dass die „arme alte Frau", derweil sie noch lebte, wahlweise als „Drache" oder „Alptraum von Schwiegermutter" tituliert wurde, tat dabei nichts zur Sache.) In markerschütternden Erzählungen, für deren schnelle Verbreitung meine Tante bei öffentlichen Zusammenkünften wie Gottesdiensten und Wohltätigkeitsbasaren Sorge trug, mutierte meine Mutter zum Monster. Sie war der Antichrist des Hunsrücks, der eine friedliebende Familie heimgesucht und entzweit hatte.

Die Schauergeschichten zeigten Wirkung. Die Zahl der Personen, die meine Mutter freundlich grüßten, fiel rapide. Doch war der Groll meiner Tante zu übermächtig, als dass ihr Rachedurst damit gestillt gewesen wäre. Also wurden meine Schwester und ich, die an Geburtstagen und Weihnachten von ihr bis dato großzügig mit Schlafanzügen und Feinrippgarnituren bedacht worden waren, Opfer der Sippenhaftung. Bald schon registrierte ich, dass Bekannte meiner Tante mich fragend oder mitleidsvoll ansahen, sobald ich mich näherte. Ich konnte mir keinen Reim darauf bilden, wurde unsicher, fürchtete, auf dem Weg zum Erwachsensein eine Paranoia zu entwickeln. Der Gedanke daran beunruhigte mich. Als fanatischer Vielleser, der selbst vor den Gesundheitsseiten der Fernsehzeitschriften nicht Halt machte, wusste ich, dass manche jugendliche Störung sich zur formidablen Geisteskrankheit auswachsen konnte.

Die Lage spitzte sich zu, als meine ehemalige Grundschullehrerin mir am Kühlregal bei Kaiser's ihre Hilfe anbot. Ich brauchte einige Zeit um zu begreifen, dass ihre Offerte sich nicht aufs Warensortiment des Ladens bezog. Sie wiederum erkannte in jenen peinlich langen Sekunden des Missverstehens, dass meine innere Verfassung keinen Anlass zum Handeln bot. Ihr entrutschte ein „Dann hat sich deine Tante wohl geirrt" – und so erfuhr ich, dass Letztere überall herumposaunte, meine Schwester und ich hätten schwere seelische Probleme und seien ein Fall für den Therapeuten.

Da mir der Mumm fehlte, sie zur Rede zu stellen, schrieb ich ihr, befördert von mehreren Stubbis Kirner Pils, einen geharnischten Brief, in welchem ich sie aufforderte, ihre Lügen über meine Schwester und mich sofort zu unterlassen, andernfalls sähe ich mich gezwungen, die Wahrheit über ihre eigenen Kinder kundzutun. Die Worte verfehlten ihr Ziel nicht. Fortan schwieg sich meine Tante über uns aus. Das Gleichgewicht des Schreckens war hergestellt. In der Sowjetunion mochte, dank Gorbatschow, das Tauwetter anbrechen, der Hunsrück aber wurde zu Kleinsibirien. Zwischen meiner Tante und uns herrschte Kalter Krieg.

Doch auch meine Eltern waren weit davon entfernt, ihren Frieden zu finden. Unter harten Praxisbedingungen wurde das heilige Band der Ehe auf seine Belastbarkeit hin ausgetestet. Zwar hatte mein Vater in einer Nacht- und Nebelaktion – unter Missachtung jeglicher Sicherheitsvorkehrungen – die Asbestplatten entfernt; doch dass erst ein Menschenopfer diesen Schritt ermöglicht hatte, war nicht die beste Grundlage für einen harmonischen Neubeginn. Abwechselnd geplagt von Schuldgefühlen und der Wut auf den Partner, der es so weit hatte kommen lassen, fehlte beiden die Größe, dem andern zu verzeihen. Der Umgangston wurde rauer, ruppiger.

Meine Schwester litt darunter. Sie reihte sich ein in die Riege jener, die sich für den Tod meiner Oma verantwortlich fühlten. Immer mehr zog sie sich zurück, begrenzte ihren Lebensraum außerhalb der Schule auf jene 14 Quadratmeter, die sich von einem Kinderzimmer im Barbie-Design in eine esoterische Teestube mit Liegemöglichkeit verwandelt hatten. Da ihr der Hunsrück, so ihre Worte, die Luft zum Atmen nahm, hielt sie die Fenster rigoros verschlossen und ließ dutzendweise Räucherstäbchen abbrennen. Mein Vater, der – unvorbereitet auf den Aromaschock – ihr Refugium betrat, verdächtigte sie daraufhin des „Rauschgiftrauchens". Es bedurfte intensiven Zuredens meiner Mutter (und eines Ehekrachs über die richtige Erziehung Heranwachsender), um ihn zu überzeugen, dass Claudia weder Kokain rauchte noch Hasch spritzte.

Doch brauchte sie keine Drogen, um sich täglich nach Schulschluss aus der bürgerlichen Welt zu verabschieden. Kaum zuhause angekommen, schloss sie sich, meist in Begleitung ihrer besten Freundin, in ihrer Räucherhöhle ein. Dort wurden dann die gesammelten Werke von Simon & Garfunkel, Carole King und Cat Stevens rauf und runter gehört. Ein Trendforscher, der zufällig in diesem Raum gelandet wäre, hätte sich in selige Hippiezeiten zurückversetzt gefühlt. Zumal auch die Bekleidung keine nachfolgenden Moden berücksichtigte. Meine Schwester gab ihr Bestes für ein Batik-Comeback, und ihre Freundin tat es ihr gleich. Mehr noch: Die beiden fingen an, ihre Kleidung zu tauschen, und färbten sich am selben Tag die Haare hennarot.

Das rief meine Mutter auf den Plan. Sie verdächtigte die eigene Tochter, lesbisch zu sein. Seitdem bekannt geworden war, dass Martina Navratilova, Tennisweltranglistenerste, lieber Mädchen als Männer küsste, war sie sensibilisiert für dieses Thema. Offensichtlich konnte Homosexualität jeden treffen, sogar erfolgreiche Sportlerinnen. Doch – wie damit umgehen? Anders als meine Tante, die Toleranz für eine tragische Verhaltensstörung hielt, interessierte sich meine Mutter für Menschen, die ohne Trauschein, Reihenhaus und Stufenheck glücklich zu werden gedachten. Ja, sie hatte solche Menschen sogar kennen gelernt.

Es war die Zeit, als aus dem drögen betulichen Hundsbuckel ein Zentrum des Demonstrationstourismus wurde. Hier trafen sich jene, die gegen die von Reagan und Schmidt verordnete Nachrüstung zu Felde zogen. „Zu Felde" ist dabei wörtlich zu verstehen. Wo sonst hätten die Amis ihre Pershings besser aufstellen können als hier, in der Pampa, der Schnittmenge aus Eifel und Pfälzerwald? Etwa im dicht besiedelten Ruhrpott?

So wurde der Hunsrück zum Raketenarsenal der Bundesrepublik. Ein Kaff wie Hasselbach kam in die Schlagzeilen, nachdem bekannt geworden war, dass 70 000 Quadratmeter Land für 96 Marschflugkörper, Typ Cruise Missile, geopfert werden sollten. Woraufhin die Friedensbewegung in Bewegung geriet, um Straßenkarten und Sonderbusse zu organisieren. Nicht dass meine Mutter mitdemonstriert hätte. Sie hatte sechs, sieben Mal den wöchentlichen Treffen der örtlichen Grünen beigewohnt, um danach festzustellen, dass ihr das Reden über Politik nicht behagte. Und doch faszinierte es sie, dass es tatsächlich Menschen gab, deren Streben dem Abbau von Raketen statt dem von Hypotheken galt.

Lebte sie am Ende falsch? Sie musste sich eingestehen, dass die vertrauten Überzeugungen – die Dinge, die sie in frühen

Ehejahren für erstrebenswert gehalten hatte – sich auflösten, ohne dass an ihre Stelle neue Gewissheiten getreten wären. Die dadurch entstandene Leere irritierte sie. Mit 41 Jahren hatte sie den Punkt erreicht, an dem ihr die eigene Familie fremd geworden war. Sie fing an, meinen Vater zu bedauern, der, von Natur aus unsportlich, auf dem Tennisplatz das Bild eines Infarktgefährdeten abgab. Gleichzeitig beneidete sie meine Schwester, die, lesbisch oder nicht, sich den Erwartungen verweigerte, sich einfach ausklinkte und in eine Welt zurückzog, in der Carole King Trost spendete, „You've got a friend", und John Lennon Mut machte, „Imagine …"

Doch meine Mutter wollte sich gar nichts vorstellen. Und was ihre Freundinnen anging: Die boten eher Grund zur Verzweiflung, seitdem mehrere von ihnen in einem kollektiven Blackout, ausgelöst durch ein promillestarkes Sektfrühstück, beschlossen hatten, es ihrem neuen Idol gleichzutun. Meine Mutter war fassungslos. Sie konnte nicht nachvollziehen, was Frauen auf dem Weg zur Menopause veranlasste, einem Siebzehnjährigen nachzueifern. Es war eine verrückte Welt: Ein Pubertierender gewann Wimbledon, und ihre Freundinnen wurden pubertär. Als erinnerten sie sich an jene Zeit, da sich ihr Denken noch nicht um Anschaffungen fürs Eigenheim drehte oder die kommende „Hausfrauenbeschäftigungstherapie mit Drogenmissbrauch", wie mein Vetter Sektfrühstücke nannte. Sondern um den süßen Kerl aus der Nachbarklasse.

Vielleicht glaubten sie, Tennis wäre der Jungbrunnen, der ihnen ihre Jugendträume wiederbrächte und, bei der Gelegenheit, ihre gealterten Körper wegzauberte. Dass dem nicht so war, dafür genügte meiner Mutter ein Blick auf die besetzten Courts des heimischen Tennisvereins. Sie sah ausgezehrte, grimmig hin und her hechelnde Grobmotoriker, denen der Ehrgeiz und das kurze Beinkleid nicht zum Vorteil gereichten.

Es war deprimierend, diesem Schauspiel beiwohnen zu müssen. Der Weiße Sport weckte dunkelste Gefühle in ihr. Die Farbe der Unschuld hatte ihre Unschuld verloren.

Und obgleich sie von diesem Tag an Tennisplätze mied, säumten Menschen in Weiß ihren weiteren Weg. Mein Vater brach sich beim Versuch, rückwärts einen Lob zu erlaufen, den Knöchel. Sie lachte, als sie von diesem Missgeschick erfuhr. Und da erschrak sie über sich selbst.

1986: Der Super-GAU

Am 26. April 1986 flog den Russen ein Atomkraftwerk um die Ohren. Zwar waren es eigentlich Ukrainer und Weißrussen, die die volle Strahlung abbekamen, doch in Zeiten des Blockdenkens machten sich die wenigsten die Mühe, die Union der Sozialistischen Sowjetrepubliken in ihre Volksgruppen zu unterteilen.
Am wenigsten die Bundesdeutschen, die viel zu sehr damit beschäftigt waren, ihren zahlreichen Phobien eine weitere hinzuzufügen – die Angst, eine Katastrophe zu verpassen. Während in Russland ein Menschenleben mal wieder nichts wert war – der Fortschritt hatte seinen Preis, und Atomstrom war Fortschritt –, wurde mehrere tausend Kilometer westlich die Möglichkeit, ein zukünftiges Opfer zu sein, hysterisch lustvoll zelebriert. Verzagte Zeitgenossen begnügten sich damit, Trockenmilch und Büchsenfleisch zu bunkern. Hartgesottene bauten den Bunker gleich mit.
Leider war auch meine Mutter nicht gefeit gegen Übersprungshandlungen. Sie besorgte sich einen Geigerzähler und ging fortan täglich in den Garten, um die Radioaktivität des Gemüses zu messen. Nur mein Deutschlehrer verweigerte sich beharrlich jedem Becquerel-Aktionismus und ereiferte sich stattdessen über die „Sprachverhunzer von Presse und Fernsehen", die einen Superlativ steigerten, indem sie aus dem GAU, dem größten anzunehmenden Unfall, einen Super-GAU machten. Er muss schrecklich darunter gelitten haben. Denn

wenige Monate später erkrankte er unheilbar an Krebs und war damit der erste Mensch im Hunsrück, der dem Super-GAU zum Opfer fiel.

Vielleicht hätte auch ich mich der Atomfurcht ergeben, wären meine Panikreserven nicht längst durch andere Vorkommnisse restlos aufgezehrt gewesen. Ich bedurfte keiner unsichtbaren Strahlen, um ein Leben in Angst zu fristen. Die Explosion, die mein Gemüt erschütterte, fand nicht in der Ukraine statt, sondern fünf Meter Luftlinie entfernt – im Schlafgemach meiner Schwester.

Sie entdeckte, wenige Monate vor ihrem fünfzehnten Geburtstag, das Geheimnis der körperlichen Liebe. Die Begeisterungsschreie, die diese Entdeckung auslöste, machten nicht vor ihrer Zimmerwand Halt, sondern drangen, wie es sich für einen Billigbau der frühen 70er gehört, psychedelisch verzerrt in den Nebenraum. Dort, wo ich mich – die Abiturprüfungen im Blick – mühte, Bildungslücken zu füllen. Meine Schwester bekümmerte dies nicht. Sie durchlief eine Reifeprüfung anderer Art.

Dabei assistierte ihr Jimmy, einer der letzten Hippies des Hunsrücks. Sie hatte ihn im Sommer zuvor auf der Lott kennen gelernt, einem alternativen Festival für „Langhaarträger und Bombenleger", wie mein Vater jede Veranstaltung nannte, bei der die Musikanten nicht im Frack auf der Bühne erschienen. Jimmy war 24 Jahre alt und hieß eigentlich Joachim; aber es ist der Imagebildung nicht dienlich, seiner anvisierten Jüngerschar ein „Drehst du mir 'n Joint, ich bin übrigens der Joachim" entgegenzuhauchen – als käme ein Marlboro-Cowboy auf einem Esel dahergeritten. Coolness verträgt sich nicht mit altbackener Namensgebung. Und Jimmy war cool. Er glaubte, dass das Leben nur eine Frage der Biochemie war. Indem man seinen Körper mit den richtigen Drogen „justierte" und hormonellen Stauungen mehrmals täglich durch Koitus vorbeugte, verfügte man über den Schlüssel zum Glück. Wenn ich das abgespannte Gesicht meines Vaters sah, war ich überzeugt, dass er Recht hatte.

Jener chronisch erschöpfte Büromensch, der Lust mit einer reichhaltig belegten Schlachtplatte assoziierte, hätte sich schwerlich damit abgefunden, dass das Ergebnis harten Bausparens zu einer Venusburg umfunktioniert wurde. Daher fanden die Love-ins meiner Schwester ausschließlich nach Schulschluss statt. Da auch meine Mutter, der nicht der Sinn nach Tennisspielen stand, wieder ganztägig arbeitete, war ich das einzige Familienmitglied, das über Claudias Freizeitverhalten Bescheid wusste.

Wahrscheinlich hätte ich das muntere Treiben zu ignorieren versucht, wäre nicht zur gleichen Zeit meine La-Boum-Liebe mit einem Bumm zu Ende gegangen. Ich war verlassen worden, ohne so recht zu begreifen warum. Wir hatten uns doch gut verstanden und auch im Bett, nach Überwindung der üblichen Anfangsschwierigkeiten, zueinander gefunden. Umso weniger vermochte ich nachzuvollziehen, warum meine Liebe mich auswechselte. Für einen Typen, zu dem ihr nichts weiter einfiel als „Er hat halt mehr Erfahrung." Was aber bedeutete das? Das Geschehen, das sich jeden Nachmittag im Nebenzimmer abspielte, ließ nur den Schluss zu: Es ging um Sex. Wenn meine Schwester ihre Altersgenossen links liegen ließ, dann deshalb, weil auch einer wie Jimmy „mehr Erfahrung" hatte.

Aber worin genau? Hatte ich nicht in überlangen Videonächten die hohe Schule des Stellungsspiels durchlaufen und das Gesehene und Verinnerlichte mit Gewinn in die Praxis umgesetzt? („Sollen wir es mal von hinten probieren?") Auch widmete ich mich – ein Tipp von Tobi – ausgiebig dem Busen.

„Mädchen mögen das", erklärte er fachmännisch. Sein Busenwissen ging so weit, dass er eigene Kategorien für deren Größe aufstellte. Ein „Fummel" hieß „Vorsicht Pickel, bitte nicht kratzen!" oder „Wo die Knöpfe sind, ist vorn", also ein Busen, der an das Relief von Holland gemahnte. Vorzuziehen, so Tobi, sei der „Greif"; dieser entsprach drei Fummel. Wer es noch größer wollte, kam beim „Kahok" auf seine Kosten – die Abkürzung von „kanadische Holzfällerkralle" und das Äquivalent von drei Greif oder neun Fummel.

Man konnte wahrlich nicht behaupten, ich wiese Wissensdefizite auf. Und doch schien es, als hätte ich, bei aller Akribie, etwas Entscheidendes übersehen. Es musste einen blinden Fleck geben, der jede Wahrnehmung ins falsche Licht rückte – und den musste ich finden. Ohne Onkel Pete. Er hätte mir nicht helfen können. Ein Mann, der durchs Weltall tänzelt, denkt nicht an Beischlafschwierigkeiten.

Und so begab ich mich allein auf Spurensuche. Genauer gesagt: Ich blieb in meinem Zimmer und wurde zum Abhörspezialisten. Mittels einer Becherkonstruktion, die ich mir aus einem alten Physikbuch abgekuckt hatte, hoffte ich, die Schallwellen besser einfangen zu können. Ich verbrachte Stunden damit, vor der Wand kniend Wortfetzen aufzuschnappen. In der Regel jedoch musste ich mich mit Raschelgeräuschen und periodisch an- und abschwellenden Seufzern zufriedengeben.

Einmal, nach einem ausgedehnten A-cappella-Duett, vernahm ich, wie Jimmy sich bei Claudia erkundigte, ob sie gekommen sei. Eine seltsame Frage. Kamen Mädchen etwa nicht? Sie stöhnten doch, gaben Laute von sich, die sich, auch ohne guten Willen, als Wohlgefallen auslegen ließen. Sollte selbst meine Schwester am Ende unter Orgasmusproblemen leiden? Immer neue Abgründe taten sich auf. Lektüren wie Oswalt Kolles Aufklärungsklassiker „Deine Frau, das unbekannte

Wesen", den ich preisgünstig auf einem Kirchenbasar erwarb, vergrößerten meine Ratlosigkeit nur noch. Je mehr ich wusste, desto weniger begriff ich.

Es war Zeit, die Bremse zu ziehen. Ich musste meinen Kopf freikriegen. Den Ratterkasten abschalten. Entspannen. Ich ging ins Kino, löste eine Karte für „Rocky 4". Nachdem ich minutenlang über den seltsamen Vorfilm gerätselt hatte, dämmerte mir, dass ich im falschen Saal saß; dort, wo „Neuneinhalb Wochen" lief. Natürlich hätte ich aufstehen, den Irrtum korrigieren können. Doch in jenen Tagen der inneren Aufruhr und Rastlosigkeit sah ich überall die Kräfte des Schicksals am Werk. Und wenn das Schicksal eben wollte, dass mein Horizont durch „Neuneinhalb Wochen" erweitert würde, dann hatte ich mich gefälligst zu fügen. Basta!

In der Tat konnte man einiges dazulernen. Mickey Rourke verkörpert einen gefühlskalten Wall-Street-Yuppie, der einer Kunsthändlerin mit Eiswürfelmassagen, Blindverkostungen und Callgirls die Sinne verwirrt. Vor allem die Oralszenen regten zur Nachahmung an. Kopulierbereite Paare plünderten Kühlschrank und Vorratskammer, um mit Honig, Milch und Rohfisch formidable Sauereien im Bett zu veranstalten. Und zwar dergestalt, dass hinterher die Laken in der Kochwäsche landeten. S/M-Interessierten wiederum wurden, in Form von Runter-auf-die-Knie-Aktionen, Anregungen für eine machtbewusstere Beziehungsgestaltung mit auf den Nachhauseweg gegeben. Nur ich selbst mochte die Nachhilfe in Sachen Dominanzspiele nicht so recht annehmen.

Es war nämlich kein Spiel. Wenigstens nicht für die Kunsthändlerin, die von Kim Basinger sehr zärtlich und verletzlich dargestellt wird. Sie verliebt sich in den Wall-Street-Yuppie – was einen Mittdreißiger im Zuschauerraum aufstöhnen ließ: „Warum fallen gut aussehende Frauen immer auf Arschlöcher rein?" – und dieser sieht darin eine Einladung, sie Stück für Stück, Fick für Fick zu erniedrigen. Erst gegen Ende des Films erkennt sie, dass sie einem Missverständnis aufgesessen ist. Was für sie Liebe und Hingabe ist, ist für ihn nur die Umsetzung eines einschlägigen Drehbuchs, in dem jeder neue Akt den vorherigen zu übertreffen hat. Von der Klimax zur Super-Klimax. An dieser Stelle hätte mein Deutschlehrer interveniert und darauf beharrt, dass die „Klimax" – der „Höhepunkt" – nicht steigerbar sei, das Wort „Super-Klimax" somit grammatisch nicht korrekt.

Ich verließ das Kino reichlich verstört. „Neuneinhalb Wochen" hatten meiner aufgewühlten Teenagerseele den Rest gegeben. Der emotionale GAU war eingetreten. Die Aufräumarbeiten mussten unverzüglich beginnen. Noch in derselben Nacht schrieb ich meiner verlorenen La-Boum-Liebe einen Brief. Er bestand aus einem einzigen Satz: „Kennen wir uns eigentlich?"

1987: Missionen

Am Tag, als Mathias Rust mit einer einmotorigen Cessna auf dem Roten Platz landete, landete Sieglinde mit hochroten Wangen auf dem Futon ihres Vorgesetzten. Während Rust mit seiner Tat eine „Friedensmission" zu erfüllen suchte, war die Initiative meiner Kusine eigennütziger Natur. Sie war einige Wochen zuvor 33 geworden – ein Ereignis, das mein Vetter gewohnt taktvoll kommentierte: „Wärst du ein Mann, dürftest du jetzt in der AH mitkicken" – und sie litt unter Torschlusspanik.

Das Leben war in den zurückliegenden Jahren nicht immer nett zu ihr gewesen. Zwar hatte sie ihre Doktorprüfung „magna cum laude" bestanden und auf Anhieb eine gut bezahlte Anstellung bei einem Pharmaunternehmen in Frankfurt gefunden, doch privat schlitterte sie von einem Fiasko ins nächste. Wenn es stimmt, dass viele Frauen unbewusst dem Abbild ihres Vaters nachjagen, dann leistete Sieglinde ganze Arbeit. Sie verliebte sich grundsätzlich in Männer, deren Stärken weniger auf dem Gebiet der Treue als dem der Verführung lagen.

Dabei verhielt sie sich nicht anders als jene Sekretärinnen, die mein Onkel mit seinem Vertretercharme einwickelte. Zunächst gab sie sich spröde und abweisend. Das fiel ihr leicht, weil der Beruf der Pharmakologin Eigenschaften wie Offenherzigkeit und Einfühlungsvermögen, die bei ihr von Natur aus unterentwickelt waren, vollends verkümmern ließ. Die Erforschung von Wirkstoffen verlangte keine kommunikative

Kompetenz. Es gab kein Gegenüber, das überzeugt werden musste; niemanden, den sie mit Witz oder Anmut für sich hätte einnehmen müssen. Selbst Rücksichtnahme war nur insofern von Bedeutung, als Erlenmeyerkolben zerbrechlich sind.

Eine Autistin hätte auf diesem Spielfeld der molekularen Gesetze ihr Glück gefunden. Meine Kusine aber mochte sich nicht mit der Rolle der Herrscherin über chemische Substanzen zufriedengeben. Sie gehörte zu jener Sorte Mensch, die an die große unsterbliche Liebe glaubte. Die ihr hungriges Herz wie einen Rosengarten hegte. Und die nichts mehr fürchtete als den Kompromiss: die Kapitulation der Sehnsucht vor dem Leben.

Dieser Extremismus der Gefühle bedurfte keiner Rechtfertigung. Als Naturwissenschaftlerin erfuhr sie immer wieder, wie Konsequenz zum Ziel führte. Dort, im Beruf, gelang es ihr, konträre Elemente zu vereinen. Und was im Labor möglich war, musste doch auch draußen, im wirklichen Leben, unter weitaus entspannteren Bedingungen gelingen. Gleichwohl kam es zwischen den Geschlechtern ständig zu hochexplosiven Reaktionen, gefolgt von Verbindungen, die instabiler waren als freie Radikale. Trotz wechselnder Versuchsanordnungen – vom Kneipenaufriss über die Kontaktanzeige bis hin zur Kuppelei durch Freunde und Bekannte – vermochte Sieglinde nicht zu ergründen, warum die Chemie zwischen Mann und Frau nicht stimmte.

Dieses Unvermögen, die magische Beziehungsformel zu finden, verunsicherte sie. Kaum hatte sie den weißen Umhang, der ihr Kühle und Gleichmut verlieh, abgelegt, kam ein Mensch zum Vorschein, dessen Zweitname Zweifel war. Entsprechend schwer fiel es ihr, nach Feierabend Feldforschung zu betreiben. Die hierfür erforderliche Herzensstärkung holte sie sich im Kino, das für meine Kusine dieselbe Funktion hatte wie das Spirituosenregal für einen Alkoholiker. Und ebenso fatale Folgen.

Sieglinde war unfähig, sich beim Filmkonsum zu bescheiden. Vor allem Beziehungsgeschichten mit dramatischem Ausgang wie „Betty Blue" schickten ihre Psyche Schnitt für Schnitt auf den Trip. Wenn sie mit großen Pupillen die Veitstänze der Béatrice Dalle verfolgte, identifizierte sie sich in einem solchen Maße mit der Hauptdarstellerin, dass sie beim Verlassen des Kinos wie diese bereit war, sich aus Leidenschaft ein Auge auszustoßen. Lieber verzweifelt bis zur Raserei als jene Tristesse, mit der sie sich durch quälend lange Wochenenden schleppte! Lieber ein Stich, der durchs Herz ging, als jene dumpfe Leere, die mit dem Ende des Arbeitstags einsetzte! Gern hätte sie mit allen Schauspielerinnen getauscht, die sich dem Liebeskummer hingeben durften. Sogar mit jenen, die, wie Isabella Rossellini in „Blue Velvet", einen Alptraum durchlebten. Meine Kusine neidete ihr die Schläge, die Lust am körperlichen Schmerz, weil sie begriff, dass der seelische Druck (den sie nur allzu gut kannte) darin ein Ventil fand.

Vielleicht hätte Dr. Wilfried Ripplinger von Flirt-Experimenten abgesehen, wäre ihm bewusst gewesen, welchem Aggregatzustand sich sein Versuchsobjekt annäherte. Die Festigkeit, mit der Sieglinde nach außen hin auftrat, war eine Filmkulisse, hinter der sich ihr Ego verflüchtigte. Doch davon ahnte ihr Vorgesetzter nichts. Er gehörte zu jener Sorte Mensch, die aus Überdruss am Alltag – in seinem Fall eine eingeschlafene Ehe und eine fremd gewordene Tochter – dazu neigt, das Neue, Unbekannte zu verklären. Also hatte er sich ein Bild von Sieglinde zurechtprojiziert, das mit der realen Person herzlich wenig zu tun hatte. Hinter ihrer Spröde glaubte er einen Vamp zu erkennen, der die Männer reihenweise flachlegte – ein willkommenes Gegenprogramm zur Frau Gemahlin, bei der das

Einzige, was vor der Nachtruhe flach gelegt wurde, die Gurkenscheiben der Gesichtsmaske waren.

Doch auch Sieglindes Wahrnehmung war durch konsequentes Wunschdenken getrübt. Sie sehnte sich nach einem Eroberer, einem kühnen Ritter, der auf einem Schimmel dahergaloppiert kam und sie aus ihrer Turmkammer befreite, so oder so ähnlich. Als Dr. Wilfried Ripplinger bei ihr vorsichtig anklopfte, ob sie nicht irgendwann Lust hätte, mit ihm mal einen schönen Abend zu verbringen, sah sie die Stunde der Erlösung gekommen. Und so nahm das Desaster seinen Lauf.

„Irgendwann" war bereits eine Woche später. Die „Gegner", wie Ripplinger Gattin und Tochter im Geheimen titulierte, hatten sich pünktlich zum Vatertag in einen Kurzurlaub verabschiedet. Eine glückliche Fügung, die danach schrie, strategisch genutzt zu werden. Keine atomare Reaktion hätte generalstabsmäßiger geplant werden können als jenes Aufeinandertreffen zweier Individuen, die nur darauf lauerten, in einer Explosion der Gefühle gewaltige Energiemengen freizusetzen.

Da Ripplingers Vertrauen in seine Fähigkeiten als Verführer nur schwach ausgeprägt war, hatte er sich in einem Fachgeschäft für Intimbedarf ein Spray zugelegt, dessen Lockstoffe, so versprach es die Packungsbeilage, eine „unwiderstehliche Wirkung auf Frauen" ausübten. Zusätzlich hatte er – sicher ist sicher – die für das Rendezvous infrage kommenden alkoholischen Getränke auf ihre Wirkung hin analysiert. Es würde darauf hinauslaufen, die zukünftige Nebenbuhlerin mit Schampus und Schaumwein abzufüllen.

Meiner Kusine blieben diese Absichten verborgen. Wenngleich auch sie nicht unvorbereitet in die Schlacht zog. Sie hatte sich mit einem knallroten Ledermini und einer tief ausgeschnittenen Bluse bewaffnet, die jedem Angreifer unweigerlich den

Verstand raubten. Zumindest Ripplinger. Hinterher sollte er seinem besten Freund, einem Thermochemiker, beichten, bei ihrer Zusammenkunft habe die Enthalpie des Weltalls überproportional zugenommen. Was so viel hieß wie: Ihm wurde höllisch heiß, als er Sieglinde erblickte.

Seine Er- und Aufregung hielt selbst dann noch an, als beide bereits bei einem überteuerten Szene-Italiener Platz genommen hatten. Die ursprüngliche Überlegung, mit Spumante der Sektlaune nachzuhelfen, fiel der minutenlangen Minderdurchblutung seines Hirns zum Opfer. Stattdessen bestellte er – Macht der Gewohnheit – ein Pils.

Der Hopfen verfehlte seine beruhigende Wirkung nicht. Ripplingers Nervenkostüm glättete sich. Weshalb er beschloss, dem Bewährten treu zu bleiben, und ein weiteres Pils orderte. Das dritte Glas kam mit den Antipasti. Bier vier und fünf umspülten den Hauptgang, Spaghetti Marinara („weil Fisch muss ja schwimmen"). Das sechste und siebte Pils wurden mit einem doppelten Grappa („nur zur Verdauung") überbrückt.

Sieglinde, durch zahlreiche Familienfeiern im Kampftrinken gestählt, hatte beherzt mitgezogen. Auch ihr half der Alkohol, die mächtigen Hemmungen auf ein erträgliches Maß herunterzuschrauben. Sie entwickelte den Ehrgeiz, ihren Zechpartner aus der Reserve zu locken, wollte durch geschicktes Fragen herausfinden, ob Ripplinger durch etwaige andere Engagements emotional gebunden wäre. Und der, obgleich in seinem Reaktionsvermögen spürbar beeinträchtigt, erinnerte sich gerade noch rechtzeitig daran, dass das selbst gesteckte Ziel des Treffens nicht der drogeninduzierte Vatertags-, sondern der hormonbedingte Sexualrausch war. Er brachte das Kunststück fertig, in der nötigen epischen Breite die wichtigsten Stationen seines Lebens zu erzählen, ohne auch nur mit einer Silbe Frau und Tochter zu erwähnen.

Meine Kusine, ungeübt im Lesen zwischen den Zeilen, biss an. Sie signalisierte ihre Bereitschaft zur näheren Kontaktaufnahme mit Blicken, die sie für eindeutig und unmissverständlich hielt. Zunächst ohne den gewünschten Effekt. Erst nachdem sie mehrmals betont hatte, dass man sich in Kneipen und Restaurants so schlecht unterhalten könne, weil es so laut sei, bemerkte Ripplinger, ebenfalls kein Meister im Erfassen subtiler Botschaften, dass er einen ruhigeren Ort wisse. Auf der Taxifahrt dorthin begannen sie zu knutschen.

Bei seinem Haus handelte es sich um einen 70er-Jahre Bungalow, der von einem ehemaligen Klassenkameraden – einem mäßig begabten Architekten, der die Moderne missverstanden hatte – gründlich verbaut worden war. Doch gravierender als die eigenwillige Raumaufteilung – die Küche ging ins Badezimmer über, und der Weg zum Gäste-WC führte durch das Schlafzimmer – war die Inneneinrichtung. Seine Frau hatte auf der Suche nach sich selbst den Fernen Osten gefunden. Als Folge dieser Entdeckung waren im Hause Ripplinger alle Spuren der westlichen Zivilisation getilgt worden. An den Wänden hingen hinfort chinesische Zeichen, die „irgendwas mit einem gewissen Jing Jang" zu tun hatten. Zwei Mal täglich wurden Teezeremonien in Gottesdienstlänge abgehalten. Und die schmiegsame Federkernmatratze hatte einem steinharten Futon, Modell „Japanische Strafkolonie", weichen müssen.

Leider hatte Ripplinger vergessen, dass seine Frau im Zuge ihrer Asien-Euphorie auch das Botaniksortiment gewechselt hatte. Die Fensterbank-Geranien waren durch Bambusungetüme, die nach dem Feng-Shui-Prinzip im ganzen Haus platziert waren, ersetzt worden. Und eines dieser Gewächse stellte sich ihm nun, drei Meter vorm Ziel, in den Weg.

Sieglinde vor Augen, die, erwartungsfroh auf dem Futon liegend, ihrem Eroberer entgegensah, stolperte er über den

Bambustopf, der – litt er unter Sehstörungen? – aus dem Nichts aufgetaucht war. Der Versuch, den Sturz abzufangen, scheiterte an den halb heruntergelassenen Hosen, die jede koordinierte Beinbewegung unmöglich machten. Nach vorne kippend, mit den Kniescheiben voran, krachte Ripplinger auf den frisch gebohnerten Parkettboden, über den sich jetzt auf einer Fläche von fünf Quadratmetern Muttererde verteilte. Der unvermittelt einsetzende Schmerz raubte ihm mehrere Sekunden lang die Luft. Dann begann er zu brüllen.

Im selben Augenblick prustete meine Kusine los. Sie lachte so laut, dass er zusammenfuhr und seinen Schmerz vergaß. Sie lachte, als er im Bemühen, sich aufzurichten, wie ein Marienkäfer zappelte. Sie lachte, als er humpelnd ins Bad flüchtete. Und sie lachte selbst dann noch, als sie bereits wieder im Taxi saß, diesmal allein. Vor allem aber lachte sie zwei Wochen später, als Ripplinger ohne Angabe von Gründen kündigte und sie seinen Posten übernahm.

1988: Acid House

In dem Moment, da ein Mensch seiner Jugend Lebewohl sagt, hört er auf, sich für die spannenden Dinge der Welt zu interessieren. Das Studium der Wirtschaftsseiten wird wichtiger als das des Veranstaltungskalenders. Und die aufgeregte Frage „Wohin gehen wir heute Abend?" wird ersetzt durch ein gelangweiltes „Was läuft im Fernsehen?". Für solche Menschen ist das Jahr 1989 ein wichtiges Jahr. Sogar dann, wenn sie nie in Berlin waren, nie auf der falschen Seite der Mauer gelebt haben.

Meiner Schwester bedeutete 1989 gar nichts. Wieso hätte es auch? Die entscheidenden Ereignisse ihres Lebens fanden ein Jahr zuvor statt. Zunächst trat Johnny, der Sohn einer Kosmetikerin aus Birkenfeld und eines in Baumholder stationierten GIs, der kurz nach dessen Geburt auf Nimmerwiedersehen in die Staaten verschwunden war, an die Stelle von Jimmy. Claudia hatte sich mit ihm an seinem Arbeitsplatz angefreundet. Um genau zu sein: in der Kneipe, in der er als Zapfer jobbte. Eines Winterabends, nach zahlreichen Freibieren, hatte er sie nach Hause begleitet, was sich insofern gut traf, als meine Eltern – im Versuch, ihre Ehe zu retten – auf Versöhnungsurlaub weilten.

Johnny machte, soweit ich dies akustisch beurteilen konnte, seine Sache nicht schlechter als Jimmy. Vermutlich sogar besser. Denn Claudias zarter schulischer Ehrgeiz verkümmerte vollends. Die tägliche Praxis lehrte sie, dass ein befriedigendes Geschlechtsleben und befriedigende Noten einander ausschlossen. Prioritäten mussten gesetzt werden. Also beendete sie nach zehneinhalb Schuljahren den Unterricht, ohne ihre Eltern von diesem Schritt zu unterrichten. Die Pflicht verabschiedete sich aus ihrem Leben, der Rausch konnte beginnen. Claudia war so euphorisch und befreit, wie es nur ein Mensch sein kann, der das Schicksal auf seiner Seite glaubt. Der sich so unbezwingbar fühlt wie Ikarus, bevor dieser der Sonne zu nah kam.

Es war die Liebe, die sie stark machte. Sie fühlte sich verehrt und begehrt. Ihr Selbstbewusstsein wuchs mit jedem Kuss. Und jeder Gang ins Bett war ein Triumphzug. Ihr ganz persönlicher Sieg über eine Welt, die sie als leblos und erstarrt empfand. Auch stellte sie fest, dass Sex – anders als Eis essen oder Musik hören – zu jenen Tätigkeiten zählt, deren ausgedehnte Ausübung nicht zur Sättigung führt, sondern, im Gegenteil, den Wunsch weckt, es noch häufiger zu tun. Selbst wunde Genitalien, als Folge wochenlanger Nine-to-five-Reibung, waren kein Hemmnis. Die körperliche Versehrtheit verlangte lediglich ein immer vorsichtigeres, fast zeitlupenartiges Heran- und Hereintasten. Wodurch die bereits hypersensibilisierten Hautrezeptoren endgültig überreizt wurden. Minimalberührungen genügten, um in ihrem Kopf den Ausnahmezustand auszurufen. Das Gehirn kam mit der Ausschüttung von Glückshormonen nicht mehr nach.

Der Kater erschien in Gestalt meines Vaters. Zwar hatte Claudia mehrere Entschuldigungsschreiben geschickt (und dabei ihre Begabung im Fälschen von Unterschriften entdeckt). Auch hatte sie ihren Freundinnen ein Schweigegelübde über die wahren Gründe ihres schulischen Fernbleibens abgenommen. Doch alle Vorsichtsmaßnahmen fruchteten nicht. Ein besorgter Anruf ihres Kursleiters im Statikbüro genügte, um das Lügengebäude einstürzen zu lassen.

Für meinen Vater brach eine Welt zusammen. Seine eigene Tochter hatte sich des vorsätzlichen Betrugs und der Leistungsverweigerung schuldig gemacht. Hier waren drakonische Sanktionen vonnöten. Da sie für die Schule verloren war, verfügte er, dass sie sich unverzüglich eine Lehrstelle suche. Zusätzlich verhängte er ein Ausgehverbot für Claudia und ein Besuchsverbot für Johnny. Mit den entsprechenden Dezibelwerten machte er deutlich, dass er beide Verbote zu kontrollieren gedachte.

Was tun? Meine Schwester spielte auf Zeit. Unter falschem Namen rief sie bei Krankenhäusern und Pflegeeinrichtungen an und erkundigte sich nach freien Ausbildungsplätzen. Erfolgte eine negative Antwort, so schickte sie, diesmal unter richtigem Namen, ihre Bewerbung raus. Auf diese Weise konnte sie sicher gehen, dass ihr „trotz intensivster Bemühungen" (wie sie nicht müde wurde zu beteuern) der Weg ins Berufsleben versperrt blieb.

Gleichzeitig legte sie sich einen Plan zurecht, wie sie, gemeinsam mit Johnny, „dem ganzen Mist" entfliehen würde, um in einer Großstadt, fernab vom Hunsrück, ihr Glück zu versuchen. Leider hatte sie die Rechnung ohne den Begleiter in spe gemacht. Dieser lehnte es ab, seine Starexistenz als Zapfer der Provinzszene für ein ungewisses Leben in Metropolis aufs Spiel zu setzen. Alle Appelle an die gemeinsame glorreiche Zukunft prallten an ihm ab. Und gleich welche Taste sie auf der Klaviatur der Emotionen anschlug, das Resultat war stets dasselbe: Dissonanzen. Schließlich, in einem Gefühlsausbruch, den meine Kusine als oscarwürdig empfunden hätte, schrie sie Johnny ein „Ich liebe dich, das heißt, ich brauche dich, weil ich ohne dich nur ein halber Mensch bin" in die Ohrmuschel. Der Geliebte legte daraufhin auf.

Und nun war es meine Schwester, für die eine Welt zusammenbrach. Sie heulte, wenn sie viel zu früh aufwachte und daran dachte, dass ihr großes Bett auch diesen Tag leer bleiben würde. Sie heulte, wenn sie Musik hörte und ihr bewusst wurde, zu welchen Liedern sie mit Johnny geschlafen hatte. Sie heulte, wenn sie ihr Zimmer sah; ein Chambre séparée, das über Nacht zum Kerker geworden war. Und sie heulte gar im Schlaf, wenn ihre Ängste und Sehnsüchte in todtraurige Träume mündeten.

Das Leben schien ihr beendet, noch ehe es richtig begonnen hatte. Sie war überzeugt davon, für immer unglücklich zu bleiben. Bis zu jenem Morgen, an dem sie sich die Lider rieb und innehielt – ihre Augen waren trocken. Das irritierte sie. Mehrfach versuchte sie, die Flüssigkeit herauszupressen, rief sich Momente in Erinnerung, die nie mehr zurückkehren würden. Allein, es half nichts. Der Tränenfluss war versiegt. Sie konnte nicht mehr heulen. Am selben Tag schickte sie eine Bewerbung an die Pflegestation eines Frankfurter Krankenhauses. Sie wusste, dass dort Personal gesucht wurde. Billiges Personal. Die Zusage für ein Freiwilliges Soziales Jahr erhielt sie, ohne sich vorgestellt zu haben.

Meine Schwester kam bei meiner Kusine unter. Trotz 17 Jahren Altersunterschied verstanden sie sich blendend. Was sie verband, war das Lebensgefühl postdepressiver Asexualität. Claudia hatte kundgetan, dass sie von Männern die Nase voll habe, und Sieglinde hatte eingestimmt: „Ich auch." Da beide den Grundsatz beherzigten „Die Feinde meiner Feinde sind meine Freunde", stand einer Wohngemeinschaft nichts mehr im Wege. Die eine war froh, nach stundenlanger Beschäftigung mit chemischen Substanzen einem menschlichen Wesen zu begegnen. Die andere brauchte ein offenes Ohr, in das sie ihre wunderlichen Erfahrungen mit dem deutschen Gesundheitssystem hineinerzählen konnte.

Meine Schwester hatte erwartet, dass sie erfahrene Kräfte in die hohe Schule der Patientenbetreuung einweisen würden.

Stattdessen fand sie sich unter unerschrockenen Dilettanten wieder. Aushilfen, die sich im Spritzen probierten. Zivildienstleistende, die ahnungslos Arznei austeilten. Neulinge im Freiwilligen Sozialen Jahr, die tellergroße Druckwunden versorgten. Und Ärzte im Praktikum, die Psychopharmaka und Schmerzmittel grundsätzlich zu niedrig dosierten und damit den Unmut der Übrigen auf sich zogen, weil diese mit zappligen Patienten zu kämpfen hatten. Die Übrigen – die typische Schichtbesetzung –, das waren ein Pfleger mit Examen, eine Krankenpflegeschülerin mit Selbstwertproblemen, ein Zivi mit Restalkohol und meine Schwester, die nicht verstand, wo sie gelandet war.

Wenn sie um sechs Uhr früh die Personalküche betrat, wähnte sie sich in einer Bahnhofsgaststätte. Das Reizgemisch aus Neonlicht, Transistorradiolärm und blauem Dunst kam einem Sturmangriff auf die noch dösenden Sinne gleich. Morgengrauen. Auf dass auch der noch nüchterne Magen begriff, was die Stunde geschlagen hatte, wurde eimerweise Kaffee aufgekocht; ein eingedickter Mokkasud, der dazu angetan war, Tote ins Leben zurückzuholen. Hier aber, in der Personalküche, war seine Funktion eine andere. Er sollte die Lebenden gegen die Halbtoten wappnen. Es war, als legten sich die Schwerstarbeiter des Gesundheitswesens einen Schutzschild aus Genussmitteln zu. Erst wenn Koffein und Nikotin die Nerven präpariert hatten, sahen sie sich in der Lage, dem Siechtum und Zerfall entgegenzutreten.

Auch war der Duft von abgestandenem Zigarettenqualm all jenen Ausdünstungen vorzuziehen, die aus den Betten der zu Pflegenden entwichen. Die Exkrete der Nacht machten das Betreten der Zimmer zu einer Grenzerfahrung für die Nase. Ohne Aussicht auf Besserung. Der Kampf gegen den Gestank wollte jeden Tag aufs Neue gewonnen werden. Im Schein des

Morgenrots wurde blitzkriegartig das Feindesland gestürmt. Je schneller die Laken abgezogen, verklebte Leiber gereinigt und eitrige Schwären desinfiziert waren, desto eher kehrte die Normalität zurück.

Meine Schwester, mit einem feinen Riechorgan gesegnet, verfluchte den Tag, an dem sie als Hygiene-Aktivistin angeheuert hatte. Besonders schlimm waren jene Schichten, die mit der Kapitulation endeten. Weil zu wenig Fußvolk auf zu viel Verwüstung stieß. Dergestalt demoralisiert, blieb nur der Griff zur Franzbranntweinflasche. Claudia erfuhr, dass wenige Zentiliter der Tinktur genügten, um jeden Geruch zu überdecken. Also wurde, wann immer die Zeit für eine Generalwaschung fehlte, der Kräuteraufguss großflächig auf Brust und Rücken verschüttet. Danach roch das Zimmer wie ein Fichtenwald.

Eine weitere Gelegenheit, wertvolle Minuten gutzumachen, bot sich beim Puls- und Blutdruckmessen. Indem man schlicht darauf verzichtete und einen Mittelwert aus den vorherigen Ergebnissen, daumengenau errechnet, notierte. Auch die Einnahme der Mahlzeiten ließ sich beschleunigen, indem man eigenmächtig gemahlene Kost anordnete. Auf diese Weise entfielen beim Füttern die Kauvorgänge. Die Schlagzahl beim Löffeln konnte erhöht werden.

Ein Zyniker hätte diesen Zuständen eine komische Seite abgewonnen. Doch Claudia war nicht nach Spotten zumute. Die Arbeit drückte auf ihr. Immer schwerer fiel es Sieglinde, sie aufzurichten, ihr Mut zu machen für einen neuen Tag an der Versehrtenfront. Mit den Worten, „Ich will endlich wieder Spaß haben!", desertierte meine Schwester ins Nachtleben.

Gemeinsam mit einer Stationskollegin – einer Krankenpflegeschülerin, die heimlich Psychopharmaka mitgehen ließ –

verschlug es sie an einen Ort namens „Omen". Eine neu eröffnete Diskothek, in der ein gewisser Sven mit Feuereifer Sounds mischte, wie sie Claudia im Lebtag nicht gehört hatte. Die Tracks waren schneller als üblich, doch was besonders auffiel, war der Bass. Durch häufige Besuche in den Ami-Diskos des Hunsrücks wusste meine Schwester, wie ein Bass zu klingen hatte. Er musste brummen, schwingen, dröhnen. Svens Bass aber zwitscherte. Er gab Quietsch- und Fiepgeräusche von sich, die hart an der Folter vorbeischrammten. Nach einer halben Stunde quälenden Zuhörens entschied sie sich zu gehen. In diesem Augenblick drückte ihr ihre Kollegin eine Tablette in die Hand.

Claudia war abergläubisch genug, darin ein Zeichen zu sehen. Offensichtlich hatte das Nachtleben noch etwas mit ihr vor. Sie beschloss, Sven und seinen seltsamen Sounds eine Chance zu geben, und betrat die Tanzfläche. Das Erste, was ihr auffiel, waren die Blicke. Hier ließ sich keiner auf Mienenspiele ein. Wo steckte die vertraute Disko-Spezies, die Männer mit Geieraugen, die Frauen mit Raubtierlächeln? Weit und breit war nicht der Anflug einer Flirtabsicht erkennbar. Vielmehr versanken die Menschen in der Musik, rissen ab und an die Arme hoch und schrien – angefacht von Sven, der wie ein Prophet von seiner Kanzel herab gestikulierte – ein lang gedehntes Wort, das meine Schwester als „Assssssiiiiid" (was immer es bedeuten mochte) identifizierte.

Sie schloss die Augen, versuchte den Rhythmus zu finden, indem sie, auf der Stelle tretend, losmarschierte. Bald bemerkte sie, dass ihre Beine leichter wurden, dass das verkrampfte Stampfen in ein verspieltes Hüpfen überging. Mehr noch: Sie fühlte, wie die Kontrolle über ihre Gliedmaßen schwand. Diese schlackerten und schlenkerten, als hingen sie an Fäden eines Puppenspielers. Eines Puppenspielers auf Acid.

Später – es mochten drei Stücke oder drei Stunden gewesen sein – spürte sie selbst das nicht mehr. Ihr Körper war mit dem DJ-Pult kurzgeschlossen. Er reagierte nur noch. Auf die akustischen und optischen Signale, die ohne Umwege die Nervenbahnen ansteuerten. Hier fand ein Krieg statt: ein Sperrfeuer aus Geräuschen, in den Höhen hysterisch überzogen, salutiert von Stroboskopschüssen, die genau auf die Pupillen zielten. Doch was er auslöste, war: Frieden.

Irgendwann in den frühen Morgenstunden küsste meine Schwester einen Jungen, der ebenso verwüstet und abgekämpft aussah wie sie. Beim Hinausgehen drückte er ihr eine Pille in die Hand. Als Claudia stutzte, fügte er hinzu: „Für nächstes Wochenende." Ein gutes Omen.

1989: Maueröffnung

Am Tag, als die Berliner Mauer barst, brachen bei meinem Vetter alle Dämme. Er witterte die Chance seines Lebens und war bereit, jedwede Ethik zu opfern.
Womit er sich treu blieb. Nach seinem Debakel als Hehler hatte er sich seiner Dealerqualitäten besonnen und sich zum Pharmareferenten ausbilden lassen. Es machte für ihn keinen grundlegenden Unterschied, ob er Kiff auf Pump oder Pillen auf Rezept vertickte. Doch schätzte er das beruhigende Gefühl, bei seinen Kundenkontakten nicht mit einem Bein im Knast zu stehen.
Der Erfolg stellte sich rasch ein. Mein Vetter hatte nicht verlernt, wie man zögerliche Abnehmer von der Güte des Stoffs überzeugt. Großzügig verteilte er Psychopharmakamuster und erwies sich auch außerhalb der Arztpraxen als freigebiger Zeitgenosse. Besuche in Gourmettempeln gehörten zum Pflichtprogramm, um die Götter in Weiß gnädig zu stimmen. Zwar wurden seine Spesenabrechnungen sporadisch moniert, aber meist reichte der Verweis auf die erzielten Umsätze, um lästige Nachfragen frühzeitig abzuwürgen.
Dennoch war Günter weit davon entfernt, zufrieden zu sein. Noch immer war der Kapitalbedarf sein größtes Problem. Es verdross ihn, dass die Ausgaben den Einnahmen vorauseilten. Er war es leid zu sparen und, statt mit einer Corvette, mit einem Mercedes Coupé vorliebnehmen zu müssen. Er wollte in Talern schwimmen wie Dagobert Duck, der Comic-

Held seiner Kindheit. Und als er die Massen durchs Brandenburger Tor strömen sah, da wusste er plötzlich, wie er den Geldfluss kanalisieren konnte.

Er sah die Blicke. Den Hunger, der aus den Augen sprach. Diese Menschen waren jahrzehntelang mit Appetitmachern gefüttert worden. Mit Bildern eines goldenen Westens, wie sie nur das Fernsehen in seiner vollkommenen Verkommenheit hervorbringen konnte. Nun war die Stunde gekommen, da sie satt werden wollten. Sich vollfressen würden, bis sie nicht mehr papp sagen konnten.

Mein Vetter überlegte: Was sollte er auftafeln? Überteuerte Gebrauchtwagen? Gefälschte Markenkleidung? Auslaufmodelle der Unterhaltungselektronik? Keines der Produkte überzeugte ihn. Binnen weniger Monate würde jeder Ostdeutsche Besitzer eines 2er Golfs und einer Heimkinoanlage sein – und das Thema Anschaffungen auf Jahre hinaus erledigt. Es galt, eine Ware zu finden, die sich dauerhaft verkaufte. Unabhängig von Moden und Trends. Durch Auf- und Abschwünge hindurch. Eine Ware wie ... Sex.

Hier, im goldenen Westen, war käuflicher Koitus – solcher, der sich jenseits von Straßenstrich und Drogenszene abspielte – ein vergleichsweise teures Vergnügen. Eine Ausschweifung, die sich viele nicht leisten konnten. Was aber, wenn man nach drüben ginge? Dorthin, wo nicht nur Brot und Bier billiger zu haben waren? Günter kannte den Osten kaum. Aber er kannte die dort lebenden Großvettern Waldemar und Alwin. Und er hatte keinen Zweifel daran, dass Menschen, die mit bloßem Hammer Schweine erschlugen, zu noch viel größeren Sauereien in der Lage waren.

Einen Monat später, in einem Dorf nördlich von Zwickau, saß Günter zwei Eichen in Menschengestalt gegenüber. Nachdem er den beiden in holzschnittartigen Bildern (wie sie kein

Großmeister der Agitprop, kein Karl-Eduard von Schnitzler, hinterfotziger hätte einsetzen können) ihre bevorstehende Verelendung als Bauern im Dienste des Kapitalismus vor Augen geführt hatte, war es ein Leichtes, sie für seinen Schlachtplan zu begeistern.

Dieser sah vor, dass Waldemar und Alwin in die vom Kommunismus befreite „Tschechei" reisten, um blutjungen, gut aussehenden Frauen die Vorteile des Ludentums näher zu bringen. Ihr Schulrussisch, so das Kalkül meines Vetters, würde den beiden die Tür zu den hübschesten Mädchen des Böhmerlands öffnen. Und Geld – fette Westmark statt magerer Kronen – das wollten sie sowieso alle. Einschließlich meiner Großvettern, die für die Nuttenrekrutierung ein Spesenbudget aushandelten, das Günter fragen ließ, ob sie beabsichtigten, die kommenden Wochen in Tokio zuzubringen. Auch machten sie ihm klar, dass ihr Trabant, Baujahr 78, schwerlich geeignet war, junge Tschechinnen vom goldenen Westen zu überzeugen. Also besorgte er ihnen, über die gewohnt undurchsichtigen Kanäle, einen „Geschäftswagen". Einen gebrauchten 525er BMW, der unter Marktwert abgestoßen wurde, weil er „im Kofferraum irgendwie seltsam riecht".

Mein Vetter konnte sich zufrieden zurücklehnen. Er lächelte bei dem Gedanken, dass die Ostverwandtschaft so schnell das Grundprinzip des Kapitalismus verinnerlicht hatte: Gier. Und ihre Lernfähigkeit kannte keine Grenzen. Kaum hatten sie den tschechischen Schlagbaum passiert, begriffen sie auch schon, dass eine „anständige Geschäftsreise" und eine „unanständige Vergnügungstour" aufs selbe hinausliefen. Standesgemäß bezogen sie Quartier im Grandhotel Europa; einem am Wenzelsplatz gelegenen Jugendstilpalast, dem weder zwei Weltkriege noch vierzig Jahre Sozialismus seinen Glanz hatten nehmen können. Noch am selben Abend zogen sie ins Prager Nachtleben oder das, was sie dafür hielten: Sie versuchten sich in einer Kellerkneipe unweit des Hradschin an 57-prozentigem Slibowitz, der so im Rachen brannte, dass sie, zwecks Schmerzlinderung, literweise Urquell hinterherschütteten.

Nachdem sie dieses Ritual mehrere Tage lang wiederholt hatten, erinnerten sie sich an den eigentlichen Zweck ihrer Reise und wechselten die Örtlichkeit. Die Suche gestaltete sich schwieriger als erwartet. Zum einen, weil ihr Schulrussisch, das vor Aussprachefehlern und Vokabelverwechslungen strotzte, mehr Verwirrung als Verständigung stiftete, zum andern, weil die Tschechen nach jahrzehntelanger Fremdherrschaft keine Lust mehr verspürten, der Sprache der Besatzer zu lauschen. Nur um ein Haar entgingen Waldemar und Alwin einer Wirtshausschlägerei, nachdem ein angetrunkener Gast in ihnen Geheimagenten wiederzuerkennen glaubte.

Endlich, nach einer wochenlangen Odyssee durch Prags Kneipen, bei der sie abertausende Gehirnzellen und verschiedentlich auch den Verstand verloren, gelang es ihnen, die erhoffte Quelle aufzutun. Ein öliger Kellner erlöste sie von der Qual, Russisch zu radebrechen, indem er ihnen in passablem Deutsch (und gegen ein unverschämtes Trinkgeld) touristisch weniger bekannte Etablissements offenbarte.

Damit war der Weg frei zu Zlata, Bozena und Ludmila. Die Frauen, die mein Vetter für sein höchst eigenwilliges Aufbau-Ost-Programm auserkoren hatte ... Ich muss mich korrigieren: die er um nichts in der Welt auserkoren hätte, hätte er sie leibhaftig zu Gesicht bekommen. Weder waren Zlata, Bozena und Ludmila blutjung, noch entsprachen sie in irgendeiner Weise gängigen ästhetischen Leitbildern. Ihre Schönheit war von jener Art, die bevorzugt mit Attributen wie „herb" und „rustikal" in Verbindung gebracht wird.

In ihrer Figur drückte sich die Wertschätzung der böhmischen Küche aus, und in ihrer Mode der Wille zur westlichen Eleganz – mit den Mitteln der sozialistischen Textilproduktion. Zlata, zu Deutsch: „die Goldene", trug strohgelbe Kleider, deren Schnitt sich am Wuchs ostdeutscher Schwimmerinnen orientierte. Bozena, „die Göttliche", wusste durch ihre Haartracht Akzente zu setzen. Diese stach mit einem scharfen Schwarzweißkontrast, hervorgerufen durch eine sich auswachsende wasserstoffblonde Dauerwelle, mitleidslos ins Auge. Ludmila schließlich, „die das Volk liebt", liebte vor allem überenge Synthetikblusen und Kunstlederröcke, die ihr, im Verbund mit ihrer hochtoupierten Betonfrisur, etwas Militantes, Volksarmeehaftes verliehen.

In dem Moment, da meine Großvettern der Grazien gewahr wurden – in einer von 15-Watt-Birnen erleuchteten Hinterhofbar –, war es um sie geschehen. Ohne zu zögern, öffneten sie erst die Spendier- und dann die leiblichen Hosen. Und wie so viele Männer, die zu spät die Segnungen der Sexualität erfahren, gaben sie sich selig den wundersamsten Illusionen hin. Gedankenbilder, in denen sich eine vom Leben gezeichnete Bardame in eine von Botticelli gemalte Venus verwandelte. Die Folgen dieser Verklärung wirkten bis in den Hunsrück nach. Als es Waldemar nach zahllosen Versuchen, eine telefonische Verbindung herzustellen, endlich gelang, das tschechische Fernmeldenetz zu überwinden, lieferte er meinem Vetter Personenbeschreibungen, die diesen glauben machten, seine Großcousins kooperierten mit Modelagenturen.

Zu diesem Zeitpunkt hatte sich der gesunde Menschenverstand auch von Günter verabschiedet. Er fragte sich daher nicht, wie es zwei sächsische Landwirte bewerkstelligt hatten, „die unglaublichsten Frauen Prags" für sich zu gewinnen, sondern forcierte, derart angespornt, sein Bordellprojekt. Über die bewährten Kontakte erwarb er einen „Puff auf Rädern", einen VW Caravelle, der einem holländischen Camperpärchen beim Frikandel-Frittieren weggeklaut worden war und dessen Stoßstange von einer überhasteten Flucht mit mannigfachen Hindernissen zeugte. Zusätzlich besorgte er sich eine Stechuhr und eine Dunstabzugshaube. Auch in diesem Fall war der Besitzerwechsel unfreiwillig.

Die Stechuhr benötigte er zur Kontrolle der Arbeitszeiten. Alle fünf Stunden sollten sich Zlata, Bozena und Ludmila beim Freierdienst ablösen. Mein Vetter sah darin einen Ausdruck höchster Humanität. Die Dunstabzugshaube erfüllte einen ähnlichen Zweck. Sie sollte den dreien die Möglichkeit geben, sich zwischen zwei Nummern kulinarisch zu stärken, ohne dass der Caravelle danach wie eine böhmische Knödelküche roch.

Alles war vorbereitet. Das Business konnte beginnen. Bloß fehlten die Damen, denen Günter so viel Luxus zugedacht hatte. Denn meine Großvettern hatten Gefallen gefunden an einem Leben, das die Bewohner eines Dorfes nördlich von Zwickau als „dekadent" empfunden hätten. Doch es war nicht nur der Spaß am Dolce Vita, der die Geschäftsreisenden von der Rückkehr abhielt, sondern auch die Furcht, diese allein antreten zu müssen. Sie, die keine Angst vor ausgewachsenen Keilern hatten, bekamen Schweißausbrüche bei der Vorstellung, den lieb gewonnenen Begleitungen das zynische Arbeitsmodell zu präsentieren. Doch mit jedem Tag wuchs der Druck, sich offenbaren zu müssen.

Zlata bemerkte als Erste, dass ihren „Süßen" etwas fehlte. Die einfache Frage „Was ist los?" genügte, um Alwins Contenance zu kippen. Er schluckte, und mit einer Stimme, die vor Aufregung quiekte, hob er an: „Wir wollten euch einen Vorschlag machen ..." Dann verließ ihn der Mut. Er sah Zlatas erwartungsvoll blitzende Augen und begriff in diesem Augenblick, dass er es nie übers Herz bringen würde, sie auszubeuten. Also fuhr er fort: „Wir möchten euch heiraten." „Aber wir sind drei!", protestierte Ludmila, der nicht entgangen war, dass Zlata und Bozena die Lieblinge meiner Großvettern waren. Waldemar, in einem seltenen Moment von Geistesgegenwart, besänftigte sie: „Wir haben noch einen Verwandten im Westen."

Beim erwähnten Verwandten wollte keine Begeisterung ob der anvisierten Dreierhochzeit aufkommen. In einem der unerquicklichsten Telefonate seines Lebens musste Waldemar wüste Beschimpfungen, ungeschminkte Drohungen und Beleidigungen im Zehn-Sekunden-Takt über sich ergehen lassen. Nachdem er versprochen hatte, die angefallenen Ausgaben – Spesen und Dienstwagen – zu erstatten, beruhigte sich mein Vetter so weit, dass er sich bereit erklärte, ebenfalls nach Prag zu reisen.

Günters Erinnerungen an diesen Aufenthalt sind äußerst vage und verschwommen. Waldemar berichtete später, jener habe sich nach der Begegnung mit Ludmila einen doppelten Slibowitz bestellt und die folgenden fünf Stunden nicht mehr aufgehört zu trinken. Am nächsten Morgen sei er verkatert abgereist. Zlata und Bozena misteten zwei Wochen später in einem Dorf nördlich von Zwickau Schweineställe aus.

1990: Wiedervereinigung

Eine Woche nach der Wiedervereinigung wurde die Ehe meiner Eltern geschieden. In den Tagen davor hörte meine Mutter mehrere Dutzend Male Hildegard Knefs Scheidungsmoritat „Heute Morgen war Termin". Kein Lied für die Warteschleife der Telefonseelsorge. Sondern ein Dokument der Trostlosigkeit, das von der inneren Leere handelt, die sich auftut, sobald der Justizbeamte den Schlussstrich zieht.

Mein Vater hielt derlei Klagesang für „Psychoschmus". Ihm fehlte die Vorstellungskraft, die Folgen eines Ereignisses abschätzen zu können. Er sah in der Scheidung einen bloßen Verwaltungsakt. Danach würde das Leben weitergehen, als wäre nichts geschehen. Dachte er. Meine Eltern nämlich hatten es mit dem gesetzlich vorgeschriebenen Trennungsjahr nicht allzu eng gesehen. Auf dem Papier war meine Mutter zu ihren Eltern gezogen, tatsächlich lebte sie mit meinem Vater weiter unter einem Dach. Nur das Ehebett hatte sie verlassen, um ihr Nachtlager in Claudias Zimmer aufzuschlagen. Dies war insofern keine große Veränderung, als ihr Sexualleben sich schon seit langem in hingehuschten Wangenküssen erschöpfte. Zumindest das mit meinem Vater.

Ein letzter Versöhnungsurlaub in Paris, für den sich meine Mutter Dessous von Lejaby zugelegt hatte, raubte ihr die letzten Illusionen. Der Versuch, in ihm das Tier herauszukitzeln, endete damit, dass er, statt über sie her, in den Winterschlaf fiel. In jenem Augenblick entschlummerte nicht nur die Leidenschaft. Binnen Sekundenbruchteilen trug meine Mutter mehr als zwanzig Jahre Ehe zu Grabe. Ohne meinen Vater von der Beerdigung in Kenntnis zu setzen.

Im Gegenteil. Sie wurde noch schweigsamer, noch stiller. Sie hörte auf, ihm Ratschläge zu geben (was er als positives Zeichen deutete), beschränkte sich darauf, den Wäsche- und Nahrungsnachschub sicherzustellen. Dann kam der Februar 1988. Die Sache mit Claudia. Es war schlimm genug, dass ihre Tochter über Wochen hinweg die Schule geschwänzt hatte, ohne dass dies weder ihr noch ihrem Gatten aufgefallen war. Doch unerträglich wurde die Angelegenheit erst dadurch, dass ihr Mann nach Auffliegen des Schwindels seine Vaterrolle entdeckte. Genauer: eine Vaterrolle, wie sie in den frühen 50ern unter Kriegsheimkehrern verbreitet war. Er glaubte, er könne durch autoritäres Auftreten zum Mittelpunkt eines Gefüges werden, das all die Jahre prächtig ohne Mittelpunkt ausgekommen war. Sie verstand solche Anwandlungen nicht. Waren plötzlich alle verrückt geworden? Ihr Ehemann, ihre Tochter? Am Ende sie selbst?

„Nein", befand Hermann Conrad, Claudias Stammkursleiter und Lehrer für Deutsch und Geschichte. Und das, obgleich die Frau, die vor ihm saß, mehr stammelte als redete, keinen grammatisch vollständigen Satz hervorbrachte und auf die Frage, ob es „familiäre Probleme" gebe, in Tränen ausbrach. Sie weinte, weil ihre Nerven nicht mehr mitspielten, sie die Kraft nicht mehr aufbrachte, in einer zerbrechenden Welt die heile zu mimen. Vor allem aber weinte sie, weil sich vor ihren eigenen Augen ihr Leben auflöste. Vertraute Menschen mutierten zu Fremden, Träume entpuppten sich als Illusionen, und Pläne einer glücklichen Zukunft zerstieben wie Blütenstängel einer Pusteblume. Warum hatte sie geheiratet und Kinder gezeugt, wenn sie nun, mit Mitte vierzig, einsamer war als je zuvor?

„Ich kenne das", seufzte Hermann Conrad. Und als er vorschlug, man könne sich privat, außerhalb der Elternsprechstunde, treffen, da sagte sie nicht entrüstet „nein", sondern fast erleichtert „gut", wischte sich die Tränen ab und entschied, dass dieser nette Lehrer zwar nicht ihrer Tochter, aber vielleicht ihr helfen könne.

Und Hilfe brauchte sie. Ihr Hausarzt hatte ihr ein „psychovegetatives Erschöpfungssyndrom" bescheinigt, sie für vier Wochen krankgeschrieben und ihr den Besuch eines „Pädagogen" angeraten. Wahrscheinlich hatte er sich versprochen und „Psychologe" gemeint. Doch meiner Mutter gefiel der Gedanke, mit einem Pädagogen das Knäuel ihres Lebens zu entwirren. Herauszufinden, wann und wo sie den Faden verloren hatte, der sie ans Ziel führen sollte.

„Ach, das Ziel", seufzte Hermann Conrad auf einem der langen Spaziergänge, die sie fast täglich unternahmen. Auch seine Lebensplanung war den Eingebungen seiner Mitmenschen zum Opfer gefallen. An ihrem vierzigsten Geburtstag war seine Frau zu dem Entschluss gekommen, jetzt sei die letzte Gelegenheit, ihren verwelkenden Körper noch einmal gewinnträchtig einzusetzen. Sie verwendete alle Energie und jeden ihr bekannten kosmetischen Kunstgriff darauf, den 58-jährigen Besitzer eines Pelzgeschäfts von ihrem Wert zu überzeugen – und der griff zu. Ihr fünfzehnjähriger Sohn wurde beim Vater geparkt, was beide als herabsetzend empfanden. Am Tag der Volljährigkeit zog er aus. Seitdem lebte Hermann allein.

Dass er ohne Haushälterin zurechtkam, erschien meiner Mutter unglaublich. Und als er sie zum Abendessen einlud – mein Vater langweilte sich in einer Hotelbar in Frankfurt, wo er ein Hochhausprojekt betreuen musste –, da rechnete sie insgeheim mit Büchsenkost in Campingambiente. Stattdessen empfing sie ein Gentleman der alten Schule in einem Jugendstilhaus, dessen Interieur an einen englischen Klub erinnerte. Das Dinner hingegen war französisch. Meine Mutter vermochte sich nicht zu erinnern, wann sie zuletzt so erlesen gespeist hatte. Männer konnten kochen?! Unfassbare Horizonte taten sich ihr auf.

Ja, Männer konnten sogar reden. Nicht nur über Baustellen, auf denen Fundamente falsch gegossen wurden, sondern auch über so fundamentale Dinge wie: Beziehungen. Ich stelle mir vor, wie mein Vater auf die Frage reagiert hätte, was der Mörtel zwischen Mann und Frau sei. Vermutlich hätte er zunächst einmal gar nichts gesagt, den Fragesteller irritiert angeschaut, tief Luft geholt, ein ratloses „Puh ..." herausgequetscht und dann irgendwas von „Eine Familie gründen, das Erbgut weitergeben" gemurmelt. Da wäre mein Onkel schon deutlicher geworden. „Sex und nochmals Sex!", wäre es aus ihm rausgeschossen. Und Hermann? Er zitierte Rilke: „Darin besteht die Liebe: Dass sich zwei Einsame beschützen und berühren." Am selben Abend schliefen sie das erste Mal miteinander. Hinterher weinte meine Mutter. Diesmal vor Freude. Sie hatte ein verloren geglaubtes Gefühl wiederentdeckt. Verbundenheit. Und auch Hermanns Seufzen klang anders als sonst. Erst erregt, dann erleichtert.

Drei Tage und sieben Vereinigungen später empfing meine Mutter einen, wie immer, völlig gerädeten Geschäftsreisenden mit den Worten: „Wir sollten uns scheiden lassen." Da der Drang, schlafen zu gehen, stärker war als das Bedürfnis, eine Ehe zu retten, begnügte sich mein Vater mit einem knappen „Wenn du meinst". Für meine Mutter waren diese drei Worte die Freisprechung. Sie reichte die Scheidung ein, erklärte sich jedoch bereit, bis zum „Termin" bei meinem Vater wohnen zu bleiben. Natürlich hätte sie ihm offenbaren können, dass es einen anderen Mann gab. Einen Mann, der sie begehrte, verwöhnte und jede Sekunde spüren ließ, dass sie die größte Bereicherung seines Lebens war. Aber mein Vater fragte nicht. Und meine Mutter zog es vor, die hoch fragile Harmonie nicht durch Enthüllungen zu stören. Brav würde sie das vor ihr liegende Karenzjahr aussitzen. Das heißt: nicht ganz so brav. Sie arbeitete nur noch halbtags, um die Nachmittage mit Hermann zu verbringen.

Dann kam der „Termin". Sie sprachen kein Wort auf der Fahrt zum Amtsgericht. Als das Urteil gesprochen war, der Justizbeamte den Saal verließ, schlug meine Mutter vor, in einer nahe gelegenen Kneipe namens „Zur letzten Instanz" ein „Beruhigungsbier" zu trinken. Nachdem sie dort vier kleine Pils lang einander angeschwiegen hatten, zwang sich meine Mutter zum Reden. „Ich werde morgen ausziehen. Du kannst die Möbel behalten." Meine Vater holte Luft, brachte ein „Puh ..." hervor und bestellte ein weiteres Bier. Danach schwiegen sie wieder.

Abends räumte sie ihre Kommoden und Kleiderschränke leer, packte die Umzugskisten mit Fotos und Erinnerungsstücken voll, von denen sie glaubte, dass sie meinem Vater nichts bedeuteten. Am nächsten Morgen fuhr ein Kleintransporter vor dem Haus meiner Eltern vor. Mein Vater fragte nicht, wer der Mann am Steuer war. Er zog sich in sein Arbeitszimmer zurück, rechnete dort irgendeine Gebäudekonstruktion durch und vergaß darüber die Zeit. Als meine Mutter gewohnt lautlos den Raum betrat und ein sanftes „Ich wollte mich verabschieden" in die Stille hauchte, erschrak er.

Er begleitete sie zum Wagen. Als sie die Beifahrertür erreicht hatten, umarmte sie ihn, gab ihm einen Kuss auf die Wange und flüsterte ihm ein „Ich wünsch dir alles Gute" ins Ohr. Dann stieg sie ein. Mein Vater beobachtete, wie sich das Fahrzeug ruckend in Bewegung setzte, wie es an Fahrt gewann und schließlich hinter der Straßenecke verschwand. Dann drehte er sich um, fast wie in Zeitlupe, und ging mit zögernden Schritten den Weg zurück. Aus einem Impuls heraus rief er, als er das Haus betrat, ihren Namen. Und da begriff er, dass soeben die schlimmste Zeit seines Lebens begonnen hatte.

1991: Katerstimmung

Ich sitze in einem 40-PS-Polo, Baujahr 83, und fahre zu meinem Vater. Meine Schwester hat mich darum gebeten. Sie meint: „Schau mal bei Papa vorbei; es geht ihm überhaupt nicht gut." Und ich denke mir: Genau das ist der Grund, warum ich ihn nicht sehen will.

Denn mir geht es gut. Blendend. Ich studiere in Saarbrücken Geografie. Das heißt, ich verbummle mein Studium mit einem angenehm sinnfreien Fach, das mir viel Zeit lässt, der saarländischen Geselligkeit auf den Grund zu gehen. Bei einer dieser nächtlichen Feldstudien lerne ich Sonja kennen. Sonja ist dafür verantwortlich, dass ich mich seit einigen Monaten in einem Paralleluniversum befinde. Sie küsst mich in eine andere Welt. In dieser Welt gibt es keine Erinnerungen an ein früheres Leben und keine Pläne für ein zukünftiges. Die Frage, ob wir jetzt gleich oder in zwei Stunden miteinander schlafen, ist wichtiger als die, womit wir in fünf Jahren unsren Unterhalt bestreiten.

Gelegentlich ruft meine Mutter oder meine Schwester an und erinnert mich daran, dass ich kein sippenloses Waisenkind bin. Sobald ich den Hörer aufgelegt habe, vergesse ich sofort, dass ich rund zwanzig Jahre meines Lebens in einem Reihenhaus in einer Hunsrücker Kleinstadt zugebracht habe. Sonja wird es ähnlich gehen. „Ich müsste jetzt eigentlich dieses Referat schreiben", sagt sie. Oder: „Ich müsste mich mal wieder zuhaus melden." Und im selben Augenblick lässt sie dieses seltsame, supersympathisch verschlagene Lächeln aufblitzen, und ich weiß, dass es keine zwei Stunden dauern wird, bis wir miteinander schlafen.

So könnte das Leben ewig weitergehen. Aber dann ruft meine Schwester an, und diesmal erzählt sie mir nicht von ihrer Ausbildung als Erzieherin (was mich immer ein wenig ermüdet, weil sie so viele Details erzählt) und auch nicht von ihren Diskoerlebnissen (was mich immer ein wenig aufputscht, weil sie so viele Details erzählt), sondern von meinem Vater. Sie wiederholt etwa zehn Mal, dass es ihm nicht gut geht. Und als ich ebenso oft nachfrage, wie sie das meint, da sagt sie nur, „das musst du selber sehen" (keine Details).

Deshalb sitze ich jetzt in einem 40-PS-Polo und fahre in die Welt des Unglücks. Als das „Herzlich willkommen in Rheinland-Pfalz"-Schild auftaucht, werde ich nervös. Weil ich mir gar nicht willkommen vorkomme. Weil ich lieber im Saarland, bei Sonja, geblieben wäre. Und als ich dies denke, fühle ich mich schäbig. Ich bin ein undankbarer Bastard. Ein Rabensohn, der bereit ist, für ein bisschen Vögeln seinen Vater im Stich zu lassen. Kurz darauf fällt mir Sonjas Stöhnen ein, und das schlechte Gewissen verflüchtigt sich. Vielleicht ist es ja so, dass manche Menschen weniger begabt sind, glücklich zu sein, als andere. Und mit diesem Gedanken, der mich von aller Schuld freispricht, nähere ich mich dem ungeliebten Ziel.

Ich muss vier Mal klingeln, bevor mein Vater aufmacht. Als ich ihn zur Tür schlurfen höre, sehe ich plötzlich meinen Opa vor mir. Dabei ist mein Vater erst 49. Er schüttelt mir die Hand, führt mich ins Wohnzimmer und bittet, Platz zu nehmen. Es befremdet mich, wie er bemüht ist, den Gastgeber zu mimen – bei seinem eigenen Sohn! Und als müsse er den Part meiner Mutter mitübernehmen, fragt er, ob er mir etwas zu essen anbieten könne. „Ich bedien mich selbst, Papa", und verziehe mich in die Küche. Der Kühlschrankinhalt verlangt Improvisierungskünste. Ich könnte mir ein Brot mit Senf machen. Oder einen Gurkensalat, bestehend aus Gewürzgurken.

Egal. Appetit habe ich sowieso nicht mehr. Um peinliches Schweigen erst gar nicht aufkommen zu lassen, erzähle ich von meinem Studium. Verbaler Leistungsnachweis. Mein Vater soll wissen, wofür er mir das Geld überweist. Nach zehn Minuten halte ich inne. Wenn ich noch länger drauflosquatsche, glaube ich am Ende selbst, dass ich ein hoffnungsvoller Nachwuchsakademiker bin. Mein Vater antwortet nicht. Er schaut durch mich hindurch, als habe seine Seele seinen Körper verlassen. So also geht es auf einer Séance zu.

Dann beginnt mein Vater zu reden. Und das ist das Problem. Er kann es nicht. Er hat nie gelernt, sein Innerstes mal eben so nach außen zu kehren. Aus dem Stegreif einen Seelenstriptease hinzulegen. Das wäre ihm peinlich. Er käme sich entblößt vor. Deshalb versteckt er sich auf Allgemeinplätzen. Vom Weltgeschehen reden und das Innenleben meinen. Also hebt er in der Tonlage eines Kommentarsprechers an: „Ein Kater kommt selten unvermittelt. Er kündigt sich an in den letzten Zügen des Rausches, wenn erst die Getränke und schließlich der Rausch selbst anfangen, schal zu schmecken. Man musste nicht die Arbeitslosenzahlen im Osten und den Krieg in Kuwait abwarten um zu wissen, dass die Party zu Ende war." Und ich frage mich: Welche Party? Hat mein Vater die letzten Jahre auf Raves in Weizenfeldern oder leer stehenden Fabrikhallen zugebracht?

Doch dann geht mir ein Licht auf: Mein Vater versteht unter „Party" natürlich kein Event, sondern ein Gefühl. Mir kommt der wunderbare Gedanke, dass er vielleicht doch nicht zu bedauern ist. Dass er jahrelang das Glück erfahren hat. Aber nicht so ein Phenylethylaminglück, wie es meine Schwester überkommt, wenn sie E's einwirft und Marathon tanzt. Und auch nicht das Endorphinglück, das ich mit Sonja erlebe, weil unsere Körper Hormone im Akkord auswerfen. Sondern so ein karges Harte-Arbeit-Glück. Wie bei Camus: „Man muss sich Sisyphos als einen glücklichen Menschen vorstellen."

Nur sind die Dinge nicht so einfach, wie Herr Camus sich das vorstellt. Meinem Vater genügt es nicht, den Brocken zu packen. Er will Anerkennung dafür, dass er Tag für Tag nach oben strebt; bis zur Erschöpfung Zahlenkolonnen wälzt, damit Gebäude nicht nur auf dem Plan, sondern auch in der Praxis stehen. Damals, in der Grundschule, fand ich das aufregend. Die Frage „Was arbeitet dein Vater?" habe ich immer voller Stolz beantwortet. Ich holte tief Luft, blähte meine Brust auf und betonte im Stil eines Staatsmanns: „Mein Vater baut Wolkenkratzer."

Später, als ich älter wurde, sind die „Wolkenkratzer" zu Mehrfamilienhäusern geschrumpft. Er muss gespürt haben, dass ich enttäuscht war. Denn er hörte auf, von seiner Arbeit zu erzählen. Nur manchmal, wenn die Zahl der Stockwerke die Zahl meiner Schuljahre überstieg, erwähnte er mit vier, fünf Sätzen sein „neuestes Projekt". Dann schaute er meine vier Jahre jüngere Schwester beschwörend an, und ich fragte mich, ob auch sie in der Schule verkündete: „Mein Vater baut Wolkenkratzer."

Meine Mutter hat nie gesagt: „Mein Mann baut Wolkenkratzer." Aber sie hat ihm jeden Morgen Brote geschmiert, selbst in den Monaten vor der Scheidung, und ihm vor Verlassen des Hauses etwas Nettes ins Ohr geflüstert. Dann hat er gestrahlt, den Kopf emporgestreckt und seinen Rumpf zurechtgerückt. Wie ein Mann, der noch viel vorhat und deshalb sofort loslegen muss. In solchen Momenten verstand ich, warum er sie liebte. Er brauchte sie. Sie gab ihm die Kraft, es mit der Welt aufzunehmen.

Der Mann, der vor mir sitzt, wirkt überhaupt nicht kraftvoll. Mit jeder Minute rutscht er tiefer in die durchgesessene Polstergarnitur, die meine Mutter schon vor Jahren entsorgen wollte und die der Grund für manchen Ehekrach war. Es ist so lächerlich, sich wegen so etwas zu streiten. Das würde Onkel Pete genauso sehen. Vom Weltall aus betrachtet, sind Polstergarnituren ziemlich unwichtig. Ich schüttele den Kopf, und im selben Moment macht mein Vater einen neuen Versuch, die Trümmer seines Seelenlebens philosophisch wertvoll aufzumauern:

„Die menschliche Existenz stellt sich dar als eine Aneinanderreihung absurder Episoden. Man führt Kriege um des Prinzips willen und erkennt dabei nicht, dass das Prinzip der Selbstzerstörung waltet." Peng! Meint er den Krieg ums Öl in Kuwait oder den ums heimische Sofa? Warum kann dieser Mann, der sich mein Vater nennt, nicht eindeutig und klar über Gefühle reden? Warum verschanzt er sich hinter selbst erdachten Kalendersprüchen?

Ich mag dieses altkluge Gewäsch nicht hören. „Papa, vermisst du Mama?" Mein Vater schreckt hoch, als hätte ich ihn mit einem Kübel Eiswasser geweckt, nur um danach noch tiefer in die Polster zu versinken. Nächster Anlauf: „Papa, vermisst du Mama?" Mein Vater steht kommentarlos auf, geht in die Küche und holt zwei Stubbis. Wenigstens Alkohol ist genug im Haus.

Ohne ein Wort zu verlieren, leeren wir unsere Flaschen. Das Ganze dauert keine Viertelstunde. Er besorgt Nachschub, und das Spiel beginnt von vorn. Wer uns jetzt sähe, könnte glauben, wir täten seit Jahren nichts anderes. Sitzen, schweigen, trinken. Kommunikation via Kronkorken. Verständigung mittels Schluckbewegungen. Irgendwann, nach der fünften oder sechsten Flasche, seufzt mein Vater kurz auf. Ich blicke ihn an. Zum ersten Mal seit über einer Stunde bewegt er den Mund zum Sprechen. Aus seiner Lippenbewegung schliesse ich, dass er „Ja" sagt.

In einem anständigen Blockbuster wäre dies der Augenblick, in dem sich Vater und Sohn in die Arme fallen und Jahre der Entfremdung mit ein paar vollgeheulten Taschentüchern wegwischen. Aber dies ist der Hunsrück und nicht Hollywood. Statt mich von Emotionen forttragen zu lassen, wird mir bewusst, dass ich zu angetrunken bin, um Auto zu fahren. Wie soll ich nun nach Saarbrücken kommen, heim zu Sonja? Warum habe ich mich überhaupt auf dieses Schwermuttrinken eingelassen? Das Leben ist nicht Kino. Ich habe keine Lust auf „Szenen einer Ehe". Wenn Film, dann bitte „Ferris macht blau": keine Lehrer, keine Eltern, keine Probleme.

Diesmal meldet sich mein schlechtes Gewissen nicht. Dafür mein Vater, der wohl spürt, dass ich raus will – „A house is not a home" –, weg von diesem Hort der Hoffnungslosigkeit! Er klingt kolossal müde, exorbitant erschöpft, wie eine Dampflok, die unter ihrer Last schnaubt und ächzt: „Viele Westdeutsche zögen es vor, sie würden mit der Krise in Ostdeutschland nicht weiter behelligt werden. Ich verstehe das. Wenn es einem gut geht, möchte man nicht ständig das Gegenbild vor Augen geführt bekommen. Das Unglück der Ostdeutschen gemahnt die Westdeutschen daran, wie flüchtig und vergänglich ihr eigenes Glück ist. Wegschauen kann dann eine Form des Selbstschutzes sein. Ignoranz als Lebenschance." Ende des Monologs. Mein Vater fällt in sich zusammen, verschwindet in der Kissenlandschaft. Mir reicht es. Ich habe genug gesehen und gehört. Ich werde kalt duschen und mit dem Auto zurückfahren. Zurück in den goldenen Westen.

1992: Gute Zeiten, schlechte Zeiten

Zehn Wochen, nachdem auf RTL die Serie „Gute Zeiten, schlechte Zeiten" angelaufen war, betätigte mein Vetter den Ausschaltknopf des Fernsehers.

Ein denkwürdiges Ereignis. Der Kasten war monatelang praktisch nonstop gelaufen. Erst hatte Günter dessen Bilder nicht beachtet. Er brauchte das Gerät als Geräuschkulisse. Es vermittelte ihm die Illusion, dass um ihn rum das Leben pulsierte. Auch wenn „das Leben" nur ein Bacardi-Werbespot war.

Doch irgendwann, beim Durchqueren des Wohnzimmers, war sein Blick an einer der Darstellerinnen von GZSZ hängen geblieben. Da sie ihm optisch zusagte, nahm er auf dem Ledersessel Platz und unterzog sie einer eingehenden Begutachtung. Das Ergebnis der Musterung überzeugte ihn. Und weil auch der Rest der Liebesbande aufreizend daherkam, wurde Günter rasch zum Stammseher. Sein Interesse ging so weit, dass er Folgen, die mit anderen Terminen kollidierten, auf Video aufzeichnete.

Doch das geschah selten. Nach seinem Versagen als Frauenhändler hatte sich Günter in die Depression geflüchtet. Er kündigte seine Stelle als Pharmareferent, verkaufte sein Mercedes Coupé – nicht ohne vorher den Tacho „korrigieren" zu lassen – überteuert an einen Videothekenbesitzer und erwarb für fünfhundert Mark einen rostigen Strichacht mit gefälschter TÜV-Plakette.

Mein Onkel war fassungslos ob dieses Aussteigertums. So fassungslos, dass er ein seit langem vereinbartes Date mit der Chefsekretärin eines Schlachthofs absagte, um seinem Sohn zu Leibe zu rücken. Als beschlagener Verkäufer wusste er, dass es darauf ankam, den Schwachpunkt seines Gegenübers zu finden und genau dort hineinzustoßen. Also hielt er sich erst gar nicht mit Gewissensappellen auf, sondern attackierte sofort: „Warum fährst du so ein vergammeltes Auto?" Die Antwort erwischte ihn an seiner empfindlichsten Stelle: „Weil ich gern bis Mittag schlafe."

Das musste er auch. Mein Vetter war mit Mitte dreißig ins Stadium branntweingeschürter Selbstzerstörung zurückgefallen. Mit dem Unterschied, dass er den Longdrinks entsagte und das Hochprozentige pur in sich hineinkippte – bloß keine Umwege auf der Schnellstraße zum Vollrausch! Bald schon machte er sich bei den Deutschrussen, die auf den Irrzügen durch Kneipen und Diskotheken seinen Weg kreuzten, einen Namen. Er vertrug mehr Kartoffelschnaps als mancher durchtrainierte Komasäufer östlich der Wolga.

Auch gelang es ihm, in den Minuten zwischen Austrinken und Einschenken einige kleinere Drogen- und Verschiebegeschäfte abzuwickeln. Die „Russkis", wie er sie nannte, schätzten seine Kontakte zur einheimischen Halbwelt, ohne dass mein Vetter besonderen Ehrgeiz als Kleinkrimineller entwickelt hätte. Er war über die Entwicklungsstufe hinaus, da er sich mit seinen Umsätzen als Hehler und Dealer brüsten musste. Es genügte ihm, so viel zu verdienen, dass es nicht nur für die eigenen Getränke, sondern auch für die seiner wechselnden weiblichen Begleitungen reichte.

Diese nannte er der Einfachheit halber – es wäre zu viel verlangt gewesen, sich mit zwei Promille im Hirn auch noch Namen zu merken – ausnahmslos „Olga". Olga trug das Haar abwechselnd kurz und schwarz oder lang und blond, wog mal 48 und mal 80 Kilo, stand gestern an der Schwelle zur Volljährigkeit und heute an der zu den Wechseljahren, roch an einem Abend wie die Zimtschnecken seiner Lieblingsbäckerei und am nächsten wie die Umkleidekabine einer Fußballmannschaft.

Aber letztlich, das heißt: nach dem letzten Verbrüderungswodka, wurden alle Unterscheidungsmerkmale hinfällig. Kriterien wie Aussehen oder Alter hatten keinen Einfluss darauf, ob die multiple Olga meinen Vetter zum Orgasmus führte. Allein die Alkoholmenge entschied, wie weit er die Völkervereinigung trieb. Bisweilen schlief er ein, noch ehe der Hosenknopf auf war. Doch spielte dies insofern keine Rolle, als mit dem Aufwachen jede Erinnerung an die zurückliegende Nacht wie ausgelöscht war. Was ihn nicht weiter bekümmerte. Er begnügte sich mit dem Glauben, dass er noch jede Olga ins Bett bekam, wenn er nur wollte.

Bis er auf OLGA traf. Olga hieß tatsächlich Olga, und anders als die anderen Olgas hatte sie es nicht auf ein paar Freigetränke und billige Komplimente abgesehen. Auch konnte sie der Vorstellung, betrunken in die Laken zu fallen, nichts abgewinnen. Geschlechtsgenossinnen mochten den Lockangeboten der Gegenwart nur allzu gern erliegen; ihr Handeln hingegen war bestimmt von einem Leitspruch asketischer, weniger vergnüglicher Tage: „Erst mal überleben!" Fleisch und Kartoffeln im Keller und fünf Kubikmeter Holz! Der Winter des Lebens würde früh genug anklopfen. Und je näher ihr dreißigster Geburtstag rückte, desto mehr fürchtete sie ihn.

Derartige Überlegungen waren meinem Vetter fremd. Es war beschwerlich genug, zwischen Kater und Rausch den Alltag zu organisieren. Da blieb wenig Zeit für weitergehende Gedanken. Zumal der Rest an geistiger Kapazität bereits für das Entwirren der Handlungsstränge von „Gute Zeiten, schlechte Zeiten" verplant war. Es war so anstrengend! Jeder Tag brachte neue, unerwartete Wendungen. Menschen verliebten und entliebten sich im Takt der Werbeblöcke. Und angesichts der Vielzahl von Darstellern war es nicht immer einfach auszumachen, wer sich in welchem Gefühlsstadium befand.

Schließlich kam ihm die Idee, ein Beziehungsdiagramm zu entwickeln. Er kramte einen alten Zeichenblock hervor, verteilte die Namen der GZSZ-Serienstars über das ganze Blatt und verband jene Akteure, die einander liebkosten (und sei es nur in Form eines verbotenen Kusses) mit einer Geraden. Schon nach wenigen Folgen liefen die Linien kreuz und quer. Von Stolz erfüllt betrachtete er sein Forschungsergebnis. Als hätte er die Wissenschaft um eine bahnbrechende Erkenntnis bereichert.

Am selben Abend lernte er Olga kennen. Sie gefiel ihm so gut, dass er um der geistigen Klarheit willen auf Klare und sonstige geistige Getränke verzichtete – er wollte den Sex mit ihr bei Bewusstsein erleben. Zu seiner Überraschung lehnte sie die Einladung zu einem häuslichen Schlummertrunk ab. Deshalb war das Einzige, was mein Vetter in jener Nacht bewusst erlebte, die Qual, unnarkotisiert nicht einschlafen zu können.

Olga blieb auch die folgenden Wochen standhaft. Mit jedem „Nein", das sie ihm mit einer Mimik servierte, als könnten Eisblumen lächeln, verlor Günter ein Stück seiner Selbstsicherheit. Dutzende erfolgreich vollzogener Verführungen verpufften in dem Augenblick, da er bei einer einzigen Frau auf Granit biss. Seine Fehlschläge grämten ihn umso mehr, als er glaubte, alles richtig zu machen. Er versorgte sie mit Containerladungen Lindt-Pralinen, verwandelte ihr Wohnzimmer in eine Blumenhandlung und durfte zum Dank von einem russischen Zupfkuchen naschen, der mit der Konsistenz eines Backsteins konkurrierte. Lustlos kaute er an dem trockenen Klumpen, derweil er davon träumte, ihr in den Nacken zu beißen.

Warum fand er keinen Zugang zu ihr? Was machte er verkehrt? Zum ersten Mal in seinem Leben entwickelte mein Vetter Anzeichen von Selbstkritik. Vielleicht wusste er zu wenig vom anderen Geschlecht, und vielleicht würde die tägliche Serie ihm helfen, es besser zu verstehen. Doch obgleich ihre körperlichen Attribute die weiblichen Darsteller eindeutig als Frauen auswiesen, vermochte er wenig Ähnlichkeit zwischen ihnen und Olga zu erkennen. Jene fackelten nicht lang, wenn es um Gefühlsangelegenheiten ging, holten zügig zum Zungenschlag aus, wann immer die Dramaturgie es erforderte. Olga hingegen verwehrte sich selbst dann dem erlösenden Kuss, wenn die Rahmenbedingungen einer Romeo & Julia-Verfilmung Genüge getan hätten.

Noch mehr Rätsel gaben ihm die männlichen Darsteller auf. Diese verfügten über Egos, die gegen jede Form von Ablehnung immun zu sein schienen. Ein Korb löste keine nachhaltigen Selbstzweifel aus, sondern war das Startsignal, es bei der Nächsten zu versuchen. Für Günter hingegen ging es um alles oder nichts. Es war mühselig genug, geschäftliche Schlappen wegzustecken, ohne seelischen Schaden zu nehmen, aber eine Pleite auf privatem Terrain – das spürte er – würde ihn auf die Therapiecouch bringen.

Er musste Olga haben. So wie sein Vater seine Mutter hatte haben müssen, sie beim ersten Körperkontakt schwängerte und die folgenden Lebensjahrzehnte alle Energie darauf verwandte, sie wieder loszuwerden. Erstrebenswert war so etwas natürlich nicht. Günter kannte viele solcher Geschichten. Die

Eltern seiner Freunde hatten ähnlich überstürzt gehandelt. Es war immer die gleiche Leier. Die Leute heirateten in der Blüte ihrer Jugend und führten danach knüppelharte Ehen, in denen die aneinander Gefesselten sich wahlweise mit Treue-, Erziehungs- oder Geldfragen das Leben zur Hölle machten. Einerseits.

Andrerseits: Die Alternative war auch nicht verlockend. Bis zum Sankt Nimmerleinstag beschwipste Olgas bezirzen. Das eigene Leben als Seifenoper inszenieren. Die guten Zeiten gedankenlos auskosten, um sich nicht eingestehen zu müssen, dass die schlechten längst da waren. Er fing an, seine Serienhelden zu verachten. Er stellte sich vor, wie sie in dreißig Jahren am Tresen ihrer Eckkneipe hingen und sich selbst bemitleideten. Weil ihnen irgendwo zwischen der fünfzehnten und fünfundzwanzigsten Affäre die Frau ihres Lebens entwischt war. Aber das hatten sie zu spät bemerkt; lange nachdem sie aufgehört hatten zu zählen und ihr pubertärer Glaube, jede neue Eroberung werde besser und aufregender sein als die vorherige, der Einsicht gewichen war, dass sie sich in wichtigen Momenten ihres Lebens überschätzt hatten.

Und da saß mein Vetter nun vor einem plärrenden Kasten und sah Menschen dabei zu, wie sie einander umkreisten, die immer gleichen Balzrituale vollführten und vielleicht ans Ziel, doch nie zur Ruhe kamen. Nicht zufällig hieß jene Serie, die für GZSZ die Vorlage und Drehbücher lieferte, „The Restless Years".

Günter schaltete den Fernseher aus. Als er Olga am selben Abend traf, erzählte er ihr, er wolle weniger trinken, solider leben. Schließlich käme er nun in ein Alter, in dem man schon mal daran dächte, „bürgerlich" zu werden. Wenige Wochen später schliefen die beiden das erste Mal miteinander. Nachdem es vorbei war, fiel ihm ein, dass er nicht einmal gefragt hatte, ob sie die Pille nehme.

1993: Die 70er Jahre

65 000 000 Jahre vor Christus entschied die Evolution, dass Dinosaurier für die Welt zu groß geworden waren, und ließ sie aussterben. 65 001 993 Jahre später entschied der Regisseur Steven Spielberg, dass Dinosaurier für die Kinowelt nicht groß genug sein konnten, und ließ sie wiederauferstehen. Meine Kusine folgerte daraus, dass alles früher oder später wiederkehrte. Manchmal früher, manchmal später.

Vor allem die 70er Jahre waren aus den 90ern nicht mehr wegzudenken. Dass jene ästhetischen Amokläufe, die in glockenartigen Hosenaufschlägen, Schlipsen von Dachlattenbreite und Samtsakkos in Tannengrün ihr Ventil gefunden hatten, zwei Jahrzehnte später als Ausdruck modischer Hipness bewundert wurden, irritierte Sieglinde sehr. Sie fragte sich, ob Teile der Bevölkerung bewusstseinsverändernden Substanzen ausgesetzt waren.

Der Gedanke ließ sie nicht mehr los. Die durch Drogen ausgelösten biochemischen Vorgänge im Hirn beschäftigten sie, seitdem ihr meine Schwester ihre Ecstasyerlebnisse geschildert hatte. Oft, während sie mit Reagenzgläsern hantierte, stellte Sieglinde sich vor, sie entwickelte ein Präparat, das es Menschen ermöglichte, traumatische Bilder zu Bilderbuchträumen zu verarbeiten. Dies käme einem Evolutionssprung für die Menschheit gleich. Neurosen und Psychosen wären ein Fall für die Historiker. Und natürlich würde ihr, der Entdeckerin jener wundersamen Medizin, die Welt zu Füßen liegen. Schon sah sie sich die berühmteste Bühne Stockholms besteigen. Doch jedes Mal, wenn sie von Beifall umtost den Nobelpreis entgegennahm, endete der Tagtraum, weil ihr bewusst wurde, dass es ein solches Heileweltmittel längst geben musste. Denn die 70er, die sie als bleiernes Zeitalter erlebt hatte – Wirtschaftskrisen, Staatskrisen, persönliche Krisen –, feierten Auferstehung als Sinnbild unbeschwerter Daseinsfreude, in der allenfalls die Frage, ob Boney M. oder Abba musikgeschichtlich relevanter seien, Konfliktstoff bot.

Es gab kein Entrinnen vor dem Aufmarsch der Trendmumien. Der zu Grabe getragene Zeitgeist kehrte als Zombie zurück. Idole von früher, wie Smokie und Sweet, irrten als Untote durchs falsche Jahrzehnt, trieben sich zwischen Leber- und Bypass-Operationen auf entwürdigenden Freilichtfestivals herum – und niemanden schien es zu stören. Selbst dort, wo das Hier und Jetzt seinen Platz beanspruchte, lugte die erledigt geglaubte Vergangenheit hervor. Kommerzrapper kaschierten Ideenarmut, indem sie ihren rhythmischen Einheitsbrei mit Ohrwürmern aus Oldiesendern anreicherten. Und ein junger Mann namens Jamiroquai sang, als hätte es Stevie Wonder nie gegeben.

Im Fernsehen das gleiche Bild. Mochten die Besatzungen auch wechseln, am Ende kam hinter „Star Trek" stets das alte „Raumschiff Enterprise" zum Vorschein. Sogar in Fragen der Ernährung war es möglich, dem Retrogedanken zu huldigen: Miracoli und Afri Cola als Hauptgang und hinterher ein Griff in die Eistruhe, der die Klassiker aus Kindheit und Jugend zu Tage förderte: Cornetto, Capri, Ed von Schleck. Es war nur eine Frage der Zeit, bis Brauner Bär sich aus den Jagdgründen zurückmeldete.

Warum eigentlich hatte keiner mehr Lust, in der Gegenwart zu leben? Die Antwort wusste Sieglinde sofort. Sie musste sich nur ihr eigenes Leben anschauen. Sie arbeitete viel, um sich die Dinge leisten zu können, die sie brauchte, um sich von der vielen Arbeit zu erholen. Für Menschen wie sie waren Wellness-Hotels erfunden worden. Spa's, in denen der Spaß darin bestand, endlich einmal nichts zu tun. Den verspannten Rücken geknetet zu bekommen und gebauchpinselt zu werden. Verantwortung gegen Verhätschlung einzutauschen. So wie als Kind, wenn sie krank war. Bloß, dass sie damals nicht dafür bezahlen musste.

Damals ... Ein Zauberwort für Menschen ihres Alters. Nicht weil sie sich ihre scheuernden Strumpfhosen und erdfarbenen Faltenröcke zurückgewünscht hätte. Auch konnte sie gut auf Lehrer verzichten, die Sekundärtugenden per Kopfnuss und Maulschelle einforderten. Und schon gar nicht brauchte sie Heimatfeste, die damit endeten, dass Halbwüchsige, die zu viel getrunken hatten, sich Mädchen näherten, die nicht genug getrunken hatten, um diese Nähe aushalten zu können. Nein, danke! Muchas gracias!

Das Beste an der Vergangenheit war die Zukunft gewesen. Der Glaube daran, dass irgendwann das richtige Leben beginne – mit siebzehn hat man noch Träume. In diesen Träumen wurde sie von Marc Bolan und Jim Morrison verführt. Lichtgestalten, die so anders waren als jene Exemplare von Mann, die ihr im Dunkeln ihre Fahnen hinterherrülpsten. O ja, es machte einen Unterschied, ob ihr ein voll getankter Mitschüler „Du müsstest mal richtig gut durchgebumst werden" vorgrölte oder Marc Bolan ihr ein „Get it on" entgegenhauchte. So viel stand fest: Eines Tages würde sie Morrisons Aufforderung, „Break on through to the other side", nachkommen und die Kleinstadt hinter sich lassen. Zweifel waren ausgeschlossen. Das Leben hielt Großartiges für sie bereit. Sie schaute nach vorn. Damals.

Und heute? Sie sehnte sich nach den guten alten Tagen, in denen sie sich nicht ständig nach den guten alten Tagen sehnte. Ihre Nostalgie galt einer Zeit, in der sie Nostalgie nicht nötig hatte. In der sie erwartungsfroh der Zukunft entgegenblickte. Eine Zeit der Zuversicht. Und auch wenn sie keiner daran hinderte, jetzt, gut zwanzig Jahre später, neue Pläne zu schmieden – sie tat es nicht. Weil sie wusste, was beim letzten Mal passiert war. Die hässliche Gegenwart, in der sie lebte, war die Zukunft, nach der sie sich gesehnt hatte.

Also blieb nur die Vergangenheit. Die einzig sichere Zuflucht. Weil sie keine unliebsamen Überraschungen bereithalten konnte. Sie spannte dir nicht den Freund aus und zettelte keine Intrigen an. Sie maßte sich nicht an, dein Leben zu verändern, und war frei von Nebenwirkungen (von Melancholieschüben an verregneten Sonntagnachmittagen einmal abgesehen). Offenkundig ungefährlich konnte sie jederzeit für Oldiepartys, Retrospektiven und Revivals aus dem Keller hervorgeholt werden.

Propheten der Gegenwartskultur kommentierten diesen Vorgang mit einem ironischen Grinsen, als wäre es eine Form der Selbsterniedrigung, Lieder, die einen durch die Jugend begleitet hatten, immer noch gut zu finden. Sieglinde lag solcher Dünkel fern, und als ihr Annegret, eine übrig gebliebene Freundin aus Schultagen, vorschlug, sie sollten doch ein Schlagerkonzert besuchen, da sagte sie so pfeilgeschwind zu, dass ihr erst später, nachdem sie den Hörer aufgelegt hatte, einfiel, dass sie Schlager gar nicht mochte.

Das Konzert fand am Abend vor Weihnachten statt. Sie war von Frankfurt nach Trier gereist, hatte sich dort ein Hotelzimmer gemietet und als Erstes dessen Minibar in Augenschein genommen. Getreu der Devise „Nichttrinken ist auch keine Lösung" beschloss sie, sich ein seelisches Polster anzubechern.

Mit genügend Bier in der Blutbahn ließ sich vieles ertragen, sogar deutsche Schlager.

Als sie Annegret begegnete, hatte sie schon jenes Alkoholniveau erreicht, das Udo Jürgens in der zweiten Strophe von „Der Teufel hat den Schnaps gemacht" besingt. Annegret störte dies nicht. Der penetrante Zimtgeruch und unmotivierte Kicheranfälle deuteten darauf hin, dass auch Annegret sich auf den Abend spirituös eingestimmt hatte. Was meine Kusine anwiderte. Solange sie zurückdenken konnte, hatte Annegret nie etwas anderes als Rieslingschorle angerührt. Und jetzt das: Glühwein. Der Pauschaltrip unter den Saufgelagen. Versprach billiges Wohlgefühl und endete im Katzenjammer. Wahrscheinlich hatte Annegret Eheprobleme, die Älteste schoss pubertär quer, und der Jüngste kam in der Schule nicht mit. Aber so genau wollte Sieglinde das alles gar nicht wissen. Es würde ermüdend genug sein, die Musik zu ertragen, doch die Probleme ihrer Freundin überforderten ihr Aufnahmevermögen.

Daher war sie erleichtert, als jener Herr, welcher sich Horn nannte, endlich die Bühne betrat. Die Hysterie irritierte sie. Viele schrien „Guildo! Guildo!". Nur hatte der, dem diese Inbrunst galt, so gar keine Ähnlichkeit mit seinem Namensvetter. Der neue Guildo machte keinen sonderlich gepflegten Eindruck. Auch die Kleider, oder besser: Klamotten, ließen zu wünschen übrig. So geschmacklos hatte man sich in den 70ern nun auch wieder nicht angezogen.

Nicht nur die Optik war seltsam überspitzt. Überkonturiert. Zugeschnitten auf eine Zeit, die nach stärkeren Reizen verlangte. Auch die Musik hatte an Schärfe und Prägnanz gewonnen. Als hätte man den Schlager für Tanzzwecke fit gespritzt. Horns Kombo nahm ihren Namen, die Orthopädischen Strümpfe, wörtlich und förderte die Durchblutung der Beine, indem sie den Songs einen rocktypischen Drive verpasste. Während „Aber bitte mit Sahne" fast unbemerkt in „Rockin' all over the world" überging, ertappte sich Sieglinde dabei, dass sie nicht länger wippte, sondern hüpfte. Wer hätte gedacht, dass man auf „Eine neue Liebe ist wie ein neues Leben" headbangen konnte! Der Schlagzeuger, daran bestand kein Zweifel, war ein waschechter Rocker.

Mit einem Mal fühlte sie sich um Jahre verjüngt. Auch der Mann neben ihr, der sie sporadisch anrempelte, hatte eine Verwandlung durchlaufen. Nachdem er ihr bei einer Pogoversion von „Tanze Samba mit mir" fast die große Zehe zermalmt hätte, hatte sie ihn als untersetzten kahlköpfigen Trampel abgestempelt. Nun aber, einen halben Tinnitus später, bestaunte sie die Lebenslust, die dieser Grobmotoriker versprühte. Er brachte sie mit seiner schwungvoll unbeholfenen Art zum Schmunzeln. Und als er sie bei „Schön ist es auf der Welt zu sein" schüchtern verschmitzt anlächelte, da strahlte sie zurück. Später, bei „Tränen lügen nicht", legte er seinen Arm um ihre Schulter. Sie rückte an ihn heran; so nah, dass er ihr die Sprechpassage des Liedes direkt in die Ohrmuschel flüstern konnte:

„Sag doch selbst: Was wirst du anfangen mit deiner Freiheit, die dir jetzt so kostbar erscheint? Wie früher mit Freunden durch Bars und Kneipen ziehn? Und dann, wenn du das satt hast, glaubst du, das Glück liegt auf der Straße, und du brauchst es nur aufzuheben, wenn dir danach zumute ist? Nein, nein, mein Freund!"

Einen Moment lang überlegte meine Kusine, ob sie losheulen oder wegrennen sollte. Dann gab sie sich einen Ruck und küsste ihn.

Die beiden verließen das Konzert gemeinsam. Vor dem Hoteleingang tauschten sie Telefonnummern aus. Als Sieglinde im Bett lag, erschöpft aber selig, suchte sie nach einer Erklärung für das, was geschehen war. Doch das Einzige, was ihr einfiel, war ein 23 Jahre alter Schlager:

Wunder gibt es immer wieder
Heute oder morgen können sie geschehen
Wunder gibt es immer wieder
Wenn sie dir begegnen, musst du sie auch sehen.

1994: Internet

Manchmal frage ich mich, ob die Sache mit Heintzen passiert wäre, hätte meine Schwester vier oder fünf Jahre später den Geburtskanal verlassen. Menschen, die nach der Ölkrise geboren wurden, sind so anders als ihre älteren Geschwister, die das Glück hatten, in Zeiten von Vollbeschäftigung und Wachstumseuphorie das verheißungsvoll gleißende Licht der Welt zu erblicken. Die Ölkrisenkinder sind nüchterner. Illusionsloser. Claudia hingegen gehörte zu einer Generation, die noch mit Träumen infiziert war.

Sie war überzeugt davon, dass jede neue Generation die Chance hatte, es besser zu machen als ihre Vorgänger. Man musste sich nur richtig entscheiden. Wollte man seines Geldes oder seiner Persönlichkeit wegen geliebt werden? Strebte man nach oben oder nach Tiefe? Die Einen entwickelten sich äußerlich weiter, die Anderen innerlich. Es betrübte sie, wie Menschen ihre Energie in den Beruf steckten, anstatt in die Beziehung.

Wahrscheinlich glaubten die Männer, dass die Frauen glaubten, Geld mache sexy – und klotzten entsprechend ran. Claudias Beobachtungen schienen dies zu bestätigen. Als Hobbysoziologin mit Forschungsschwerpunkt Diskothek hatte sie einen Blick dafür entwickelt, welche männlichen Exemplare um des Kontos und nicht um des Charakters willen umgarnt wurden. Sie bedauerte die „Typen" und verachtete die „Tussen", die zu blöd waren zu begreifen, dass die Männer zwar die

Rechnung bezahlten, doch die Frauen die Quittung erhielten. Eine schlechte Nummer wurde nicht dadurch besser, dass sie in einem Designerloft stattfand. Und die Lederpolster des BMW entschädigten nicht für das Gebrabbel, das vom Fahrersitz ertönte.

So dachte meine Schwester. Zur Untermauerung ihrer These verwies sie auf Günter, der – traurig, traurig! – auf eine „Moosmöse" reingefallen war, die sich – clever, clever! – ihr Stammkapital per Stammhalter gesichert hatte. Die Hochzeit besiegelte sein Schicksal. Aus Günter dem Verführer wurde Günter der Versorger. Ein Familienvater, der sich den Kopf zerbrach, wie er, wenn schon nicht der Gattin, wenigstens des Geldes Herr werden konnte.

Die Lösung präsentierte sich ihm in Form des Internets. Mein Vetter begriff schnell: In der virtuellen Welt ließ sich ein reales Vermögen verdienen. Und WWW war nur die Abkürzung für „wahnwitzig wachsender Wohlstand". Er heuerte einen Informatikstudenten an, ernannte sich selbst zum Geschäftsführer und tingelte fortan durch die Lande, um ein Produkt zu vermarkten, dessen Nutzen sich seinen Kunden zunächst nicht recht erschließen wollte.

Nun wusste er, dass das beste Verkaufsargument ein attraktives Preisschild war. Also leierte er Kuppelgeschäfte an. Über einen vorbestraften Großhändler kam er günstig an Rechner und Kopierer. Diese bot er in Verbindung mit einem „multimedialen High-Speed-Package" an.

Doch das allein würde nicht genügen, Kunden von jenem rätselhaften, schwer zu erfassenden Produkt zu überzeugen. In einem Marketinghandbuch hatte Günter gelesen, dass achtzig Prozent aller Entscheidungen über den Bauch getroffen wurden. Da seine Vorstellung von „Bauch" sich nicht mit der des Verfassers deckte, verortete er jenes hoch sensible Organ kurzerhand etliche Zentimeter tiefer. Als Konsequenz der anatomischen Verschiebung machte er sich auf die Suche nach einer gut aussehenden „Beraterin" und wurde bei meiner Schwester fündig.

Als Erzieherin hatte sie in einem Kindergarten eine Dreiviertelstelle inne. Woraus Günter folgerte, dass sie über reichlich Zeit, doch keinen Reichtum verfügte. Sie würde sich schwerlich gegen Nebeneinkünfte wehren. Auch betrachtete er ihre berufliche Tätigkeit als ideale Vorbereitung auf die Welt der Geschäftsmänner. Wie der zu hütende Nachwuchs verhielten sich diese oft kindisch, reagierten trotzig, wenn sie nicht gleich ihren Willen bekamen, und waren am Ende doch leicht zu besänftigen; bisweilen genügte ein Augenaufschlag.

Der Plan meines Vetters sah vor, dass sie als „Assistentin der Geschäftsleitung" wichtigen Kundenterminen beiwohnte. Claudias Einwand, sie verstehe nichts von Computern und „Internetzen", entkräftete er mit den Worten, darauf komme es überhaupt nicht an. Sie solle das Ganze als Show sehen. Schließlich habe sie schon als Kind Theater gespielt, und ob Schule oder Schule des Lebens, mache nun wirklich keinen Unterschied – außer im Geldbeutel. Eine Sichtweise, die meine Schwester überzeugte.

Ihre Befürchtung, der Aufgabe nicht gewachsen zu sein, erwies sich als unbegründet. Die Kundentermine liefen stets nach dem gleichen Muster ab. Der Informatikstudent gab sich als IT-Consultant aus, warf mit Hightech-Germanglish um sich, das außer dem zuständigen EDV-Leiter, der sporadisch nickte oder die Stirn runzelte, niemand verstand. Mein Vetter markierte den Marketingfachmann, der nicht müde wurde, das Internet als „USP für innovative Enterprises" anzupreisen. Und meine Schwester? Sie verteilte großzügig ihr anmutigstes Lächeln, wann immer sie das Gefühl hatte, dass das argumentative Eis, auf dem sich Günter bewegte, zu brechen drohte. Und das war häufig.

Claudia wunderte sich, warum niemandem auffiel, dass mein Vetter ein veritabler Hochstapler war. Bis sie gewahr wurde, dass seine Gegenüber auch nicht besser waren. Businessmeetings als kollektives Stochern im Nebel. Taube redeten über Beethoven, Blinde über Edgar Degas. Die Themen waren Selbstzweck. Sie dienten als Aufhänger für Sparringgefechte, in denen die Beteiligten ihr psychologisches Halbwissen anzuwenden trachteten. Doch da alle die gleichen Bücher gelesen hatten – populärwissenschaftliche Schinken über Manipulationstechniken und Strategien der Gesprächsführung – neutralisierten sich die Kontrahenten meist gegenseitig. Am Ende stand dann ein Geschäftsabschluss, mit dem beide Seiten ihr Gesicht wahren konnten. Mein Vetter gab bei den Kosten nach (was er als Argument nutzte, um seinerseits den Informatikstudenten im Preis zu drücken), der Kunde unterzeichnete. Ein Ritual, an dem nicht zu rütteln war. Bis zu dem Tag, da Günter seinen Meister fand.

Dabei hatte sich zunächst alles blendend angelassen. Über die Chefsekretärin einer Brauerei, mit der mein Onkel ab und an die enthemmende Wirkung von Bier ergründete, war mein Vetter an einen Termin mit dem dortigen Marketingchef gelangt; einem Jungspund namens Heintzen, der aussah, als wäre sein Lieblingsgetränk Milch. Bereits die Begrüßung hatte Günter mit eins zu null für sich verbucht. Der Händedruck ließ auf einen nachgiebigen Widersacher schließen. Die anschließende Präsentation, die er dazu nutzte, „einige der zahlreichen Erfolgsprojekte mit namhaften Kunden" vorzustellen, ließ seine Laune weiter steigen. Er berauschte sich an seinem eigenen Redefluss. Binnen fünfzehn Minuten hatte er den

Zustand innerer Verzückung erreicht. Für die Ernüchterung genügte eine Gegenfrage.

„Verzeihen Sie, haben Sie etwas getrunken?" Mein Vetter schluckte mehrmals. Er brauchte Sekunden, bis die Starre sich löste und er ein verschrecktes „Wirke ich wie ein Betrunkener?" hervorpresste. Jetzt lächelte der Jungspund. „Ich glaube, Sie haben mich missverstanden. Ich wollte nur sagen, Ihre Kehle scheint sehr trocken zu sein. Als ob Sie ein Wasser vertragen könnten." Dann wandte er sich mit an Zynismus grenzender Liebenswürdigkeit an meine Schwester: „Möchten Sie auch ein Mineralwasser? Oder vielleicht einen Kaffee?" Claudias Adamsapfel zuckte. Die darüber liegende Haut wölbte sich nach außen, als würde sie jeden Moment platzen und ein Alien hervortreten lassen.

Stattdessen platzte meine Schwester. Und das Alien war sie selbst. Sie attackierte sofort, fixierte Heintzen so lange, bis sein Lächeln zur Grimasse verrutschte. Vielleicht, weil er sich an seine Schulzeit erinnerte. Daran, dass er beim beliebten Psycho-Quäl-Spiel „Wer hält am längsten dem Blick des anderen stand?" nie gewonnen hatte. Und weil er in diesem Augenblick begriff, dass er auch diesmal verlieren würde. Dass ihm all seine Einschüchterungstricks, die er sich, glühend vor Ehrgeiz, eingepaukt hatte, nichts nützen würden gegen eine Frau, die ihn mit ihren Augen ihre Verachtung spüren ließ.

Schließlich, nach einer ewig langen halben Minute, in der Heintzens Selbstbild wie Mürbekuchen auseinanderfiel, stand Claudia auf, ging auf ihn zu, gab ihm einen Klaps auf seine Hände, die die Tischplatte umkrampften und beendete ihren bühnenreifen Auftritt mit den Worten: „Ich möchte nie so werden wie du!"

Das Geschäft kam nicht zustande.

1995: Easy Listening

Wann geschieht es, dass Menschen zu Melancholikern werden? Dass sie anfangen, ihr Leben in „Damals" und „Heute" einzuteilen. „Damals" ist dabei die Kurzform des Satzes: „Damals, als ich glücklich war, jeder Tag mit einem XXL-Gefühl begann, jeder Traum die im Kopf vorweggenommene Wirklichkeit war und die Zeit zwischen Aufwachen und Einschlafen aus einer Aneinanderreihung von Aufregungen bestand." „Heute" meint: „Gähn, stöhn, ächz!"

Ich weiß genau, wann es passierte, dass ICH melancholisch wurde. Es war das Wochenende, bevor ich meinen Dienst als Auszubeutender der Werbebranche antrat – ich meinte natürlich „Auszubildender". Vorausgegangen waren jahrelange Bemühungen, mich und meine Umwelt über die Aussichtslosigkeit meines Studiums hinwegzutäuschen und, von keinen Skrupeln gehemmt, private Subventionen abzugreifen. Dies hatte insofern prächtig funktioniert, als mein Vater durch seine Depression gedanklich ausgefüllt war und meine Mutter in jeder Überweisung einen Ablassbrief sah, der ihr ein Stück von jener Schuld nahm, mich – längst volljährig – zu einem Scheidungskind gemacht zu haben.

Ich selbst redete mir ein, dass die Illustrationen und Layouts, die ich für Hochschulzeitungen und Stadtmagazine erstellte, nur der Kofinanzierung meines Geografiestudiums dienten. Tatsächlich waren es Fingerübungen, die mich auf mein Schicksal als Grafiker einstimmten. Als mein Vater in einem

Anfall geistiger Erhellung die monatliche Beihilfe strich und ein alter Bekannter mir nach sieben Glas Bier zusicherte, er könne mir eine Lehrstelle als Kommunikationsdesigner beschaffen, schwante mir, dass mein vergnügliches Dasein als selbst ernannter Lebenskünstler zu Ende ging.

Vorher aber, das hatte ich mir vorgenommen, würde ich ein letztes Mal zu Hochform auflaufen. Ich würde so abgeklärt und souverän daherkommen, wie es nur ein Mensch vermag, der weiß, dass seine besten Jahre bald Geschichte sein werden, und der die ihm verbleibende Zeit nutzt, noch einmal triumphal das Feld zu beherrschen.

Wie aber beherrscht man das Feld? Und vor allem, welches Feld? Wohin ich auch blickte, war jeder Fleck längst abgegrast und kahlgeweidet. Die wilde BRD, man hatte sie zu Tode kultiviert. Die Revoluzzer von einst hatten ihren Frieden geschlossen mit dem Schweinesystem. Schwäbisch Hall statt Che Guevara. „Auf diese Steine können Sie bauen" statt „Mit diesen Steinen können Sie werfen".

Auch Punk war keine Alternative. Wozu noch sein Outfit zerlöchern, wenn große Firmen die abgewetzten Jacken und zerschlissenen Hosen ab Werk anboten? Natürlich zu Preisen, die über denen für gepflegte Oberbekleidung lagen.

„Gepflegt", das war das Stichwort. Wo andere die Sau rausließen, die cleane glatte Seele hinter Insignien von Schmutz und Zerstörung verbargen, war es Zeit, den umgekehrten Weg zu beschreiten. Zurück in die Zukunft! Vorwärts in eine Welt, in der es weder Rock noch Roll, weder Jeans noch T-Shirts gab, sondern nur ein dezentes, kaum wahrnehmbares Schwingen eines Hosenbeins aus Samt!

Dieser Anzug war mein Billett in eine andere Welt. Ich fühlte mich darin wie Onkel Pete in seinem Raumfahrerdress. Nur dass mein Anzug deutlich günstiger war. Ich hatte ihn in einem

Laden der Nothilfe erworben. Zu einem so beschämend niedrigen Preis, dass ich mich fragte, wem mit diesem Kauf aus der Not geholfen wurde. Es traf sich gut, dass auch Tobi, mein Fetenfreund aus Schulzeiten, Besitzer eines nachtklubkompatiblen Samtanzugs war. Hinzu kam, dass er, als Folge jahrelangen Trainings, alle Formen kultivierten Abhängens in Perfektion beherrschte.

Nach dem Abitur hatte Tobi eine Banklehre gemacht, dabei seine Liebe zur Börse entdeckt und durch geschicktes Spekulieren eine kleine Erbschaft in eine mittelgroße verwandelt. Diese ermöglichte es ihm, in seinem Studium der Volkswirtschaft eine Gemütlichkeit an den Tag zu legen, die – kollektiv betrieben – jede Volkswirtschaft in den Ruin geführt hätte.

Umso engagierter widmete er sich dem Studium des Rat Pack, jener Zusammenkunft von Entertainern, die der Welt dutzende von Evergreens und der Whiskey-Industrie die denkbar besten Werbeträger geschenkt hatte. Er mochte Sinatra, er schätzte Sammy Davis Jr., doch er verehrte „Dino", den großen, majestätischen Dean Martin. Natürlich hatte „Frank" die besseren Songs, aber nie würde Tobi ihn lieben können. Sinatra war ein Streber. Einer, der selbst im Abhängen Erster sein wollte. Der zu früheren Zeiten ein Hofsänger gewesen wäre. Oder schlimmer noch: ein Hofnarr – so sehr erniedrigte er sich vor den Mächtigen. Sinatra hatte für Kennedy die Trommel geschlagen, hatte ihm Frauen, Geld, Kontakte besorgt, nur um dann von diesem öffentlichkeitswirksam fallen gelassen zu werden. „Sehr demütigend", befand Tobi.

Noch mehr verdross ihn, dass „Frank", und nicht „Dino", die beste aller Kaempfert-Nummern, „Strangers in the night", gesungen hatte. Denn wenn „Dino" der König war, war „Bert" der Gott. Tobis Zimmer glich einer Devotionalienhandlung für den Verkünder des Easy Listening. Selbstverständlich besaß er dessen musikalisches Gesamtwerk. Sämtliche Platten, die im Laufe von Jahrzehnten erschienen waren. Viele doppelt, um mit den Hüllen die Wände tapezieren zu können.

Es brauchte ein wenig Geduld, um die subversive Kraft, die von den Bildern ausging, zu erfassen. Auf den ersten Blick waren sie einfach nur schön. Sie zeigten anmutige Frauen und mondäne Männer, die es sich bei Drink und Tanz gut gehen ließen. Doch wer die Cover lang genug auf sich wirken ließ, der fing an, die abgebildeten Menschen zu beneiden. Weil sie die Wörter „Alltag" und „Stress" aus ihrem Wortschatz verbannt hatten.

Auch hatte sich Tobi ein Pressearchiv aufgebaut, dessen Quellenreichtum vergleichbaren Wahnsinnigen (minderjährigen Anhängerinnen von Take That, Elvis-Fans jeden Alters und Geschlechts) Ehrfurcht abgenötigt hätte. Herzstück seiner Sammlung war eine Hörzu-Ausgabe des Jahres 1966, in der von einem rauschenden Fest in Kaempferts Haus auf Mallorca berichtet wurde. Der Hörzu-Reporter muss kräftig mitgefeiert haben: „Jetzt, am Morgen, sitzen wir auf der Terrasse seiner Villa beim Katerfrühstück. Mit Blick auf Palmen, meterhohe Kakteen und das Mittelmeer. Kaempferts charmante Ehefrau braut einen starken Kaffee." Grußworte aus einer glücklichen Welt.

Oft, bevor wir ausgingen, trug Tobi solche Kurzepen der Zeitschriftenliteratur vor. Dazu blubberte lautlos die Lavalampe, und „Bert" verwandelte die afrikanische Savanne in eine gigantische Lounge – „A Swingin' Safari" als Exkursion durch Sofalandschaften! Während ich in den Knien wippte, wanderte mein Blick über Tobis Sesselensemble, das sich nahtlos in jeden Ausgehtempel der 60er eingefügt hätte. In solchen Momenten begriff ich die Relativität von Zeit. Draußen mochte das Jahr 1995 ereignislos vorbeiziehen, doch hier drinnen swingten die Sixties, als wäre die Cocktailkirsche eben erst erfunden worden.

So wie in jenen Klubs, die wir an Wochenenden ansteuerten. In einem Ford Granada Ghia, Baujahr 78, trieben wir den Kilometerstand hoch, leerten Tankfüllung um Tankfüllung, um Zeit (die Gegenwart) und Raum (die von der Gegenwart möblierte Welt) hinter uns zu lassen. Auf königsblauen Veloursitzen rollten wir den Metropolen entgegen – Hamburg, München, Berlin – und landeten in Läden, deren Namen eine Kampfansage an die Despoten des Zeitgeists waren: Golden Pudel Club, Egon Bar, Boogaloo.

Was wir dort taten? Nichts. Wir versanken im Plüsch, ließen den Körper erschlaffen, während die Augen, konditioniert durch zahllose Kinofilme, die Eindrücke wie Strohhalme aufsogen. Der Handlung zu folgen, war nicht allzu schwer. Das Geschehen erinnerte an einen Wim-Wenders-Film: Es passierte nicht viel, doch die Atmosphäre war klasse.

Wenn der Klub sich füllte, wurden die Spulen gewechselt. Wim Wenders musste Blake Edwards weichen. Mit ein wenig Fantasie (und begünstigt durch ein halbes Dutzend Cocktails) stellten wir uns vor, wir wären Partygäste in „Frühstück bei Tiffany". Was umso leichter fiel, als Edwards Hofkomponist Henry Mancini zum Gelingen des Abends Champagnermusik beisteuerte. Derart berauscht sahen wir dem Augenblick entgegen, da Audrey Hepburn in den Raum geschwebt käme.

Stattdessen stapfte ein Weibsbild heran, das einer Bette Midler zur Ehre gereicht hätte. Alles an ihr buchstabierte Opulenz, Überfluss, Verschwendung. Ihr Körper, dessen Formensprache Barockmalern den Pinsel geführt hätte. Ihr Schmuck, für den augenscheinlich ein Kristalllüster zerlegt worden war. Ihre Kleidung, die Edelmetallhändler zu Gewebeproben angespornt hätte.

Ich war fassungslos. „Ich bin ...", fing ich einen Satz an und brach ihn sofort wieder ab. Auch Tobi, der sonst für jedes Phänomen die passende Schnellanalyse bereithielt, verstummte. Er schüttelte ungläubig den Kopf, blickte konsterniert in ihre Richtung. Er musste es nicht aussprechen; ich wusste es selbst: Diese Frau hatte soeben unser Ego zertrümmert. Ich musste daran denken, dass ich in dreißig Stunden ein Lehrling sein würde. Ein blutiger Anfänger. Ein Befehlsempfänger. Ein Nichts. Und plötzlich kam ich mir in meinem Samtanzug albern vor.

1996: Späte Mütter

Am Tag, als Dieter Bohlen Verona Feldbusch ehelichte, entschied meine Kusine, dass auch für sie der Zeitpunkt gekommen war, den Hafen der Ehe anzusteuern. Da Jürgen, ihr Partner, keine Anstalten machte, sie mit Trauringen zu überraschen, nahm sie die Sache selbst in die Hand und fragte ihn an einem Samstagnachmittag: „Willst du mich heiraten?"
Der Grund für die Direktheit: Sie war es leid zu warten. Erst hatten sie lange anderthalb Jahre eine Wochenendbeziehung führen müssen. Die Pendelei zwischen Frankfurt und Trier kostete sie zahllose Nerven (Staus auf der A3), mehrere hundert Mark Bußgeld (Geschwindigkeitsüberschreitungen auf der A61) und einen fast nagelneuen Wagen (Eisregen auf der A48). Schließlich fand Jürgen eine Stelle in Neu-Isenburg, und sie bezogen eine Wohnung am Mainufer.
Doch damit begann das Warten von vorn. Denn nun, da ihre Zukunft ein Zuhause hatte, setzte sich meine Kusine in den Kopf, schnellstmöglich schwanger zu werden. Die Zeit drängte. Ihr vierzigster Geburtstag lag hinter ihr. In einer solchen Situation braucht eine Frau das nötige Vertrauen. In das Schicksal (das nach Sieglindes Überzeugung tiefrot bei ihr in der Schuld stand – ihr jahrelanges Unglück mit Männern rechtfertigte jedwede Reparationsforderung). In die Natur (die gleichfalls eine Menge gutzumachen hatte – ein Baby als Entschädigung für den zu kleinen Busen und den zu großen Hintern). Und in die Wirksamkeit von Hormontherapien (nur Naivlinge

überließen die Fortpflanzung ausschließlich Schicksal und Natur – wofür gab es die Pharmakologie!).

Und tatsächlich behielt Sieglinde Recht. Während es Schicksal und Natur gemütlich angehen ließen, schlug die Hormontherapie mit voller Wucht an, oder besser gesagt: zu. Meine Kusine ging vor der Macht des Clomifen in die Knie. Es war, als lieferte ihr die Medizin einen Vorgeschmack auf die Wechseljahre. In rascher Folge wechselten Schweißausbrüche und Schädelbrummen einander ab – Letzteres bevorzugt begleitet von plötzlichem Augenflimmern, das insbesondere dann, wenn sie mit Bunsenbrenner und hochreaktiven Substanzen hantierte, flammende Erlebnisse begünstigte.

Am meisten aber machten ihr die Stimmungsschwankungen zu schaffen. Mal heulte sie aus nichtigen Anlässen drauflos, dann wieder beschimpfte sie ihr berufliches Umfeld als „unfähig" oder „strunzdumm". Man kann nicht behaupten, dass sie in jenen Tagen an ihrem Arbeitsplatz Pluspunkte sammelte.

Privat hatte sie das Glück, einen Partner zu haben, den von Berufs wegen nichts erschüttern konnte. Jürgen war „Account Manager für Output Systeme". Mit anderen Worten: Vertreter für Kopierer. Ein Frontschwein, das jeden Tag neu in den Krieg um Prämien und Verträge zog. Er wusste, er hatte nicht das Charisma, um Einkaufsleiter emotional an die Wand zu drücken. Also wählte er die entgegengesetzte Strategie. Er nahm seine Gesprächspartner für sich ein, indem er ihnen das Gefühl gab, dass sie ihm überlegen waren. Er mimte den Tollpatschigen, markierte den Unbedarften.

Diese kalkulierte Einfältigkeit war im Lauf der Jahre zur Vollendung gereift. Die Kunst bestand darin, den Kunden zum Schmunzeln zu bringen. Gemeinsame Mittagessen eigneten sich hierfür hervorragend. Dann griff Jürgen in die Anekdotenkiste und verbreitete Schnurren aus seiner Zeit in

Sachsen. Zum Beispiel die von dem Geschäftsessen, wo ihm ein sicher geglaubter Auftrag durch die Lappen ging, weil er einen Lachanfall erlitt, als sein Gegenüber „einmal Broiler an einer Komposition aus Sättigungsbeilagen" bestellte. Solche Geschichten (deren Wahrheitsgehalt sich meist im einstelligen Prozentbereich bewegte) waren Teil des Verkaufsprozesses. „Ich bin einer, der psychomäßig gut Wetter macht, damit alle easy drauf sind" – kurze Pause – „und nicht merken, was sie unterzeichnen."

Was sich beruflich bewährte, so Jürgens Kalkül, würde auch im häuslichen Rahmen seine Wirkung nicht verfehlen. Bloß tat sich Sieglinde mit dem „Easy-drauf-Sein" schwerer als seine Geschäftspartner, die dankbar waren, mal nicht die Alpharatte rauskehren zu müssen, sondern sich einer drolligen Unterhaltung hingeben zu können. Für meine Kusine hingegen gab es nur eine Sache, die ihrer Hingabe würdig erschien: den Akt der Fortpflanzung.

Sie hatte gelesen, dass die Wahrscheinlichkeit, schwanger zu werden, mit der Häufigkeit des Geschlechtsverkehrs wachse. Daraus zog sie den Schluss, dass es das Beste wäre, ihr Liebesleben auch auf die unfruchtbaren Tage auszuweiten. Sie verzichtete darauf, den Erzeuger in spe von ihrem Vorhaben zu unterrichten. Wieso sollte sie auch? War es nicht so, dass Männer immer Sex haben wollten? Ein Initialreiz genügte, und schon verwandelten sie sich in asthmatisch schnaubende Bären, die die Kontrolle über ihre Pranken verloren und zulangten. Selbst dann, wenn sie Minuten vorher über Schlaffheit und Entkräftung geklagt hatten.

Sieglinde wusste, wie man dem Manne die Müdigkeit austreibt. Kaum dass sie das Abendessen eingenommen hatten, verwandelte sie sich in ein Wesen, das einem Kontakthof entlaufen zu sein schien. Jürgen, der seit der Pubertät darunter gelitten hatte, dass zwischen Wichsen und Wirklichkeit ein Jammertal lag – ein Fluss von Fantasien, die nicht ausgelebt wurden –, sah endlich die Sterne Orions. Meine Kusine befestigte Strumpfhalter, schlüpfte in Lackkleider, schnürte Korsagen. Und Jürgen tat das, was ihm in Hunderten von Filmen vorgemacht worden war: Er gab ihr die Namen weiblicher Tiere („Stute", „Sau", „Hündin") und kombinierte diese mit dem Adjektiv „geil". Es folgte ein selbstzufriedenes Grunzen, ehe er sie mit den Worten, er werde sie „hart rannehmen", mental auf die Begattung einstimmte.

In penetranter Regelmäßigkeit wurde Jürgen zum „Tiger", zum „Deckhengst", zum „Rammler". Sieglinde hatte Übung darin, die verbalen Ergüsse, so gut es ging, zu überhören. Während ihr Partner tagtäglich seinen eigenen Porno nachspielte, gab sie sich Träumen von reifenden Eizellen und wachsenden Embryonen hin. So vögelten beide aneinander vorbei. Mit dem Unterschied, dass meine Kusine von Monatsblutung zu Monatsblutung missgestimmter mitspielte. Schließlich, als Jürgen ihr in der Manier eines brunftigen Hirsches ins Ohr röhrte, er werde es ihr „dreckig besorgen", wurde sie sauer: „Schwänger mich lieber!" Das genügte, um seine Lust auf „tierisch geilen Sex" fürs Erste zu dämpfen.

In den folgenden zwei Monaten entdeckte Jürgen seine Liebe zum Büro, indes sich Sieglinde mit dem Gedanken anzufreunden suchte, dass sie auch ohne Mutterfreuden ein erfülltes Leben führen könne. Hatte sie nicht alles, was sie wollte? Einen Beruf, in dem sie sich entfalten konnte (und der erstklassig bezahlt war), und einen Mann, den sie liebte (Bettgebrabbel hin oder her). Was sprach dagegen, ihn zu ehelichen? Jetzt und sofort.

Ich gebe zu, es gibt romantischere Umstände, um die Hand anzuhalten, als jene, welche Sieglinde für günstig befand. Mein

Schwager in spe zerlegte das Abflussrohr unter der Spüle, im Radio lief die Stadionkonferenz, und ein Stockwerk tiefer strebte ein Ehestreit dem Höhepunkt entgegen. Doch meine Kusine war kein Mensch für Liebesschwüre bei Mondenschein. Es galt, das Überraschungsmoment zu nutzen. Hin und her gerissen zwischen der Frage nach dem Bund fürs Leben und der Freude über ein Bundesligator für Kaiserslautern, sagte Jürgen spontan „Ja". So besiegelten die Roten Teufel sein weiteres Schicksal.

Beziehungsweise: Sie hätten es besiegelt, hätte Jürgen nicht seinerseits ins Schwarze getroffen. Was bei Sieglinde trotz hartnäckiger Bemühungen nicht glücken wollte, gelang ihm bei einer Innendienstmitarbeiterin auf Anhieb. Eine Feierabendnummer genügte, um Vater zu werden. Meine Kusine quittierte sein Geständnis mit einem Nervenzusammenbruch.

Es war schrecklich genug, dass er sie betrogen hatte. Die Vorstellung, dass er einer anderen Frau zu einem Kind verhalf, ließ sie die Wände hochgehen. Doch was ihr den Rest gab, war ein biografisches Detail: Die werdende Mutter ging auf die 42 zu.

1997: Lady Di

In den frühen Morgenstunden jenes Sonntags, an dem Lady Di die Lebensgeister verließen, verließ meine Schwester sturzvoll eine Disco. Sie war in einen Junggesellenabschied geraten und von den Feiernden mit Rotwein-Cola, Batida-Kirsch und Jägermeister-Bull freigehalten worden. Zu spät registrierte sie, dass ihr das Durcheinandertrinken nicht bekam. In dem Maß, in dem die eigene Feinabstimmung schwand, wurden die Avancen ihrer Verehrer koordinierter, bestimmter. Schließlich erbot sich einer von ihnen, sie nach Hause zu fahren. Wiewohl sie wusste, dass er spätestens beim Aussteigen zudringlich sein würde, willigte sie ein. Irgendwann während der Fahrt riss ihr Film.

Gegen neun Uhr weckte sie der Handwerkerlärm in ihrem Schädel. Ihr Bett war leer. Komplett leer. Sie lag allein auf dem Sofa. Doch die Restpartikel billigen Aftershaves, die sich in ihrem Büstenhalter festgesetzt hatten, und ihr verklebter, leicht verrutschter Schlüpfer wiesen darauf hin, dass ein verkorkster Abend seinen gebührenden Abschluss gefunden hatte. Die folgenden Stunden wälzte sie sich verkatert im Halbschlaf, unterbrochen von mehreren überstürzten Gängen ins Bad. Am späten Nachmittag – Kopfschmerz und Übelkeit ließen langsam nach – schaltete sie den Fernseher ein und vernahm, dass Lady Di gestorben war. Danach brach sie in Tränen aus.

Es war, als wäre eine Seelenverwandte von ihr gegangen. Durch zahllose Frisörbesuche – keine Dauerwelle ohne GALA, keine Färbung ohne BUNTE – wusste sie besser über das Leben Lady Di's Bescheid als über das ihrer Mutter. Sie kannte jedes stinkende und erstunkene Detail aus deren Ehehölle. Da war der treu- und teilnahmslose Gatte, dem Edelmut fremd war, die frostkalte Schwiegermutter, die von „annus horribilis" sprach, wenn sie „Scheißjahr" meinte, die stutenbissige Nebenbuhlerin, lebender Beweis dafür, dass nicht nur Hundebesitzer sich mit der Zeit in Aussehen und Auftreten ihren Vierbeinern anpassen, und natürlich Diana selbst, die wie keine Zweite das Scheitern der modernen, halbemanzipierten Frau verkörperte.

Lange bevor ihr Chauffeur in einen Betonpfeiler raste, hatte sie ihr eigenes Leben gegen die Wand gefahren. Der Prinz, den sie geküsst hatte, verwandelte sich in einen Frosch. Doch statt der Märchenwelt den Rücken zu kehren, lebte sie unglücklich bis an ihr Eheende. Als ihr schließlich – Jahre zu spät – der Absprung gelang, hatte sie zu viele Demütigungen erlitten, als dass ihr Neuanfang als Frauenpower-Lehrstück hätte durchgehen können. Selbst wenn sie öffentlich mit ihren Peinigern abrechnete, tat sie dies nie im Stile einer Feministin, die einer feindlich gesonnenen Welt den Kampf ansagt. Stattdessen klang sie wie das ewige Mädchen, das sich um seine Träume betrogen sieht.

Meine Schwester kannte dieses Gefühl nur zu gut. Stets endeten ihre Männergeschichten in Verbalrandalen. In hilflosen Tiraden, weil sich die Romeos als Maulhelden oder Mogelpackungen herausstellten – die einen versprachen zu viel, die anderen logen. Beim nächsten Mann würde alles anders. Und dann landete sie doch wieder bei einem jener lässigen Jungs, an deren Coolness sie früher oder später erfror. Es waren Kerle, die sie mit einem offensiven Lächeln und einem platzierten Spruch auf die Matte schickten und über sie herfielen. Das hielt sie für Leidenschaft. In solchen Augenblicken glaubte sie sich ihrem großen Ziel nah: ihr Leben und ihren Körper mit jemandem zu teilen.

Und wenigstens das eine, das mit dem Körper, klappte ja auch. Nur lief das Leben danach meist ohne sie weiter. Die Typen zogen sich an und zurück. Sie verschwanden in eine Welt, wo Hobbys, Kumpels und manchmal auch die Angetraute bereits warteten. Natürlich hatte Claudia in Dutzenden von Krisengesprächen mit ihren Freundinnen das Problem klar herausgearbeitet: Sie verfiel den falschen Männern. Sie wollte keinen Braven, Soliden. Keinen dieser Streber, die ihr gleich zu Beginn des Dates darlegten, wie viel sie verdienten. Als müsste vorm ersten Kuss noch geklärt werden, ob das Männchen im Stande wäre, eine Familie zu ernähren.

Ja, das waren sie in der Tat: Männchen. Männer, die ihren Jagdinstinkt beim täglichen Schlipsbinden abgewürgt hatten. Sie versuchten, eine Frau nicht zu erobern, sondern zu überreden – der Flirt als Vorstellungsgespräch. Meine Schwester aber wollte keine Zeugnisse sehen, keine Auflistung von Qualifikationen und Praktikumsbestätigungen der Art: „Herr Holger L. hat sich in der zurückliegenden Partnerschaft als in hohem Maße teamfähig und sozial kompetent erwiesen. Er überzeugte durch seine weit überdurchschnittliche Beziehungsarbeit und sein engagiertes lösungsorientiertes Relationship-Management. Das Verhältnis wurde auf Wunsch von Herrn L. gelöst."

Natürlich war Letzteres eine Lüge. Keiner dieser Selbstverkäufer hätte zugegeben, dass seine Freundin ihn verlassen hatte, weil sie die Langeweile nicht mehr ertrug. In ihren Beschreibungen schwätzten sie ihre Beziehungen schön. So wie sie ihren Studiums- und Berufsalltag mit Flitter versahen. Bestandene Prüfungen oder Beförderungen wurden zu Heldentaten hochfrisiert. Meiner Schwester verging bei solchen rhetorischen Egotrips jede Lust. Es war, als lauschte sie Reisebeschreibungen aus Banatolien – „Mit der Karawane durch die Dienstleistungsgesellschaft".

Doch wie sah die Alternative aus? Gab es überhaupt eine? An jenem Sonntag, als Lady Di's Lunge riss, riss meiner Schwester der Geduldsfaden. Mit jeder Minute, die sie weinte, nahm ihr Mitleid ab und ihr Ingrimm zu. Di's einstiger Märchenprinz mochte in Seide und Samt gehüllt sein, doch seine Seele war genauso ledern wie die der eigenen Verflossenen. Vor Claudias innerem Auge verschwammen Bilder von Charles mit denen ihrer Exmänner. Kurz darauf übergab sie sich ein letztes Mal.

Als sie sich den Mund ausspülte, fiel ihr Blick in den Spiegel. Ihre Augen waren blutunterlaufen, hatten alles Menschliche verloren. Sie sah jetzt aus wie ein Tier. Wie ein Raubtier, das Schreckliches durchlebt hatte, aber wusste: Es würde nie wieder Opfer sein.

1998: Viagra

Drei Wochen nach der Einführung von Viagra in Deutschland suchte Onkel Ewald den Hausarzt seines Vertrauens auf. Den Zeitraum dazwischen hatte er damit zugebracht, in heftigem inneren Ringen seinen ursprünglichen Standpunkt „Das hab ich eigentlich nicht nötig" für ein gequältes „Nun ja, es kann ja nicht schaden" aufzugeben.

Die Wahrheit war: Er hatte es nötig. Mein Onkel war alt geworden. Seinen 63. Geburtstag hatte er als Trauerfeier erlebt. Er konnte sich nicht mehr erinnern, wann er zuletzt mit einer Frau unter vierzig geschlafen hatte. Noch stärker litt er darunter, dass ihn sein „wertvollstes Stück" zunehmend im Stich ließ.

Ein weniger sexfixierter Mann hätte darin eine natürliche Alterserscheinung gesehen. Meinem Onkel jedoch kam mit der Potenz auch der Lebenssinn abhanden. Für ihn war der Beischlaf nicht ein Vergnügen unter vielen, sondern Daseinsbegründung. Frei nach Descartes: „Coito, ergo sum – ich bumse, also bin ich."

In dem Maß, in dem er seine Manneskraft verlor, verließ ihn auch auf anderen Gebieten die Stärke. In seinen besten Jahren hatte er sich einen Spaß daraus gemacht, erst seinen Geschäftspartner und dann dessen Vorzimmerdame aufs Kreuz zu legen. Er empfand dies als zweifachen Triumph. Man nahm dem Kontrahenten beides, das Geld und die Geliebte – ohne dass dieser es bemerkte.

Nun aber, da die Sekretärin „Assistentin der Geschäftsleitung" hieß, BWL studiert hatte und, statt figurbetonter Kleidung, betonte Gleichmut zur Schau trug, war an derartige Doppelschläge nicht mehr zu denken. Auch musste Onkel Ewald feststellen, dass selbst der attraktivste Mann mit fortgeschrittenem Alter aufhörte, interessanter zu werden. Zwar hatte er die These, dass Frauen ihren Vaterkomplex auslebten, indem sie mit älteren Männern schliefen, bei mehreren Gelegenheiten bestätigt gefunden. Nur ließ sich dieses Phänomen damit noch lange nicht auf nachfolgende Generationen ausweiten. Die Zwanzigjährige, die ein gestörtes Opa-Enkelin-Verhältnis zum Anlass genommen hätte, seine Nähe zu suchen, war nirgendwo in Sicht.

Er fand sich damit ab, dass sich sein Jagdrevier verlagert hatte. Auch Frauen nach der Menopause wollten begehrt werden. Was wenigstens den Vorteil bot, dass sich die Frage der Verhütung nicht stellte. Und die des Verkehrs auch nicht – immer häufiger versagte er in dem Moment, auf den er hingeflirtet hatte. Beim ersten Mal tat er es als Missgeschick ab, beim zweiten Mal schob er es auf den Alkohol, beim dritten Mal gab er vor, durch „seltsame Geräusche" abgelenkt worden zu sein. Danach verzichtete er auf Ausreden und handelte. Vor Rendezvous verschlang er Stangen von Sellerie und soff kartonweise Rohei. Einmal gar lud er zwecks Libidosteigerung die Dame der Begierde zum Austernessen ein. Doch ehe er die aphrodisierende Wirkung der Meeresfrucht ergründen konnte, revoltierte sein Verdauungstrakt. Er brauchte Tage, um sich von der Lebensmittelvergiftung zu erholen.

Fortan entsagte er der Rohkost und sah sein Heil in den Pulvern und Säften des Fachhandels. Um genau zu sein: jener Versandhäuser, die auf Erotikbedarf spezialisiert waren. Er probierte sich durch Pillen und Pasten, durch Tropfen und

Tinkturen, die mit „atemberaubendem Stehvermögen" und „stahlharter Lendenpower" warben. Der Erfolg war wechselhaft. Mein Onkel musste einsehen: Eine „Spanische Fliege" macht noch keinen Stecher.

Das Schlimmste aber war, er hatte niemanden, dem er sein Leid klagen konnte. Der vorsichtige Versuch, meinem Vetter die missliche Lage zu schildern, endete damit, dass dieser süffisant grinste und anmerkte, ab einem gewissen Alter müsse man ja wirklich nicht mehr jedem Rock nachsteigen. Mein Vater fiel ebenso als Ansprechpartner aus. Er hätte das Problem nicht verstanden. Die Erektion war für ihn nur noch ein Konstrukt. Eine theoretische Größe. Ausdruck eines Entwicklungsstadiums, das er hinter sich gelassen hatte. Ich glaube daher nicht, dass es ihn berührte, als die Zeitungen und Fernsehsender von einer „Wunderwaffe gegen Impotenz" berichteten.

Onkel Ewald hingegen war elektrisiert. Zwar hatte er kurz vor der Markteinführung Viagras, bei einem Treffen mit einer Daueraffäre, auch ohne Sellerie und Sextropfen an alte Zeiten anknüpfen können, doch traute er dem Frieden nicht. Er war die wiederkehrende Zitterpartie – steht er, oder steht er nicht? – einfach leid. Was war das für ein Leben, wenn man sich nicht mal mehr auf seinen Schwanz verlassen konnte!

Und so geschah es, dass sich mein Onkel ein Rezept besorgte. Aus Gründen der Anonymität und „weil so'n Kameltreiber besser nachvollziehen kann, wenn die Ehre als Mann auf dem Spiel steht", entschied er sich für einen Arzt persischer Abstammung. Zu seiner Überraschung wollte dieser ihn von seinem Vorhaben abbringen. Der Mediziner entpuppte sich als Philosoph. Er pries den Körper als das Zentrum des Wissens. Nicht der Geist, jener den Launen der Biochemie ausgesetzte Kosmos aus Rezeptoren und Transmittern, nein, der Leib sei der Quell der Erkenntnis. Weil er sich nicht belügen lasse. Weil er offen und unverblümt zu einem spreche. Onkel Ewald kürzte den Diskurs entscheidend ab, indem er erwiderte, sein Leib sage ihm unverblümt, dass er Viagra benötige. Daraufhin seufzte der Arzt kurz, schüttelte den Kopf und holte den Rezeptblock hervor. Noch am selben Tag suchte mein Onkel eine Apotheke auf.

Die Gelegenheit, das Präparat auf seine Wirksamkeit zu testen, ergab sich einige Wochen später. Seitdem er rund um die Uhr eine Packung Viagra bei sich trug, war jener, eben noch von Altersdepressionen geplagte Mann wie verändert. Das heißt: wie früher. Er platzte vor Selbstbewusstsein. Da der Volksmund einmal mehr Recht hatte – wie es in den Wald hineinruft, so schallt es heraus –, war die Wirkung meines Onkels aufs andere Geschlecht nicht länger die eines 64-, sondern eines 46-Jährigen. Und was sprach dagegen, als Mittvierziger eine Mittzwanzigerin mit Vaterkomplex zu verführen?

Das Objekt seiner wiedererlangten Potenz war eine Assistentin der Geschäftsleitung, die BWL studiert hatte und betonte Gleichmut zur Schau trug. Doch wurde dadurch der Reiz noch erhöht. Wie der Volksmund schon sagt: Man wächst mit der Aufgabe. Und da, Viagra sei Dank, auch sein heikelstes Körperteil wachsen würde, gab es nichts, was dagegen sprach, die Herausforderung anzunehmen. Mein Onkel lief zu alter Hochform auf. Er parlierte wie Casanova auf Koks, sandte mit Blicken Testosteron aus und machte aus einem Businesstermin ein Date. Als er sich von ihr mit den Worten verabschiedete, man habe sich nach so viel nackten Fakten ein anständiges Geschäftsessen verdient, da wusste er Teil 1 der Eroberung erfolgreich abgeschlossen.

Die Fortsetzung folgte in einem Restaurant mit Hotelnähe. Wie immer warf er großzügig mit Schmeicheleien um sich, setzte den bewährten „Ich schau dir in die Augen, Kleines"-Blick auf und füllte vorausschauend ihr Glas nach. Er spürte, mit jeder Geste, jedem Wort und jedem Schluck kam er dem Ziel ein kleines Stück näher. Noch vor dem Hauptgang fing sie an, seine Fingerspitzen zu berühren. Beim Dessert waren die Wangen an der Reihe – für Onkel Ewald das Signal zu handeln. Er verschwand Richtung WC, um sich für den eigentlichen Nachtisch medizinisch zu stärken.

Als er zurückkam, lächelte er. Es war nur noch eine Frage von Sekunden, bis sein Gemächt explodieren würde. Doch nichts passierte. Sein Unterleib verharrte leichenstarr. Als eine Viertelstunde später – der Ober hatte den Espresso serviert – der Zustand noch immer derselbe war, wurde mein Onkel nervös. Einen Toilettengang seiner Begleiterin nutzte er, um eine weitere Pille einzuwerfen. Er hatte es plötzlich eilig, bat um die Rechnung, zahlte, erhob sich vom Stuhl, und jetzt – endlich! – spürte er die Veränderung. Sein Unterleib pochte, der Puls nahm Fahrt auf, und ein wohliger Schwindel ließ ihn nach der Tischkante greifen. Er hielt kurz inne, sammelte sich. Dann richtete er sich auf, nahm Haltung an, strahlte.

Doch schon im nächsten Augenblick wich die Verzückung der Verwunderung. Etwas war anders als sonst. Die Erregung fühlte sich fremd an, ungewohnt. Schließlich begriff er warum. Er stellte fest, dass in dem Maß, in dem die Schwellkörper wuchsen, der Brustkorb schrumpfte. Dieser zog sich zusammen, nahm das Herz in den Schwitzkasten, presste die Atemwege ab. Immer mühseliger, immer unergiebiger erwiesen sich die Versuche, Luft zu holen, den kapitulierenden Körper zum Funktionieren zu zwingen. Bald spürte er, wie die Beine taub wurden, der Oberkörper hilflos um Gleichgewicht rang. Vielleicht war es Zeit aufzugeben, sich fallen zu lassen, einfach fallen zu lassen ...

Es heißt, in jenen Sekunden, bevor die Hirnströme des Menschen für immer gekappt werden, rase das Leben in Lichtgeschwindigkeit vorbei, verdichte sich zu einem meteoritengroßen Gefühl, das den Sterbenden auf glücklich-wehmütige Weise überwältige. Nicht so meinen Onkel. Selbst im Angesicht des Todes lag ihm Sentimentalität fern. Er blieb der kalkulierende Pragmatiker, der er immer gewesen war. Ein Mensch, der nie zurück, sondern stets nur nach vorn geschaut hatte.

Deshalb gefiel es ihm gar nicht, dass es dort vorne nicht mehr allzu viel gab, was sich Leben nannte. Er rief sich nicht eine der Frauen ins Bewusstsein zurück, die seinem rustikalen Charme erlegen waren. Er verspürte keine Dankbarkeit für all die Abende und Nächte, in denen er sich stark und groß und schrankenlos gefühlt hatte. Stattdessen starrte er die Restaurantdecke an – fassungslos und voller Groll. Er verstand das alles nicht. Es war so ungerecht. Warum hatte das gottverdammte Schicksal nicht warten können, bis er gekommen war!

1999: Sonnenfinsternis

Im Jahre 999 nach Christus verloren – so berichten die Quellen – nicht wenige leichtgläubige Menschen die Nerven. Irgendjemand hatte das Gerücht in die Welt gesetzt, mit dem Beginn des neuen Jahrtausends werde die Erde untergehen. Um dem zuvorzukommen, stürzten sich allzu labile Zeitgenossen in den Tod.

Tausend Jahre später hielt nur der Rest von Verstand Tante Gertrud davon ab, es jenen Hysterieopfern gleichzutun. Im Viagra-Tod meines Onkels sah sie ein Omen. Erst hatte ihr lüsterner Gatte für seine Sünden büßen müssen, bald würde die ganze nichtswürdige Menschheit ihr gerechtes Schicksal ereilen. Man musste nur die Zeichen zu lesen wissen. Hatte nicht ein gewisser Nostradamus prophezeit, „ein großer Schreckenskönig" werde vom Himmel her kommen? Meine Tante hatte sogar schon in Erfahrung gebracht wann. Das Reich der Finsternis würde sich in einer Sonnenfinsternis ankündigen. Natürlich fand diese in jenem Jahr statt, das die satanischen drei Sechsen enthielt.

Zwar war der Teufel gewitzt und hatte „666" kurzerhand zu „999" umgedreht. Doch Tante Gertrud, geschult in Dämonologie, fiel auf solche Taschenspielertricks nicht herein. Sie wusste: Der Tag der Apokalypse lag in nicht allzu weiter Ferne. Schon verkauften geschäftstüchtige Optiker spezielle Finsternisbrillen – als ob es darauf ankäme, die Augen zu schützen! Welch herrische Verblendung! Nicht der Sehsinn war in Gefahr, das Leben selbst stand auf der Kippe.

Zu ihrem Verdruss fand ihre Warnung wenig Widerhall. Beim heimischen Geistlichen schon gar nicht. Dieser war ihr von Beginn an – seitdem er in den 80er Jahren den von ihr verehrten Pfarrer beerbt hatte – suspekt gewesen. Jedweder Sinn fürs Überirdische ging ihm komplett ab. Statt seine Schäfchen auf das Jenseits einzustimmen, predigte er, als moderiere er ein Politmagazin. Kein Wunder, dass seine Herde stetig schrumpfte. Natürlich verneinte der „Heidenpfarrer" kategorisch, dass das Jüngste Gericht dicht bevorstünde. Dafür würde er, dessen war sich Tante Gertrud gewiss, bald in der Hölle schmoren.

So wie die anderen Verderbten, die, statt innere Einkehr zu halten und dem Laster zu entsagen, Sonnenfinsternispartys planten. Meine Tante malte sich aus, wie all diese Ahnungs- und Gottlosen von der himmlischen Heimsuchung überrascht würden. In ihrer Vorstellung entwickelte sie ein Vernichtungsszenario, das einer Mischung aus biblischer Sintflut, russischem Nuklearunfall und amerikanischem Katastrophenfilm glich.

Wobei das Drehbuch nur für jene ein Happyend bereithielt, die rechtzeitig vorbauten. Und das im wörtlichen Sinn. Es galt, einen Schutzraum zu errichten, der über Monate hinweg das Überleben sicherte. Sie wusste auch schon, wen sie mit dieser verantwortungsvollen Aufgabe betrauen würde: den großen Statiker in unserer Familie, meinen Vater.

Seit der Trennung von meiner Mutter führte er ein Leben, das frei von Erfahrungen und Erlebnissen war. Wenn er nicht arbeitete, trank er Bier. Und wenn er nicht Bier trank, arbeitete er. Manchmal trank er auch, während er arbeitete. Wenn er die Leere in seinem Leben als zu mächtig empfand, trank und arbeitete er noch mehr. Vielleicht war das der Grund, warum er das Ansinnen meiner Tante nicht etwa als Ausgeburt eines gestörten Geistes zurückwies, sondern sich bereit erklärte, ihren Keller im Sinne des Zivil- und Katastrophenschutzes aufzurüsten. Im Gegenzug erbot sie sich, den künftigen Hochsicherheitstrakt mit ihm zu teilen.

Mein Vater nahm seine Aufgabe ernst. Um einem möglichen Meteoriteneinschlag Paroli zu bieten, baute er zusätzliche Eisenträger ein und verstärkte die Wände mit Stahlbeton. Die Idee eines Belüftungsschachts mit mehrstufigem Filtersystem verwarf er mangels Zeit. Stattdessen riet er seiner Auftragsgeberin an, den todbringenden Schwefelgasen – Tante Gertrud wollte nicht ausschließen, dass die Reiter der Apokalypse mit höllischem Gestank herangaloppierten – durch eine Versiegelung des Kellers vorzubeugen. Ein Ratschlag, der zur Folge hatte, dass sie neben Unmengen von Isoliermaterial einen raumfüllenden Sauerstofftank orderte.

Da der Mensch nicht von der Luft allein lebt („und von der Liebe schon gar nicht", hätte meine Tante hinzugefügt), ließ sie außerdem einen zweitausend Liter fassenden Wassertank herbeischaffen – womit die Waschküche blockiert war. Ein weiterer Kellerraum fiel fast komplett dem Notstromaggregat zum Opfer. In einer schmalen Ecke blieb gerade noch genügend Platz für das WC, eine abenteuerliche Konstruktion aus provisorisch verlegten Abflussrohren, die in eine frisch ausgehobene Senkgrube mündeten.

Blieb die Frage der Ernährung. Angesichts der Ungewissheit über die Länge des Zwangsaufenthalts empfahl sich eingedickte Bundeswehrkost. Hoch konzentrierte Mahlzeiten, die selbst nach Jahren noch so schmeckten wie am Tag ihrer Abfüllung. Nämlich abscheulich.

An dieser Stelle trat mein Vetter in Erscheinung. Er kannte seine Mutter nur zu gut um zu wissen, wie zwecklos es war, ihren Wahn mit Worten zu erwidern – der Irre ist dann am glücklichsten, wenn er seinen Irrsinn ausleben darf. Also spielte Günter das Spiel mit. In einer Nacht- und Nebelaktion schaffte er über den Stabsunteroffizier einer Versorgungseinheit 36 Kartons mit Notvorräten für je einen Monat heran. Zwar fragte er sich, wie Tante Gertrud mit 1.256 Kalorien am Tag auf Dauer ernsthaft auskommen wollte, doch solange es weder gemahlenes Eisbein noch pulverisierte Butterkremtorte als Rekrutenproviant gab, würde sie mit Kartoffelbrei und Pumpernickel vorliebnehmen müssen.

Zusätzlich besorgte er 800 Notrationen für Einzelkämpfer (bestehend aus Entkeimungstabletten, Teeextrakt und Powerenergiekeksen), was ihm insofern angemessen schien, als meine Tante sich zeit ihres Lebens allein auf weiter Flur verrannte. Er prustete los, als er sich vorstellte, wie sie, im Keller kauernd, an Powerenergiekeksen nagte. Dass dieses Hartgebäck Verstopfung auslöst (wie Zwangsverkoster in Oliv berichteten), hob seine Stimmung noch mehr. Und vollends strahlte er bei dem Gedanken, dass ihr „hirnrissiger Survival-Quatsch" ihm einen fünfstelligen Betrag bescherte. Er verzichtete darauf, sie davon in Kenntnis zu setzen, dass ihre Bestellung in keinem Auftragsbuch der Bundeswehr auftauchte.

Damit waren alle Vorkehrungen für den Tag X getroffen. Mein Vater lehnte es ab, sie in den Bunker zu begleiten. Er hatte seine Pflicht getan, nun musste das Schicksal walten. Ob die Welt unterging oder nicht, beschäftigte ihn nicht weiter. Er hätte es ohnehin nicht mitbekommen. Zwei Stunden vor der großen Schwärze krachte ein Führerscheinneuling, der während der Fahrt seine neu erworbene Finsternisbrille aufsetzte, frontal in dessen zwölf Jahre alten Ford Sierra. Noch am Unfallort erhielt mein Vater eine Spritze, die ihn ins Land des Vergessens beförderte.

Meine Tante hingegen las im Dämmerlicht einer Altarkerze die Offenbarung des Johannes. Als ihre Uhr den Beginn der Finsternis anzeigte, hellte sich ihr Gesicht auf. Endlich war es so weit. Als sie kurz darauf gedämpfte Knallgeräusche vernahm – zwei Halbwüchsige machten sich einen Spaß daraus, übrig gebliebene Chinakracher vor ihrem Haus zu zünden –, deutete sie dies als göttliches Grollen. Es gab jetzt kein Zurück mehr. Die Spreu wurde vom Weizen getrennt, das Böse mit Stumpf und Stiel ausgerottet, auf dass das Gute triumphierte.

Der Triumph hielt nur vier Tage an. Dann entschied mein Vetter, dass Tante Gertrud lang genug die Isolierstation ausgekostet hatte. Jeder Spaß hat irgendwann ein Ende. Nachdem er minutenlang die Kellertür bearbeitet hatte, öffnete ihm eine verstörte Frau. Sie brauchte Wochen, um sich von dem Schock zu erholen, dass die Welt auch nach der großen Finsternis nicht so viel anders aussah als davor. Schließlich akzeptierte sie, dass Gott wohl doch noch nicht der Sinn nach Untergang stand.

Bis zu dem Tag, an dem sie im Frisiersalon auf eine einstige Freundin aus Kirchenchorzeiten stieß. Diese raunte ihr ins Ohr, eine Wahrsagerin habe ihr verkündet, das neue Jahrtausend werde mit einem unvorstellbaren Ereignis beginnen. Da wusste meine Tante, dass es voreilig wäre, den Schutzraum aufzugeben.

2000: Neuer Markt

Am Tag, als der Neue Markt sein Allzeithoch erreichte, kaufte ich 400 Anteilscheine am Unternehmen EM TV zum Preis von über 40 000 Euro. Mit dieser Entscheidung brachte ich mich um Champagnerbäder in Luxusabsteigen, Gourmetgelage in Fresstempeln und Lear-Jet-Trips zu einsamen Sandstränden. Ich verpasste die Jahrtausendchance, unredlich erworbenes Geld im großen Stil zu verprassen. Einmal im Leben dekadent zu sein, mit den Scheinen um mich zu schmeißen und rauszukrakeelen: „Ich pfeif auf die Mittelschicht."
Denn das waren wir: Mittelschicht. Angestellte der Bewusstseinsindustrie. Lohnsklaven, die in einer gewerkschaftsfreien Zone Selbstausbeutung betrieben und auch noch stolz darauf waren. „Ich bitte Sie, was ist gegen eine 60-Stunden-Woche einzuwenden?!" In schwachen Momenten ahnten wir, dass dieses Leben nicht ewig so weitergehen konnte. Irgendwann, wenn wir das Methusalem-Alter von 40 erreicht hätten, würden wir Jüngeren weichen müssen. Menschen, die neben der Bereitschaft, sich selbst zu kasteien, auch jene Frische mitbrächten, die uns in der täglichen Fron längst abhanden gekommen wäre.
Wir wussten, dass es nur einen Ausweg aus diesem Dilemma gab: Wir mussten vorher Millionär geworden sein. Mit ehrlicher Arbeit war dies nicht zu bewerkstelligen. Auch die Hoffnung auf ein üppiges Vermächtnis gaben wir frühzeitig auf. Unsere Eltern hatten sich in den Kopf gesetzt, ewig

jung zu bleiben. Es war abzusehen, dass wir im Erbfall viel zu alt sein würden, um das Geld noch genießen zu können.

Wie also schnell reich werden? Für die klassische Kriminalität waren wir nicht skrupellos genug. Damit schieden Menschenhandel, Raubmord und Prostitution von vornherein aus. Um wirtschaftskriminell zu werden, fehlten uns die Kenntnisse. Wir hätten nicht gewusst, wie man eine Scheinfirma gründet, Bilanzen fälscht oder ahnungslose Mitmenschen mit 0190er-Nummern melkt. Auch das Modell Lottospielen verbot sich – beim Thema Wahrscheinlichkeitsrechnung hatten wir in der Schule gut aufgepasst.

Doch dann kam die Rettung in Gestalt der Börse. Dem Ort, an dem Vermögen verdoppelt, verfünffacht, verzehnfacht wurden. Vorsichtig geschätzt. Andere hatten es schließlich vorgemacht. Wer 1997 für 6 000 Mark EM TV-Aktien erworben hatte, war schon zwei Jahre später Millionär. Die Börse würde auch uns – daran bestand kein Zweifel – den Weg in eine goldene Zukunft bahnen. Denn natürlich waren wir klüger als die Masse. Klüger als jene, die treudoof auf das Erscheinen der wöchentlichen Anlegerzeitschriften warteten.

Unser Trumpfass hieß Kurt. Kurt war Webdesigner. In jenen seligen Jahren der New Economy galten Webdesigner als Erleuchtete. Menschen, die die Zukunft brachten. Visionäre, die neue virtuelle Welten schufen. So zumindest verkaufte es unser Chef den Kunden. Indem er dem Webdesign überirdische Fähigkeiten zusprach, rechtfertigte er, dass auch die Preise nicht von dieser Welt waren. Auf diese Weise spülte Kurt der Firma Tausende von D-Mark in die Kassen. Uns interessierte dies nicht. Wir hatten andere Interessen. Wichtiger als Kurts Visionen waren uns seine Verbindungen, die für Millionen von Euro gut zu sein schienen:

Kurt hatte einen Freund aus Schulzeiten, dessen Schwippschwager bei der Sparkasse arbeitete. Dieser hielt den Kontakt zu einer alten Jugendliebe, deren Bruder in der Sportredaktion einer Lokalzeitung angestellt war. Und der wiederum kannte jemanden, dessen Cousin für die „Telebörse" Aktienempfehlungen aussprach. Vielleicht war es auch der Cousin der Jugendliebe, der für die Sparkasse arbeitete, und der Schwippschwager des Sportredakteurs, der Aktienempfehlungen aussprach. Die Quellenlage war etwas unklar.

Sie interessierte uns auch nicht mehr in dem Augenblick, da sich Kurts erster Tipp als richtig herausstellte. Er hatte uns zwei Tage, bevor die neuen Aktienempfehlungen publik gemacht wurden, den Namen „Brokat" hingehaucht. Wir gaben die Kauforders sofort raus. Erst im Nachhinein erfuhr ich, dass sich hinter Brokat keine Seidenstickerei, sondern eine Softwareklitsche verbarg. Was mich nicht weiter störte. Ich verkaufte meine Anteile eine Woche später mit 60 Prozent Gewinn. Und ärgerte mich, dass ich lediglich 3 000 Euro riskiert hatte.

In der Folgezeit erhöhte ich die Einsätze. Mit jedem Gewinn schwanden die Zweifel an der Richtigkeit meines Tuns. Nur vereinzelt kam mir der Gedanke, dass ich nichts, rein gar nichts wusste über jene Unternehmen, deren Namen uns Kurt einflüsterte. War Intershop die Konkurrenz von Kaufhof? Stellte Ricardo italienisches Porzellan her? Was verbarg sich in der Metabox? Wie viele Biologen arbeiteten bei Biodata? War der Sitz von Liguro am Ligurischen Meer? Und was machte Fantastic so fantastisch? Natürlich hätte ich nachbohren können. Doch ich gab es rasch auf. Kurts Standardantwort lautete: „Irgendwas mit Internet."

Und weil „irgendwas mit Internet" immer gut lief, vertrauten wir ihm, wenn er mit Verschwörerblick Abkürzungen wie

ACG dahermurmelte. (Allenfalls fragten wir nach, ob der kommende Shootingstar Heyde nun mit „ei", „ai", „ay" oder „ey" geschrieben werde). Es erregte uns, dass Kurts Empfehlungen exotischer wurden. Stolz führten wir Aktien wie China Tel und Pacific Century Cyberworks in unserem Depot. Dass uns asiatische Firmen dabei unterstützten, auf schnellstem Wege reich zu werden, machte uns zu Globalisierungsfreunden. Wir hätten die Werktätigen der Welt knutschen können – solange sie weiterhin fleißig Mehrwert für uns erwirtschafteten.

Dessen Höhe überprüften wir mit der Unruhe zwanghafter Hausfrauen, die immer wieder nachschauen müssen, ob sie die Herdplatte tatsächlich ausgeschaltet haben. Also gingen wir jeden Tag mindestens zehn Mal online, um die aktuellen Kurse unserer Insiderkäufe zu erfragen. Eine berufsfremde Recherche, die auf Dauer nicht unbemerkt bleiben konnte. Doch schien unser Chef, dessen kleinkarierte Anwandlungen erfolgreich ein entspanntes Betriebsklima verhinderten, in diesem Punkt von unendlicher Nachsicht zu sein. Vielleicht, weil er selber spekulierte. Vielleicht aber auch, weil er begriff, dass Angestellte, die auf diesem Weg ihre finanzielle Lage zu verbessern suchten, darauf verzichteten, Gehaltsforderungen zu stellen.

Was waren 600 Mark mehr im Monat, verglichen mit der Aussicht, an einem Tag per Mausklick 6 000 Euro einzusacken! Wir gefielen uns in der Rolle abgeklärter Wertpapierhändler, die Kauf- und Verkauforders raushauten, als hätten sie ihr Leben lang nichts anderes getan. Bald schon wurden wir unzufrieden, wenn ein Tipp statt der erhofften 50 Prozent nur 20 einbrachte. Schenkten wir Kurt dafür teure chilenische Rotweine, Eintrittskarten zu Konzerten und Gutscheine für Designermodeläden, dass er uns solch lausige Eier ins Nest legte?

Wir wurden übermütig, trieben die Wetteinsätze – denn als „vorausschauende Anlagepolitik" hätte man die Zockerei, die wir veranstalteten, beim besten Willen nicht bezeichnen können – in Schwindel erregende Höhen. Renate, Empfangsdame und Kummerkasten unserer Firma, schüttelte verständnislos den Kopf, wenn wir von unseren neuesten Gewinnmitnahmen berichteten. Sie beschwor die Gefahren von Übermut und Leichtsinn und entwickelte Untergangsszenarien, die jeden Zeugen Jehovas ehrfurchtsvoll hätten verstummen lassen. Wir aber zuckten mit den Schultern und lächelten mitleidig. Wie hätten wir einen Menschen, dessen Geld auf dem Sparbuch verstaubte, auch ernst nehmen können!

Die einzige Sprache, die wir verstanden, waren Zahlen. Und die gefielen uns ab Mitte März immer weniger. Erfahrene Anleger hätten uns zum sofortigen Verkauf geraten: „Verluste minimieren! Retten, was zu retten ist!" Bloß gab es in unserem Bekanntenkreis keine erfahrenen Anleger. Es gab nur Schönwetterpropheten, die sich gegenseitig zuredeten, das nächste Hoch käme bestimmt – während die Sturmflut auf sie zurollte.

Und so verlor ich meine imaginären Maseratis, meine virtuellen Villen und meine gute Laune. Meiner Träume beraubt, lernte ich zu hassen. Mein Großraumbüro, das mir allmorgendlich die Trostlosigkeit meines Daseins vor Augen führte. Meinen Chef, der mir Arbeit gab und Lebensfreude nahm. Und mich selbst, weil jeder Pokerspieler mehr Grips bewiesen hätte als ich.

Der einzige Gewinn war die Erkenntnis, dass irgendwas in meinem Leben schieflief. Schrecklich schief. Und nicht mal Charles Pete Conrad konnte mir einen Ausweg weisen. Ich hatte aufgehört, mir vorzustellen, wie Onkel Pete auf dem Mond herumhüpft. Denn selbst der Mond hatte ihn nicht davor bewahren können, ein Jahr zuvor mit dem Motorrad tödlich zu verunglücken. Blöde Schwerkraft, blöde Erde.

2001: Elfter September

Am Tag, als ein Wolkenkratzerpaar in Manhattan, die Stadt, die niemals schläft, das Land der unbegrenzten Möglichkeiten, die westliche Welt und die Freiheit angegriffen wurden, habe ich viele aufgewühlte Menschen gesehen.
Selbst der Kommandogeber jener geschundenen Legion, in der ich mich noch immer verdingte, ließ seine Werbefeldzüge ruhen und ordnete innere Einkehr an, also Fernsehen. Ich verstand dies zunächst nicht. Derselbe Mensch, der sich darüber lustig machte, dass „die Hottentotten halt gern auf Safari gehen" (er meinte die Massaker der Hutu in Ruanda), und der den Krieg im Kosovo mit den Worten kommentierte, „man sollte Hütchenspielern einfach keine Waffen geben", wirkte erschüttert. War dieser selbstgefällige Zyniker am Ende doch zu Mitgefühl fähig?
Natürlich nicht. Es war Selbstmitleid, das ihn bewegte. Weil jene, die dort verbrannten oder in den Tod sprangen, eben keine Hottentotten oder Hütchenspieler waren, sondern Menschen wie er. Ehrgeizige Businessleute, die teure Weine tranken und „Bi Em Dabbeljuh" fuhren. Solche Leute wurden nicht einfach umgebracht. Schon gar nicht tausendfach. Und dennoch war es einfach so passiert. Und konnte jederzeit wieder passieren. Kein Wunder, dass mein Chef versteinerte. Hier waren nicht nur Flugzeuge, Häuser und Menschen in Gefahr, sondern – viel schlimmer! – ein ganzes Weltbild. Wenn Reichtum und Erfolg keine Sicherheit mehr boten, was dann?

Derartige Sorgen waren uns Angestellten fremd. Doch klebten auch wir mit den Pupillen am Bildschirm, als ginge dort ein Fußballkrimi in die Verlängerung. Mit dem Unterschied: Wir wussten längst, in welchem Kasten es zuerst einschlagen würde. Was den Unterhaltungswert des dargebotenen Spektakels nicht schmälerte. Im Gegenteil. Erst in Dauerschleife konnten die Bilder ihre Wirkung entfalten. Der Tumult im World Trade Center erschien uns wie ein Getümmel im Strafraum – wir brauchten Zeitlupe um Zeitlupe um zu begreifen, was eigentlich geschehen war.

Unsere erste Reaktion: Das war eine Schwalbe. Alles nur vorgetäuscht. Das kann nicht echt sein. Sieht aus wie ein Abklatsch von „Independence Day". Jeder B-Film hat bessere Spezialeffekte. Ganz zu schweigen von der Inszenierung. Tausende von Menschen sterben, und der Himmel lacht. Inferno im Altweibersommer – wie passt das zusammen? Der Regisseur musste doch wissen, dass der Einbruch des Bösen nach Donnerschlag und schwarzer Nacht verlangte. Und nicht nach Vormittag und Sonne.

Der zweite Eindruck: Das war keine Schwalbe. Sondern eine üble Attacke. Aber vollkommen überflüssig. Total unnötig. So dämlich wie ein Revanchefoul. Revanchefoul aber hieße: Dem Ganzen ging ein unerlaubter Angriff voraus. Nur: Wen hatte das World Trade Center angegriffen? Und vor allem: Wie?

Beim dritten Durchlauf seufzte Renate, unsere Empfangsdame, auf: „Die armen Menschen!" Noch ehe die Bilder ein viertes Mal gezeigt wurden, verließ sie den Raum. Kurt, unser Webdesigner, benötigte fünf Zusammenfassungen, um gleichfalls zu seufzen – wenn auch aus anderen Gründen. „Das ist nicht gut für die Börse. Überhaupt nicht gut." Und so wie er es sagte – halb gebrummt, halb gehaucht –, klang er fast wie ein Seher.

Auch die Reporter vor Ort bekamen Lust am Orakeln. Es war nur noch eine Frage der Zeit, bis die unvermeidliche Killerphrase abgefeuert würde. Das Pathosgeschoss der Frontberichterstattung, mit der die Korrespondenten sich und ihrer glotzenden Kundschaft versicherten, einem historischen Moment beizuwohnen: „Nach diesem Ereignis wird nichts mehr so sein wie vorher."

Irgendwann nach der elften oder zwölften Wiederholung der entscheidenden Szene war der Satz dann fällig. Ich fragte mich, was passieren würde, wenn er stimmte. Natürlich würden die Amis auf Rache sinnen. Irgendjemand musste schließlich dafür bluten. Mit etwas Glück sogar der Richtige. Doch ein Spaziergang würde es nicht werden. Wer immer es geschafft hatte, diese Türme zum Einsturz bringen, war bestimmt noch zu ganz anderen Dingen fähig.

Ich warf einen Blick zu Kurt, dessen Miene sich mit einem Mal aufhellte. Vielleicht war der Anschlag ja doch nicht so schlecht für die Börse. Rüstungsaktien würden jedenfalls jetzt laufen. Lufthansa eher weniger. Es roch nach Krieg, vielen Toten, noch mehr Terror, noch mehr Krieg, noch mehr Toten. Mit jeder Wiederholung des Einschlags gewannen die Vorhersagungen der flugs aktivierten Experten an Dramatik. Es war, als müsste die nachlassende Wirkung der Bilder mit Worten kompensiert werden. Doch Furcht und Panik wollten sich bei mir nicht einstellen.

Denn ich war sicher – ich lebte im Hunsrück. Die Terroristen mochten Folterknechte, Schlächter und Meuchelmörder sein, Idioten waren sie keine. Wer die Welt in ihrem Kern treffen will, zielt nicht auf ihren Arsch. Nein, ich hatte keine Angst davor, dass nichts mehr so sein würde wie vorher. Ich hatte Angst davor, dass alles so bliebe.

Schon morgen würde mein Chef New York New York sein lassen. Statt auf den Big Apple würden wir auf Apple-Rechner stieren. Wir würden die ausgefallenen Betriebsstunden des Vortags durch Mehrarbeit wettmachen müssen. In dem Wissen: „Das Ausbleiben von Kritik ist als Lob zu werten." Alles würde sein wie immer. Alltäglich, unerträglich. Der ganz normale Terror. Und weit und breit niemand, der einen Sprengsatz zündete, keiner, der einen Aufruhr anzettelte.

Am nächsten Tag fand mein Chef auf seinem Schreibtisch eine Kündigung vor. Sie begann mit den Worten: „Nach diesem Brief wird nichts wird mehr so sein wie vorher." Und dabei musste ich grinsen.

2002: Die Flut

Nachdem die Welt sich hartnäckig geweigert hatte unterzugehen, war meine Tante in eine schwere Depression gefallen. Sichtbarster Ausdruck dieser seelischen Malaise war ein nicht erklärter Hungerstreik. Sie, die dem örtlichen Konditor zu einem Mittelklassewagen verholfen hatte, entsagte Zitronenröllchen und Butterkremtorten. Auch der Schlachter ihres Vertrauens verzeichnete dramatische Umsatzeinsatzbußen, seitdem sie ihre fleischlosen Tage von null auf sieben die Woche hochgeschraubt hatte. Dies beunruhigte unsere Familie zunächst nicht weiter. Ein Kampfgewicht von knapp drei Zentnern ließ ausreichend Spielraum nach unten. Sollte sie halt fasten. Der Appetit würde früher oder später zurückkehren. Dachten wir.

Doch als sich nach einigen Monaten die Schmalkost bemerkbar machte – ihre Wangen hingen herunter wie die Gesichtslappen eines Bernhardiners –, wurden wir nervös. Schon begannen die Nachbarn über sie zu tuscheln. Die „sittliche Entschlossenheit" meiner Tante (wie sie den eigenen Starrsinn beschönigend umschrieb) drohte zum Problem zu werden.

Vor allem Günter sorgte sich. Er betrieb mittlerweile einen fast legalen Handel mit Unfallwagen. Der Haken an der Sache war das „fast". Die Vorstellung, als „der Sohn, dessen Mutter sich zu Tode hungert", bei RTL groß rauszukommen, behagte ihm gar nicht. Das Letzte, was er gebrauchen konnte, war Öffentlichkeit. Vorwitzige Topfkucker, die sich dafür interessierten, womit er sein Geld verdiente.

Tante Gertrud musste von der Bildfläche verschwinden. Das stand fest. Aber wie? Mein Vetter tat etwas, das seinem Stolz mehr zusetzte, als es ein Offenbarungseid vermocht hätte: Er rief „diese Person" an und bat sie um Hilfe. Die Person war „karrieregeil", „eiskalt", „frigide", doch sie war seine Schwester. Und damit trug auch sie Verantwortung für das Einzige, was beide noch gemeinsam hatten: die Mutter. Es bedurfte eines halbstündigen rhetorischen Sperrfeuers, das mehr einem Verkaufsgespräch als einem Telefonat unter Geschwistern glich, bis Sieglinde sich herabließ, den Hunsrück zu beehren.

Natürlich nicht sofort. Ihr Bruder würde sich noch anderthalb Wochen gedulden müssen, bis ihr Terminkalender es zuließe, einen Abstecher in die Provinz zu machen. Sie liebte solche Machtdemonstrationen. Das war die Rache für den Hohn und für den Spott, mit dem sie einst als Backfisch übergossen worden war. Gleichzeitig hasste sie sich dafür, dass sie solche Retourkutschen nötig hatte. Immer noch nötig hatte. Nach so vielen Jahren. Als 48-Jährige. Elefanten hatten ein schlechteres Gedächtnis. Und eben das war der Grund, warum Sieglinde scheitern musste. Sie konnte nicht vergessen. Jedes Mal, wenn sie das Morgen in Angriff nahm, versperrte ihr das Gestern den Weg. Sie musste nicht zum Greis verkommen, um wieder zum Kind zu werden – sie hatte nie aufgehört, es zu sein. Sie blieb das Mädchen, das nicht dazugehörte. Nirgendwo dazugehörte.

Im Rückblick war alles so erschreckend logisch. Aus der „Strebersau", die in der großen Pause alleine den Schulhof vermaß, war das „Chemiegenie" geworden, das in den Spätvorstellungen der Programmkinos die Formel fürs Glücklichsein suchte. Manchmal, wenn der Student an der Einlasskontrolle ihre Karte abriss, stellte sie sich vor, sie würde gleich, sobald sie den Saal beträte, ihrem Erlöser begegnen. Dem Mann, der sie verstünde und liebte. Doch spätestens nach dem Abspann, wenn die versprengten Besucher auf dem Weg durch den Seitenausgang jeden Blickkontakt vermieden, wusste sie es besser: Jene, die im Schutz der Dunkelheit ihre Sehnsucht fütterten, waren genauso verlorene Seelen wie sie.

Dass Günter ihr Bruder war, erschien ihr wie ein Witz der Genetik. Als ob das Schicksal seinen schwarzen Humor bei ihr auslebte. Sie war intelligent, er bauernschlau. Sie war tüchtig, er geschäftstüchtig. Sie war liebeskrank, er sexsüchtig. Und so weiter und so fort. Einer wie er musste Unfallwagen verkaufen. Fahrzeuge, die auf raffinierte Weise aufpoliert und frisiert worden waren, weil das Innenleben einer näheren Betrachtung nicht standhielt. Einmal, als beide noch sporadisch miteinander telefonierten, hatte sie ihn gefragt, was er eigentlich könne. In einem Anflug von Ehrlichkeit antwortete er: „Den schönen Schein verkaufen." „Und ich mach Arznei für die Welt und kann mich selbst nicht heilen", gab sie ebenso freimütig zu. Das war kurz nach dem Ende der Beziehung mit Jürgen. Nachdem sie die Hormonpräparate gegen Stimmungsaufheller eingetauscht hatte.

Und jetzt brauchte ihr bauernschlauer Bruder Hilfe. Ausgerechnet er. Und ausgerechnet von ihr. Sie hätte nicht gewusst, in welcher Weise sie ihm beistehen konnte. Und sie hätte es, wie sich anderthalb Wochen später herausstellte, auch nicht wissen wollen. Denn sein Vorschlag trug nicht dazu bei, das zerrüttete Verhältnis zu kitten. Nach peinlichem Herumgedrucke – beim Mimen von Verlegenheit hörten Günters Schauspielkünste auf – schlug er vor, man könne „Mutti ja in eine Anstalt einweisen und dann entmündigen lassen". Meine Kusine schluckte mehrmals, bevor sie ihm eine scheuerte. Danach fühlte sie sich besser. Es war die erste eigenhändige Ohrfeige ihres Lebens.

Und sie kam gut vierzig Jahre zu spät. Ihre Erleichterung wich Verärgerung. Als ältere Schwester hätte sie „diesem verzogenen Rotzlöffel" viel früher eine knallen müssen. In einem Alter, in dem es noch erzieherische Wirkung gehabt hätte. Aber sie hatte es versäumt. Es war wohl ihr Fluch, dass sie die wichtigen Dinge verschlief. Ihre Jugend, ihre fruchtbaren Jahre, ihr ganzes Leben.

Als sie Günters noch immer verstörten Blick registrierte, fasste sie sich wieder: „Nein, wir werden Mutter nicht in eine Klapsmühle stecken. Sie braucht keine Zwangsjacke. Was sie braucht, ist Ablenkung." Und weil Sieglinde mit so viel Nachdruck gesprochen hatte, als beabsichtigte sie, ein zweites Mal auszuholen, sah er sofort ein, dass es sicher besser wäre, Tante Gertrud statt in eine Anstalt auf einen Bauernhof in ein Dorf nördlich von Zwickau zu verfrachten. Schon im eigenen Interesse.

Womit zwei Fliegen auf einmal erledigt waren. Wiederholt hatten Waldemar und Alwin meinen Vetter gedrängt, sie doch zu besuchen, um sich ein Bild vom „sächsischen Wirtschaftswunder" zu machen. Zwar hatten sie nichts davon gesagt, dass er die ganze Verwandtschaft mitbringen solle, aber darauf konnte Günter nun wirklich keine Rücksicht nehmen. Wir reisten in großer Besetzung an: mein Vetter, meine Kusine, meine Tante und ich – als arbeitsloser Grafiker verfügte ich über alle Zeit der Welt, die Geheimnisse des fernen Ostens zu ergründen. Sogar mein Vater hatte sich im letzten Augenblick entschlossen mitzukommen. Er würde schon etwas finden, was der Renovierung bedurfte.

Er sollte sich irren. Was uns entgegenstrahlte, war ein hochglanzpoliertes Anwesen. Auch stellte sich heraus, dass die Bezeichnung „Wirtschaftswunder" im gegenständlichen Sinne gemeint war: Meine Großvettern betrieben neben der Viehzucht eine Gaststätte. Dies war die Idee von Zlata und Bozena gewesen. Die beiden hatten überschlagen, dass der Verkauf eines Schweins mehr Geld einbrachte, wenn man es portionsweise, mit reichlich Pils zum Nachspülen, servierte. Da traf es sich gut, dass der Ehemann von Kristin, meiner grenzüberschreitenden Kindheitsliebschaft, einen Bierverlag leitete.

Kristin selbst packte in der Kneipe mit an. Noch immer war ihr Grinsen so breit wie eine Sichel, bloß dass es nun im Dienste des Kapitalismus stand. Wahrscheinlich tranken die Männer viel mehr als sie vertrugen, nur um wieder und wieder in den Genuss dieses Lächelns zu kommen. Auch begrüßte sie mich, wie damals, mit einem frechen „Na Du?". Doch es folgte keine Einladung zum Händchenhalten, sondern die umsatzfördernde Frage, was ich trinken wolle.

Ich wollte Bier trinken. Viel Bier. Manche Menschen werden von Bier müde, andere fangen an zu singen. Bei mir hat Bier die Wirkung eines Dampfstrahlreinigers. Es säubert meinen Kopf von kleinlichen Gedanken. Aus einem Kümmelspalter wird ein großer Philosoph. Der Bierrausch schärft das Bewusstsein für die entscheidende Frage des Lebens: Wie werde ich am besten glücklich und mit wem? Am nächsten Morgen wachte ich dann auf mit ein paar tausend Gehirnzellen weniger und fühle mich befreiend leer, so angenehm schlecht.

Auch bringt mich Bier auf prächtige Ideen. Als Kristin mir ihr „Na Du?" entgegenschleuderte, stellte ich mir vor, wie es wohl wäre, sie zu küssen. Nach drei Bier entwarf ich erste Pläne. Noch mal drei Bier später setzte ich diese in die Tat um. Ich gebe zu, dies war nicht sonderlich schwer. Auch Kristin schien, um der guten alten Zeiten willen, einem Flirt nicht abgeneigt. Wir mussten nur warten, bis die Kneipe sich geleert hatte. Die Frage, „kannst Du immer noch so gut küssen wie früher?", beantwortete sie ohne Worte.

Sie konnte viel besser küssen als früher. Und doch fehlte etwas. Ihr Kuss sprudelte nicht mehr; er schmeckte nach schalem Bier und Zigaretten. Nach einer Minute legten wir eine Pause ein. Jetzt hätte die Textpassage kommen müssen. Aber wir schauten uns nur an wie zwei Mittdreißiger, die plötzlich feststellen, dass selbst Knutschen nicht die Jugend zurückbringt. Schließlich schüttelte Kristin den Kopf, „Mensch, ich bin verheiratet!"

In den folgenden Tagen beschränkten sich unsere Unterhaltungen auf Grußformeln. Es regnete viel, und das schlug sich auf die allgemeine Stimmung nieder. Sieglinde war noch schweigsamer als sonst, Günter grantelte vor sich hin, und ich musste mich damit abfinden, dass der Aufenthalt in Schweineställen weder mönchische Gelassenheit beförderte noch neue Horizonte eröffnete. Auch unsere Gastgeber wurden mit jedem Tag missmutiger. Waldemars Standardsatz beim Mittagessen lautete: „Das Wetter gefällt mir gar nicht."

Nur meine Tante ließ das Dauertief kalt. Mit meinem Vater ging sie jeden Nachmittag mehrere Stunden spazieren, um hinterher, eingeleitet von der Feststellung „Wandern macht hungrig" Unmengen von Spreewaldgurken und Eisbein in Aspik zu vertilgen. Meine Kusine hatte Recht behalten: Tapetenwechsel war die beste Therapie. Mit jedem Tag stieg Tante Gertruds Stimmung ein gutes Stück an – wie die Pegel der Elbe.

Manchmal frage ich mich, ob das, was geschah, hätte verhindert werden können. Aber ich komme jedes Mal zum selben Schluss. Als Sieglinde zum Fluss ging, wusste sie, dass sie sterben würde. Sie wusste, dass sie nicht mehr die Kraft hatte, auf ein Neues zu hoffen. Es war so anstrengend, sich in Gedanken eine goldene Zukunft aufzubauen, die dann in der Wirklichkeit jedes Mal in sich zusammenkrachte. Sie gab den Kampf auf. Sie würde sich nicht mehr mit dem Schicksal anlegen; sie würde sich ihm ergeben. Sich von ihm treiben lassen.

Man hat Sieglindes Leichnam nie gefunden. Aber das machte für Tante Gertrud keinen Unterschied. Und diesmal widersprach keiner, als Günter vorschlug, man solle sie einweisen lassen.

2003: Klimawandel

Tante Gertrud hatte Visionen. Nicht solche, wie sie Marketingleiter gerne von sich geben, sondern solche, die einen im Mittelalter auf den Scheiterhaufen gebracht hätten. Sie glaubte, den Leibhaftigen zu sehen. Den Beelzebub persönlich. Das wunderte mich nicht. Schließlich war ihr in Kindheitstagen eingeimpft worden, die Mächte der Finsternis herbeizuzitieren, wenn auf die Schnelle ein Verantwortlicher für die Unbill der Welt gefunden werden musste.

Ich beneidete sie um ihre einfachen Erklärungsmuster. Ich hatte es entschieden schwerer – ich war vulgärpsychologisch verseucht. Für jeden Seelenzustand hielt ich eine hochkomplexe Analyse bereit. Der Teufel kam nicht darin vor. Dafür irgendwelche frühkindlichen Konditionierungen, die es mir unmöglich machten, karrieremäßig durchzustarten, einen Stammhalter zu zeugen und ein freistehendes Haus zu errichten.

Damit war ich nicht allein. Auch meine Schwester hatte sich der Ochsentour verweigert. Nur Rindviecher ließen sich an einen Zweispänner anketten, der nichts versprach als Schinderei. Und doch gab es sie zu Tausenden. Vor allem hier, in der Hauptstadt der Workoholiker, Frankfurt. Man erkannte sie an ihren tiefen Augenringen und ihrem gehetzten Gang: die Paare, die vor lauter Überstunden die Beziehungsarbeit vergaßen. Sie wollten sich etwas aufbauen, wollten schneller ans Ziel gelangen als ihre Eltern. Und sie waren erfolgreich dabei. Wofür Letztere zwanzig Jahre benötigt hatten, erreichten Erstere in fünf: seelische Erschöpfung, emotionale Verarmung, charakterliche Verwahrlosung.

Für den Knockout sorgte der Nachwuchs. Das Kind, als Kitt gedacht, trieb den Keil nur tiefer in die zerbrechende Beziehung. Chronisch ausgepowert, fehlte den Partnern die Kraft für die Partnerschaft. Am Ende verloren sie alles. Erst wurde die Ehe dem Wohlstand geopfert, dann der Wohlstand der Scheidung. Die Liebe kam unter die Räder, die gemeinsam erworbene Immobilie unter den Hammer. Claudia kannte einige solcher Geschichten. Und da sie zu jener seltenen Gattung Mensch gehörte, die nicht nur aus eigenen Fehlern, sondern auch aus denen anderer lernte, hatte sie beschlossen, dort einzusteigen, wo andere erst hinwollten: oben. Da, wo das gemachte Nest ist. Es galt, einen Mann zu finden, der gut situiert war oder, wie man im Business-Germanglish sagte: „gesettelt".

Gesettelte Männer hatten ihr erstes Leben bereits hinter sich. Damit änderten sich die Anforderungen, die sie an ihre Lebensabschnittsfrau stellten. Diese musste weder das Erbgut aus- und weitertragen noch als Zweitverdiener beim Abstottern des Baukredits helfen. Denn sie verhielt sich zur Erstgattin wie der Sport- zum Dienstwagen – sie verkörperte den Spaß, den sich der Mann verdient zu haben glaubte. Claudia brauchte keinen Perlwein, um ihre Umwelt in Champagnerlaune zu versetzen. Wer mit ihr einen Abend verbrachte, der wähnte sich auf einer Party mit Holly Golightly. Selbst wenn es nur die verräucherte Eckkneipe war, aus deren Lautsprechern „The final countdown" stampfte.

Meine Schwester war sich ihrer Wirkung lange nicht bewusst gewesen. Die Liebesschwüre und Heiratsanträge wechselnder Verehrer hatten sie belustigt. Doch dann kam der dreißigste Geburtstag. Ihr erster Geburtstag, an dem ihr nicht nach feiern zumute war. Sie versuchte sich vorzustellen, was ihr die Zukunft zu bieten hatte. Doch das Einzige, was ihr einfiel, waren Ü30-Partys und eine halbe Ewigkeit als unterbezahlte Erzieherin. Der Gedanke genügte, um jeden Idealismus fahren zu lassen. Der Mann, den sie zwei Jahre später, in jenem grausamen Saharasommer, ehelichte, war ein 48-jähriger Fondsmanager einer Investmentgesellschaft. Die beiden pubertierenden Töchter blieben bei der 45-jährigen Exgattin. „Ich bin jetzt glücklich", sagte meine Schwester nach den Flitterwochen auf den Seychellen. Und dabei winkte sie mir aus ihrem neuen Beetle Cabrio zu.

Glücklich sein, darum ging es. Meine Mutter hatte ihr Glück bei einem anderen Mann gefunden. (Auch wenn ihr manchmal, in melancholischen Momenten, der Gedanke kam, dass sie das, was sie mit Hermann Conrad erlebte, gern mit meinem Vater erlebt hätte.) Mein Vater hätte die Frage nicht verstanden, ob er glücklich sei. Mein Vetter erfuhr das Glück in gleicher Weise, wie es mein Onkel erfahren hatte – the sins of the fathers ... Mit dem Unterschied, dass Günters Frau sich hatte scheiden lassen, nachdem sie ihn bei der Ausführung „besonderer Serviceleistungen" erwischt hatte. Ob meine Tante glücklich war, hing von der Dosierung der Psychopharmaka ab und davon, inwieweit sie den Tod von Sieglinde verdrängte, die nicht länger aufs Glück hatte warten wollen.

Und ich selbst? Wie sah meine Glücksbilanz aus? In vier Jahren würde ich 40 sein. Das perfekte Alter für die Lebensmittelkrise – und dabei hatte ich gerade erst die Pubertät mit Ach und Krach überstanden, sprich: Ich suchte nicht länger Diskotheken auf, um dort das pralle wilde Leben zu finden. Ich hatte einsehen müssen, dass es wahrscheinlicher war, für einen Zivilpolizisten als für einen potenziellen Aufriss gehalten zu werden. Das bremste den Jugendwahn.

Den Rest erledigte der Sommer. Das Fieber der Nacht konnte mir gestohlen bleiben, wenn mein Körper auch ohne rhythmische Bewegungen erhöhte Temperatur meldete. Der fortdauernde Strahlenbeschuss setzte mir zu. Ich wurde hitzig, hasste die Schönwetterschwärmer, die mit der Penetranz von Fernsehpredigern bei prima Klima gute Laune einforderten. Löste sich Liebeskummer bei heißer Luft in heiße Luft auf? Sah ein Arbeitsloser bei 40 Grad im Schatten die Sonne aufgehen? Herbst war besser. Bei Regen und Sturm ließ sich die Schwermut aufs Wetter schieben – statt aufs Leben.

In diesem langen heißen Sommer wurden 36 Jahre zu einer einzigen Frage eingedampft: Hatte es sich gelohnt? Mein Konto und mein Auto, ein 50-PS-Polo, Baujahr 1997, sagten Nein. Doch was sagte mein Gedächtnis? Ich nahm ein Blatt Papier und begann, alle Augenblicke aufzulisten, in denen ich glücklich gewesen war. Nach dem dreizehnten hielt ich kurz inne – das Erinnern fiel mir leichter als erwartet. Nach dem sechsunddreißigsten lächelte ich. Nach dem zweiundachtzigsten machte ich eine Pause – keine schlechte Zwischenbilanz für einen Mann ohne feste Anstellung und Freundin.

Ich nahm mir vor, die Zukunft gelassen anzugehen. Aber wie? Ich war nicht mehr der neunjährige Junge, der von außen die Welt betrachtete. Ich steckte mittendrin. Ich war Teil jenes hektischen Betriebs geworden, der sich Leben nennt. Wie hätte ich wissen sollen, wie die Welt funktioniert?

Anhang

1967: Studenten

Der Schah ist schäbig. Seine erste Frau schickt er in die Wüste, weil sich bei ihr kein Thronfolger einnisten will. Noch gemeiner verhält er sich gegenüber Menschen, die seine Meinungen nicht teilten. Er lässt sie foltern oder hinrichten oder beides. Dies hält Politiker in aller Welt nicht davon ab, ihn zu hofieren.

Sein neuntägiger Besuch in der Bundesrepublik im Mai/ Juni 1967 sorgt für die ersten Demonstrationen der Nachkriegszeit, die diesen Namen verdienen. Beschlipste deutsche Hochschüler prügeln sich mit bestellten „Jubelpersern", die Polizei entdeckt den Schlagstock, und der Kriminalobermeister Karl-Heinz Kurras erschießt den Studenten Benno Ohnesorg. Kurras wird später freigesprochen und zum Kriminalhauptkommissar befördert.

> *Zum Weiterlesen: Albrecht Brühl, „Rechtsratgeber für Demonstranten"*

1968: Mercedes, Baureihe Strichacht

Mit der Strichacht-Reihe wird der Mercedes zum Volkswagen. In nur acht Jahren findet er rund zwei Millionen Abnehmer und wird damit ebenso häufig gekauft wie sämtliche Mercedes-Modelle in den 23 Jahren zuvor.

Besonders populär sind die zugschwachen Diesel, der 200 D und der 220 D. Eine Käuferschicht, die sich noch nicht so recht traut, Luxus offen zur Schau zu stellen, kann auf diese Weise das neu erworbene Statussymbol vor sich und den lieben Nachbarn rechtfertigen. Man hat den Daimler schließlich nur gekauft, weil er extrem wenig Sprit verbraucht, so ungemein zuverlässig ist und überhaupt ...

> *Zum Fortfahren: www.strichacht.de*

1969: Kommune 1

Nein, es geht nicht um Sex. Jedenfalls nicht nur. Auch wenn sich die Bewohner der Kommune 1 bevorzugt unbekleidet ablichten lassen und so die Fantasie und Fabulierlust der schreibenden Zunft befeuern. Heraus kommen doppelmoralische Geschichten. Reportagen mit erigiertem Zeigefinger, die Schrebergartenpächter wahlweise erregen oder aufregen.

Dabei haben die Kommunarden mehr zu bieten als ein unverkrampftes Verhältnis zum eigenen Körper. Mit der Kommune soll der Beweis angetreten werden, dass es Zusammenlebensformen jenseits der Familie gibt. Dass Menschen miteinander klarkommen können, ohne dass Vater auf den Tisch haut.

Und der Beweis gelingt. Gegen die Studenten-WG, den braven kleinen Bruder der Kommune, hat selbst Papa nichts einzuwenden. Hauptsache, die Miete ist günstig.

> *Zum Weiterlesen: Ulrich Enzensberger, „Die Jahre der Kommune 1"*

1970: Neubausiedlungen

„Die Unwirtlichkeit der Städte" hat der Sozialpsychologe Alexander Mitscherlich bereits 1965 diagnostiziert. Die Stadtentwicklung der Nachkriegszeit ist nichts weiter als „ein schäbiger, zusammengestoppelter Wiederaufbau" gewesen. Die Abrissbirne hat gewachsene Strukturen zerstört, an deren Stelle die „Geschmacklosigkeit der Wüstenrot-Siedlungen" tritt.
Die Intellektuellen hat Mitscherlich damit auf seiner Seite – die Planungsbüros nicht. Die treiben auch in den 70ern den Gettobau voran. Der Pillenknick ist da nur logisch. Ein solches Leben will niemand möglichen Nachkommen zumuten.

> *Zum Weiterlesen: natürlich Mitscherlich*

1971: Antiautoritäre Erziehung

Und noch mal Mitscherlich: „In Deutschland wird die Verfügungsgewalt über das Kind mit der gleichen Rücksichtslosigkeit ausgeübt, die man auch sonst Minoritäten gegenüber für angebracht hält."
Wer heute, zwei Generationen später, miterlebt, wie Eltern mit ihren Kindern umspringen, muss ihm in zu vielen Fällen immer noch Recht geben. Leider.

> *Zum Weiterlesen: Eltern (zwölf Mal im Jahr)*

1972: Playboy

Wer in Hugh Hefner nur den Gigolo sieht, der sein Hobby zum Beruf gemacht macht, irrt. Vor allem in den 60er Jahren nutzt der Playboy-Chef sein Männermagazin als politisches Sprachrohr. In seitenlangen Abhandlungen legt er dar, wie die seit dem Mittelalter verbreitete Körperfeindlichkeit der Kirche durch den amerikanischen Puritanismus noch verschlimmert wird. Hefner kritisiert die „verfassungswidrige Verbindung zwischen Kirche und Staat, die dafür sorgt, dass jedes religiöse Dogma in dieser vermeintlich freien Gesellschaft zum Gesetz wird", und entwickelt ein eigenes, weniger zwanghaftes Weltbild:

„Wir glauben daran, dass eine von der Vernunft geleitete Gesellschaft in der Lage sein sollte, eine bessere, menschlichere und praktikablere Sexualmoral als die gegenwärtige hervorzubringen." So spricht kein Playboy, so spricht ein Humanist.

> *Zum Weiterlesen: der amerikanische Playboy ab Januar 1963*

1973: Krisen

Wie fühlt sich ein Land nach 25 Jahren Wirtschaftswunder am Stück? Vielleicht so: „Die Jungen sind sicher, dass sie Arbeit finden werden, dass sie sinnvolle Arbeit finden können. Lebensangst, materielle Lebensangst ist ihnen auch fremd geworden. Die neuen, weitergehenden, radikalen Forderungen im Sozialbereich ergeben sich aus diesem Wohlstand und der mit ihm verbundenen Angstlosigkeit." So spricht der Historiker und Wallenstein-Biograf Golo Mann im Januar 1973 in einem Playboy-Interview.

Ein Jahr später ist von der Sicherheit nichts mehr zu spüren. Die Bundesdeutschen werden zu einem Volk der Hasenfüße. Angst vor den Ölscheichs. Angst vor der Arbeitslosigkeit. Angst vor der Zukunft. Die Regierung handelt sofort: Das Sexualstrafrecht wird entrümpelt, Pornografie legalisiert – so lässt sich der seelische Druck leichter abbauen. Bis ein Virus namens Aids auch die letzte angstlose Zone zerstört.

> *Zum Weiterhören: "In every dream home a heartache" (auf: Roxy Music, "For Your Pleasure")*

1974: Johan Cruyff

Wer sich Fußballspiele der 60er und frühen 70er anschaut, hat den Eindruck, das Band laufe in Zeitlupe ab. Die Spieler verharren auf ihrem festgelegten Platz, sind Vorstopper, Mittelstürmer oder Libero. Dann kamen die Holländer und wirbelten die Feldaufteilung durcheinander. Seitdem gibt es nur noch Liberos – freie Männer, die auf jeder Position spielen können. Und müssen. Stürmer helfen in der Abwehr aus, Verteidiger finden sich in der gegnerischen Hälfte wieder – "Voetbal totaal".

Natürlich verlangt ein solcher Fußball Pferdelungen. Die Spieler reißen Kilometer um Kilometer runter. Müssen ständig zwischen Abwehr und Sturm hin und her flitzen. Dadurch ist der Fußball athletischer geworden, schneller. Genützt hat es den Holländern nichts. Den Weltmeistertitel vor Augen, vergaßen sie die entscheidende Fußballerweisheit: „Gegen die Deutschen hast du erst gewonnen, wenn sie im Bus die Stadt verlassen." (Arie Haan)

> *Zum Weiterlesen: Christoph Biermann / Ulrich Fuchs, „Der Ball ist rund, damit das Spiel die Richtung ändern kann"*

1975: Spanien

Als „El Caudillo", der Führer, endlich stirbt, hat Spanien 36 Jahre Gängelei hinter sich. Eine Diktatur vergreister Messdiener, in der jeder kreative Geist im Weihrauch kollabiert ist.

Nach Francos Tod lässt die Frischluft nicht lang auf sich warten. In den 80ern wird Madrid zum Zentrum der Movida – einer Bewegung von Künstlern, die vor lauter Freude über die wiedererlangte Freiheit hyperventilieren. Plötzlich ist Spanien das aufgeregteste und aufregendste Land. Und dank Regisseur Pedro Almodóvar weiß dies bald auch der Rest der Welt.

> *Zum Weiterschauen: Pedro Almodóvar, „Frauen am Rande des Nervenzusammenbruchs" (mit Antonio Banderas)*

1976: DDR

Als Erich Honecker, der Parteichef, den Barden Wolf Biermann ausbürgern lässt, hat die DDR noch 13 Jahre Gängelei vor sich. Eine Diktatur vergreister Vorarbeiter, in der der chronische Mangel an Baustoffen und technischen Ersatzteilen kreativen Geist verlangt.

Durch Improvisieren und Schmieren wird der ärgste Notstand behoben. Doch die Freude darüber hält nicht lang vor. Ein Blick ins westliche Werbefernsehen genügt um zu begreifen, dass kein Fünf-Jahres-Plan die Freiheit des Shoppings näher bringt.

> Zum Weiterlesen: Thomas Brussig, „Helden wie wir"

1977: Disco

Der wahre Punk. Bevor Disco von John Travolta und den Bee Gees zum Mainstream überführt wird, ist sie Minderheitenmusik. Teil einer selbstbewussten Subkultur, in der Schwarze, Schwule und Arbeiterkids ihr Recht auf Glamour einfordern. Sich so inszenieren, wie es die Schönen und die Reichen schon immer getan haben. Rein in den Anzug, raus aus dem Alltag. Die Tanzdiele wird zum Laufsteg, der Nobody zum Star (wenn auch „Nur Samstag Nacht").

> Zum Weiterlesen: Ulf Poschardt, „DJ Culture"

1978: Feminismus

Dies ist die Geschichte einer jungen Reporterin, die die Welt verändern will und bei Henri Nannens Stern landet – in den frühen 70ern nicht der schlechteste Ort, um journalistisch etwas zu bewegen. Im Juni 1971 nutzt sie das liberale Medium für eine Kampagne, bei der 374 Frauen, unter ihnen Romy Schneider, verkünden: „Wir haben abgetrieben." Doch damit hat der Stern sein Quantum in Sachen Emanzipation erfüllt. Sex sells damals auch beim Bildungsbürgertum, weshalb das Magazin seine Titelbilder gern mit nackten Frauenleibern füllt. Das tun andere zwar auch, doch während Schundheftchen wie Praline und Wochenend gar nicht erst vorgeben, hehren Idealen zu huldigen, verpacken Zeitschriften wie Stern und Spiegel „mit der Haut der Frauen ihren Anspruch zum Erhalt politischer und persönlicher Freiheit und Würde für jeden Menschen. Dieselben Blätter aber ziehen Woche für Woche die Würde aller Frauen in den Schmutz.".

So spricht die nicht mehr ganz so junge Reporterin und zieht vor Gericht. Ihr Verbündeter von einst ist jetzt ihr Gegner. Und der Fall Schwarzer gegen Stern eigentlich ein typischer Scheidungsprozess. Mit allem, was dazugehört: enttäuschte Liebe, verratene Ideale und am Ende nur Verlierer.

> *Zum Weiterlesen: Emma (sechs Mal im Jahr)*

1979: Iran

Warum gehen Revolutionen so oft in die Hose? Liegt es daran, dass man, um einen Unmenschen zu stürzen, selber ein Unmensch sein muss?

Die iranische Revolution beendet die Gewaltherrschaft des Schahs und ist der Startschuss für die Gewaltherrschaft des Ayatollah Khomeini. Ersterer ist dem Westen zugewandt, letzterer blickt gen Mekka. Den Opfern kann es gleich sein – foltern und morden lassen beide.

> *Zum Weiterlesen: Azar Nafisi, „Lolita lesen in Teheran"*

1980: Neue Deutsche Welle

Das große Missverständnis: Wenn von Neuer Deutscher Welle die Rede ist, meinen die einen Peter Hein (Fehlfarben) und die anderen Markus Mörl (Markus). Der Unterschied könnte kaum größer sein.

Hier: „Was ich haben will, das krieg ich nicht, und was ich kriegen kann, das gefällt mir nicht."

Dort: „Mein Maserati fährt zweihundertzehn, schwups, die Polizei hat's nicht gesehn."

Die Wut des Punk trifft auf die Wurstigkeit des Schlager – und die Neue Deutsche Welle verebbt in der ZDF-Hitparade.

> *Zum Weiterlesen: Jürgen Teipel, „Verschwende Deine Jugend"*
> *Zum Weiterhören: „Verschwende Deine Jugend" (Doppel-CD)*
> *Zum Weiterschauen: Benjamin Quabeck, „Verschwende deine Jugend" (mit Tom Schilling)*

1981: Hausbesetzer

Was im Großen nicht gelingt – eine Bodenreform, die Spekulanten einen Riegel vorschiebt –, funktioniert im Kleinen. Durch die Gründung von Genossenschaften und Sanierungsgesellschaften werden aus illegalen Okkupanten rechtmäßige Mieter oder gar Eigentümer.
Fast die Hälfte der eroberten Häuser in Berlin wird von ihren Besetzern am Ende gemietet, gepachtet oder gekauft. Warum verlaufen Revolutionen in Deutschland meist im Sande?

> *Zum Vorsorgen: Bausparvertrag abschließen*

1982: Michael Jackson

Es fällt schwer sich vorzustellen, dass es mal eine Zeit gab, in der Michael Jackson mit seiner MUSIK Schlagzeilen machte. Dass er, der Frontjunge der Jackson 5, als das Wunderkind der Popmusik galt.
1969 gelingt dem Elfjährigen mit „I want you back" eine der erfolgreichsten Debütsingles aller Zeiten. Drei weitere Nummer-1-Hits folgen binnen weniger Monate. Den Grund dafür nennt der Soulkenner David Ritz: „Ihr Gesang und ihre Songs machen uns glücklich. Sie schenken uns Momente eines jugendlich-wilden und unschuldigen Optimismus."
Und davon gibt es zehn Jahre später auf seinem ersten Soloalbum noch mehr. Natürlich sind die Single-Auskopplungen „Don't stop 'til you get enough", „Rock with you" und „Off the wall" (so auch der Titel der LP) fulminanter Diskotheken-

stoff, doch erst die Extraportion Euphorie macht sie zu Rauschmitteln. Niemals ist der uramerikanische Traum von der Selbstverwirklichung so überzeugt und überzeugend dargeboten worden wie von Michael Jackson. Spätestens wenn er im Video zu „Rock with you" den Moonwalk tanzt, steht fest: Dieser Mensch ist nicht von dieser Welt. Und das war damals ein Kompliment.

> *Zum Weiterhören: Michael Jackson, „Off The Wall"*

1983: Die Grünen

Anfang der 80er sieht der Arbeitsmarkt für Akademiker trist aus. Vor allem Lehrer, Soziologen und Sozialpädagogen schauen in die Röhre. Was tun, wenn die ABM-Stelle ausläuft und Taxifahren kein Lebenstraum ist?

Die Antwort: Selber Stellen schaffen. Der flächendeckende Einzug der Grünen in die Parlamente und der damit verbundene Geldregen für die Partei löst ein kleines Jobwunder aus. Plötzlich warten Hunderte von Abgeordneten-, persönliche ReferentInnen- und GeschäftsstellenleiterInnen-Posten auf die eben noch Erwerbslosen.

So werden die Grünen zur erfolgreichsten Arbeitsbeschaffungsmaßnahme der Bundesrepublik. Ihre schleichende Anpassung an das politische System ist da nur folgerichtig. Wer wollte einen derart netten, großzügigen Staat noch länger bekämpfen!

> *Zum Weiterlesen: Christian Schmidt, „Wir sind die Wahnsinnigen – Joschka Fischer und seine Frankfurter Gang"*

1984: 1984

1985 brechen die Verkaufszahlen von „1984" ein. Das Buch wird zum Fall für Nostalgiker – „Wie rührend, so stellte man sich in der fernen Vergangenheit die nahe Vergangenheit vor!" Als zeitresistenter erweist sich Orwells „Farm der Tiere". Die Botschaft der Fabel, dass Macht auch jene korrumpiert, die mit hohen Idealen antreten, wird immer wieder von der Wirklichkeit bestätigt. Siehe auch: Die Grünen.

> *Zum Weiterschauen: Terry Gilliam, „Brazil" (mit Robert DeNiro)*

1985: Boris Becker

Wir wollen Ikonen haben. Menschen, die uns vorleben, dass es auch anders geht. Dass sich Leidenschaft auszahlt. Dass man Dinge verändern kann, wenn man nur will.

Boris Becker war so ein Übermensch. Er verwandelte den Court in eine Bühne, auf der alles möglich war. Und insgeheim träumten wir davon, dass auch in unserem Leben alles möglich sein würde.

Vielleicht machen uns deshalb seine zerrüttete Ehe, seine ungewollte Vaterschaft und seine ewig gleichen Kurz- und Langzeitaffären, die stets in Sprachlosigkeit enden, heute so traurig. Denn all das Hin und Her, das Rumgeeiere, das ständige Sich-nicht-entscheiden-Können-oder-Wollen – das klingt nicht nach Ikone oder Held. Das klingt nach einem ganz normalen Mann, der mit sich selbst nichts anzufangen weiß.

> *Zum Rückblicken: „Wimbledon – A History Of The Championships" (DVD)*

1986: Der Super-GAU

Pripjat liegt drei Kilometer vom explodierten Reaktor entfernt. Im April 1986 hatte die sozialistische Vorzeigesiedlung etwa 50 000 Einwohner. Heute ist Pripjat eine Geisterstadt. Die Bauten erwecken den Eindruck, ihre Bewohner wären nur mal eben Zigaretten holen gegangen. Selbst das Riesenrad steht noch immer so da, als ginge der Rummel gleich los. Doch die Einzigen, die hier hausen, sind einige hundert Wissenschaftler, Armeeangehörige und geduldete Rückkehrer, meist ältere Menschen.

Die Bewohner Pripjats findet man seit 1988 fünfzig Kilometer östlich von Tschernobyl. In dem eilig aus dem Boden gestampften Slawutitsch. Es soll eine schöne Stadt sein.

> *Zum Nachmessen: Geigerzähler Gamma-Scout Online (Conrad Electronic)*

1987: Missionen

„Ich wär so gerne Russe", seufzt TEMPO-Chefredakteur Markus Peichl. Dann könnte man ein Heft machen, „das gäbe es gar nicht. Randvoll mit neuen Ideen, ein Protokoll der sich überstürzenden Aufbrüche in Theater, Film und Literatur. Ein kleines Rädchen in einer großen Revolution wären wir." Doch statt im aufregenden Gorbi-Reich muss Peichl in der einschläfernden Kohl-Republik ausharren.

Einer will nicht länger warten: Mathias Rust. Der 19-jährige Sportpilot setzt sich am „Tag der sowjetischen Grenztruppen"

(28. Mai) in eine Cessna und fliegt nach Moskau. Dort angekommen, muss er erfahren, dass die neue russische Lässigkeit auf dem Roten Platz endet. Rust wird wegen Verletzung des Flugraums zu vier Jahren Zwangsarbeit verurteilt. Der Verteidigungsminister und der Chef der Luftabwehr, die Rusts „Friedensmission" nicht verhinderten, werden entlassen.

> *Zum Nachspülen: Wodka Gorbatschow*

1988: Acid House

Der Mensch ist ein Gewohnheitstier. Er langweilt sich schnell, hört sich satt. Also muss er neue Musik erfinden.
Als der Blues zu dröge wird, bekommt er einen Rhythm. Das Ganze wird mit Gospel verrührt, emotional aufgeladen und heißt fortan Soul oder, in seiner roheren Spielart, Funk. Anfang der 70er nehmen sich die Produzenten Kenny Gamble und Leon Huff der Sache an und polieren den Soul auf Hochglanz. Geboren ist „The Sound of Philadelphia". Der mündet gradewegs in Disco, die zu Beginn der 80er so schnell wird, dass man sie Hi-NRG nennt. Alles zusammen, Soul, Funk, Disco und Hi-NRG, plus hier und da ein wenig Kraftwerk – fertig ist House! Für das nötige Acid sorgt dann der Roland TBR-303, ein Basscomputer, mit dem die Beats der Bassline hysterisch verzerrt werden können. Jetzt ist es nur noch ein kleiner Schritt zu Techno und seinen atonalen Maschinensounds.

Musikalisch ist damit erst mal alles ausgereizt. Um keine Langeweile aufkommen zu lassen, nehmen die Menschen mehr Drogen. Das ist einfacher, als ständig neue Musik zu erfinden.

> *Zum Weitertanzen: Atom Heart, „Acid Evolution 1988-2003"* (CD)

1989: Maueröffnung

Ein Satz aus einer Presseerklärung, vorgelesen von Günter Schabowski, Mitglied des Politbüros der SED: „Privatreisen nach dem Ausland können ohne Vorliegen von Voraussetzungen, Reisepässe und Verwandtschaftsverhältnisse beantragt werden." Damit ist der Startschuss gefallen – für Schabowski überraschend: „Ich konnte mir natürlich nicht vorstellen, dass am Abend und in der Nacht der Run auf die Mauer losgehen würde."

Doch genau das tritt ein. Nachdem sie fast dreißig Jahre haben warten müssen, machen Menschen aus Berlin (Ost) eine „Privatreise" nach Berlin (West). Ohne Vorliegen von Voraussetzungen, ohne Reisepässe, ohne Verwandtschaftsverhältnisse und sogar – und das ist nun wahrlich ungeheuerlich – ohne einen Antrag zu stellen.

> *Zum Weiterlesen: Günter Schabowski, „Das Politbüro"*

1990: Wiedervereinigung

„Ich kenne keinen, der diese Bundesrepublik geliebt hat. Doch nun, wo sie verschwinden wird, trauere ich ihr nach. Diese Republik, dieser Trümmerhaufen der Geschichte, war ein reiner Verwaltungsakt. Eine Demokratie, die als Interessenausgleich funktionierte und nie etwas anderes sein wollte. Mit Politikern, die keine Ideologien mehr kannten, sondern nur noch das Prinzip der Macht. Und damit war die Bundesrepublik der erste post-nationale Staat, in dem Emotionen und Gefühle nichts mehr zu suchen hatten, weil ein auf ein technisches Problem reduziertes Land nur ein Zahlenspiel ist.
Die Zukunft wird solchen Staaten gehören, weil nur sie die Probleme der Zukunft lösen können. Warum, zum Teufel, müssen wir uns ausgerechnet jetzt von der Zukunft verabschieden." (Hans-Georg Sausse)

> *Zum Weiterlesen: „Wir & die Wiedervereinigung" (TEMPO, April 1990)*

1991: Katerstimmung

So viel ist sicher: Das Paradies steht unmittelbar bevor. Nach dem Fall der Mauer, dem Domino-Zusammenbruch der kommunistischen Regime und dem Ende des Kalten Krieges wird ein neues Zeitalter anbrechen.
Und das bricht dann auch an. Nur irgendwie anders, als sich siegestrunkene Leitartikler dies zusammenhalluziniert haben. Volksgruppen, die es jahrzehntelang leidlich miteinander ausgehalten haben, kramen offene Rechnungen hervor und mas-

sakrieren sich gegenseitig. Größenwahnsinnige Diktatoren, die nicht länger das Gleichgewicht des Schreckens fürchten müssen, marschieren beim Nachbarn ein. Und der Terrorismus entdeckt eine neue Waffe: den Selbstmordattentäter. Verglichen damit war der Kalte Krieg wie Cowboy & Indianer spielen. Mit Schreckschusspistolen und Tomahawks aus Gummi. Aber man weiß die Dinge ja immer erst zu schätzen, wenn sie nicht mehr da sind.

> *Zum Entkatern: Gisela Allkemper / Heike Herold, „Katerfrühstück"*

1992: Gute Zeiten, schlechte Zeiten

Seifenopern sind der Beitrag des Fernsehens zur Globalisierung. Sie funktionieren immer und überall. Eine australische Serie aus den späten 70ern wird Anfang der 90er eins zu eins in Deutschland nachgedreht – und keinem fällt es auf. 230 Folgen lang werden aus „The Restless Years" „Gute Zeiten, schlechte Zeiten". Erst dann traut man sich, eigene Drehbücher zu schreiben.

Die erste deutsche Daily Soap entwickelt sich schon bald zum VW Käfer der Fließbandunterhaltung. Über 2 000 Schauspieler und 25 000 Komparsen halten RTLs Quotenmotor seitdem am Laufen. Vom Erfolg einer Jeanette Biedermann, für die mit der Serie die guten Zeiten begannen, können die meisten nur träumen.

> *Zum Einseifen: www.gzsz.de*

1993: Die 70er Jahre

Natürlich sind die 70er aufregend. Es gibt das New Hollywood, das Regisseure wie Peter Bogdanovich und Martin Scorsese und Filme wie „The Last Picture Show" („Die letzte Vorstellung") und „Mean Streets" („Hexenkessel") hervorbringt. Es gibt Roxy Music, Disco und Punk.
Und wie zu allen Zeiten gibt es Menschen, die dieser neumodische Kram nicht die Bohne interessiert. Für sie gibt es Bands wie Showaddywaddy, die den Rock'n'Roll fürs Sonntagnachmittagsradio ausweiden. Und jene, denen selbst die 50er Jahre zu modern sind, dürfen sich mit Robert Redford in die gar nicht mehr so wilden 20er beamen. „Der große Gatsby" wäre entsetzt gewesen.

> *Zum Weiterlesen: Kahn, Ashley / George-Warren, Holly / Dahl, Shawn (Joint Editors), Rolling Stone: „The Seventies" (ISBN 0-316-75914-7)*

1994: Internet

Ja, das gab es mal: Eine Zeit, in der dem aufgeklärten Szenevolk „das globale Internet" auf eine Weise erklärt werden muss, als moderiere man die Sendung mit der Maus. „E-Mail heißt: Du musst nicht durch den Regen zum Briefkasten laufen. Du kannst rund um die Uhr Post verschicken und abholen." So Peter Glaser im Magazin der Interessierten und Neugierigen, TEMPO.
Und er weiß noch Unglaublicheres zu berichten: „Der letzte Schrei ist WWW – The World Wide Web. Auf jeder Seite, die

aus Texten und Bildern gestaltet sein kann, können einzelne Wörter oder Bildteile einfach mit der Maus angeklickt werden, schon geht's weiter zu der dazugehörigen Information. Ob die eine Seite auf einem Rechner in Kanada und die nächste in Japan liegt, merkt man nicht mehr. Es ist fantastisch. Es ist die Zukunft."

Es ist sauteuer. „Freaks zahlen schon mal 2000 Mark im Monat an die Telekom."

> *Zum Abschalten: Briefe schreiben, spazieren gehen, Freunde besuchen*

1995: Easy Listening

Wenn die Erwachsenen auf jugendlich machen, bleibt den Jugendlichen nichts anderes übrig, als sich erwachsen zu geben. Zurück zu den Großeltern, um der Vereinnahmung durch die Eltern zu entgehen. Rebellion durch Restauration.

Auch musikalisch. Opas Plattenschrank wird zum Reliquienschrein. Kaempfert, Mancini, Bacharach & Co werden nicht länger geächtet, sondern verehrt. TEMPO ruft das Easy-Listening-Revival aus, und die Musikindustrie wirft dreißig Jahre alte Alben neu auf den Markt.

Wem diese zu hausbacken klingen: Ein elektronisches Soundgewand wirkt Wunder. Synthieklänge statt Streichersoße – und schon lässt sich das Ganze als Ambient, TripHop oder Lounge vermarkten. „Fahrstuhlmusik" würde Papa sagen.

> *Zum Weiterhören: Sämtliche Sampler aus der „Get Easy!"-Reihe*

1996: Späte Mütter

Früher waren Frauen nicht zu beneiden. Ihre berufliche Laufbahn endete mit der Hauswirtschaftslehre – selbst wenn sie das Zeug zur Nationalökonomin gehabt hätten. Statt selber Karriere zu machen, mussten sie ihrem Gatten ein kuscheliges Zuhause und eine warme Mahlzeit herbeizaubern, damit er nach einem ermüdenden Arbeitstag Körper und Geist erfrischen konnte. Heute haben es Frauen gut. Sie dürfen im Berufsleben mitmischen wie Männer. Kinder sollten sie dann besser nicht haben. Viel zu aufreibend. Auch sollten sie nicht erwarten, dass irgendein Hausmann sie abends bekocht, ihnen Kraft schenkt für den kommenden Tag. Vielleicht sind die Frauen von heute ja doch nicht zu beneiden.

> *Zum Weiterlesen: Susanne Gaschke, „Die Emanzipationsfalle"*

1997: Lady Di

Einst hatten Monarchen Macht über Länder und Völker. Heute haben sie nicht mal mehr die Hofschreiber im Griff. Was die englische Boulevardpresse an Indiskretionen über Diana, Charles und ihre jeweiligen Nebenbuhler verbreitet, liest sich wie ein nicht jugendfreier Adelsroman. Ein Prinz, der ein Tampon sein möchte. Eine Prinzessin, die den Reitstall nicht nur der Pferde wegen aufsucht – das vornehme Geschlecht steht plötzlich ohne Kleider da.

Und siehe da, Edelleute erweisen sich als gewöhnliche Schwerenöter. Kein Wunder, dass die Begeisterung für die Monarchie abnimmt. Wer will schon jemandem zujubeln, der genauso treulos, feige und verlogen ist wie man selbst.

> *Zum Weiterlesen: Paul Burrell (Butler in Buckingham Palace), „Im Dienste meiner Königin"*

1998: Viagra

Zwölf Euro. So viel ist Heerscharen von Männern eine einzige Erektion wert. Der Wirkstoff, der fünfzig Mal teurer ist als Gold, lässt nach seiner Markteinführung nicht nur schwächelnde Glieder, sondern auch den Aktienkurs des Pharmakonzerns Pfizer in die Höhe schießen.

Mehr noch: Eine ganze Branche profitiert von „Viagra" (Sanskrit für „Tiger"). Machten Pornodarsteller ehedem nach zwei, drei Szenen schlapp, so sind nun bis zu vier Stunden Dauerrammeln möglich. Harte Zeiten für die Hardcore-Akteure.

Auch manche Gattin erlebt ihr „Blaues Wunder". Das ursprünglich gegen Herzschwäche entwickelte Mittel macht aus zahnlosen Tigern geile Böcke – und ruiniert auf diese Weise glückliche sexlose Ehen.

> *Zum Vorspielen: Marvin Gaye, „Let's Get It On"*

1999: Sonnenfinsternis

Der Unterschied zwischen einem Ereignis und einem Event: Ein Ereignis findet statt, ein Event wird gemacht. Die Sonnenfinsternis am 11. August ist ein Ereignis, das zum Event gemacht wird. Dafür sorgen zahllose Partyveranstalter, die die Massenaufläufe der Himmelskucker mit reichlich Rambazamba verbinden.

Doch am Ende wird die große Sause getrübt. Im wörtlichen Sinn. Durch einen vielerorts verhangenen Himmel verliert das Ereignis an Wirkung. Wahrscheinlich die Rache der Natur.

> *Zum Vormerken: 3. September 2081 (nächste totale Sonnenfinsternis in Mitteleuropa)*

2000: Neuer Markt

Anders als die englische unterscheidet die deutsche Sprache zwischen „Analytikern" und „Analysten". Das leuchtet ein. Zwar geben beide Berufsgruppen vor zu „analysieren". Doch während Erstere dabei auf ein mehr oder weniger wissenschaftliches Instrumentarium zugreifen, erinnert die Arbeitsweise Letzterer an Kaffeesatzleserei.

Nur so sind die grundfalschen Analyseergebnisse zu erklären. Da werden Aktien zum Kauf empfohlen, kurz bevor sie ihre Talfahrt antreten. Und zum Verkauf wird erst dann geraten, wenn der Kurs längst eingebrochen und die Bezeichnung „Wert"-Papier blanker Hohn ist.

Dass die Finanzhäuser und Fondsgesellschaften eine so fehlerhafte Tätigkeit als „Research" – Forschung – bezeichnen, geht dennoch in Ordnung. Das Wesen der Forschung ist Versuch und Irrtum.

> *Zum Weiterzocken: Fußballwetten (mit oder ohne Schiedsrichterbeteiligung)*

2001: Elfter September

Bei den Angriffen auf das World Trade Center kommen rund 3 000 Menschen ums Leben, beim Völkermord in Ruanda Mitte der 90er mehr als zwanzig Mal so viel. Dennoch hat das Abschlachten in Afrika die Bewohner der Ersten Welt kälter gelassen als der Anschlag in Amerika.

Woran das liegt? Daran, dass viele von uns schon mal im World Trade Center waren, in Ruanda hingegen nicht? Oder eher daran, dass wir überzeugt davon waren, Massaker wären typisch für die Dritte Welt, und jetzt darüber staunen, dass Massenmörder sich nicht dafür interessieren, was wir für typisch halten?

> *Zum Weiterschauen: Spike Lee, „25 Stunden" (mit Edward Norton)*

2002: Die Flut

Dass Natur Gewalt ausüben kann, muss Edmund Stoiber wenige Wochen vor der Bundestagswahl erfahren. Der bayrische Ministerpräsident wähnt sich schon im Kanzleramt, als die Überschwemmungen im Osten Deutschlands die Stimmung kippen lassen. Während Gerhard Schröder in die Notstandsgebiete eilt, dort mediengerecht mit anpackt und schnelle Hilfe verspricht, taucht Stoiber unter. Am Ende bleibt Schröder Kanzler, und Stoiber ist so frustriert, dass er drei Jahre später, im Bundestagswahlkampf 2005 gegen die Ostdeutschen – „die Frustrierten" – wettert. Vergeblich. Kanzlerin wird eine Ostdeutsche.

> *Zum Weiterhören: „Das Beste von Franz-Josef Strauß" (CD)*

2003: Klimawandel

Nach dem verregneten Sommer 1974 fragte Rudi Carrell: „Wann wird's mal wieder richtig Sommer?" Die Frage kann schon 1975 positiv beantwortet werden. Seitdem gibt es richtige Sommer en masse. Sie dauern sogar länger als früher. 25 Grad im Oktober sind nichts Außergewöhnliches mehr. Das freut die Winzer und beunruhigt die Klimaforscher. Und überhaupt, wer hat eigentlich noch Lust, bei 13 Grad und Regen auf dem Weihnachtsmarkt Glühwein zu trinken?

> *Zum Vorbeugen: Delial Plus Vitamin-Sonnenmilch (Lichtschutzfaktor 12)*

Nachweise

- S. 50: Lied *Eviva España*, Text: Leo Rozenstraten/Hans Bradtke
- S. 83: Lied *Verschwende deine Jugend* (DAF), Text: Gabi Delgado-Lopez, Wintrup Musikverlage
- S. 84: Lied *Verlieb dich in mich* (DAF), Text: Gabi Delgado-Lopez, Wintrup Musikverlage
- S. 93: Lied *Sommersprossen* (UKW), Text: Peter Hubert, Miau Musikverlag GmbH
- S. 170: Sprechpassage aus Lied *Tränen lügen nicht*, Text: Michael Holm, Accord Edition Musikverlag GmbH
- S. 171: Lied *Wunder gibt es immer wieder*, Text: Günter Loose, Edition Intro Meisel

:-(„Schade, schon zu Ende",
haben Sie jetzt bestimmt gedacht.
Aber keine Sorge, es gibt doch noch mehr
kurzweilige Bücher aus dem Solibro Verlag :-)

»Macht man bei der Zubereitung des Kugelfisches etwas falsch, ist der giftig und sorgt dafür, dass sich zügig die Himmelspforten öffnen.«

Helge Sobik: *Urlaubslandsleute
... jede Menge Vorurteile für die Reise*
Solibro Verlag 3. A. 2010 [2006]
ISBN: 978-3-932927-30-0
TB; 128 S.

Helge Sobik: *Urlaubslandsleute 2
... noch mehr Vorurteile für die Reise*
Solibro Verlag 2007
ISBN 978-3932927-34-8
TB; 128 S.

»Ausgesprochen amüsant – das ist pures Lesevergnügen.«

Augsburger Allgem.

»Führt die gängigen Verallgemeinerungen ad absurdum.«

NDR 1

»... überaus vergnügliche(s) Satire-Büchlein, das jene Klischees pflegt, vor denen wir unsere Kinder immer gewarnt haben.«

Welt am Sonntag

mehr Infos & Leseproben:
www.solibro.de

Sparen Sie sich den Therapeuten!

Hilfe naht:

Helge Timmerberg:
Timmerbergs Single-ABC
Timmerbergs Beziehungs-ABC
Münster: Solibro Verlag 2007
Doppelband [Timmerbergs ABC, Bd. 3+4] ISBN 978-3-932927-35-5
Klappenbroschur, 224 S.

Wenn Sie die hier aufgetischte Ehrlichkeit in Sachen Lust und Leid von Paar und Single auf sich wirken lassen, ist das die halbe Miete auf dem Weg zum Glück!
Und für den Rest sorgt
Helge Timmerbergs
Humor: steinerweichend, kompromisslos, frech.
Und da sage noch einer, es gebe keine Hoffnung.

mehr **Infos** & **Leseproben:**
www.solibro.de

*Die Fitness-Parodie.
Trainiert Gehirn und Zwerchfell.*

Lassen auch Sie sich für ein neues Fitness-Programm begeistern, das einzigartig ist: leicht zu lernen, jederzeit anwendbar und ganz ohne lästige Stöcke!

Wer eine Technik sucht, mit der man **wirklich schnell Gewicht reduzieren** kann, muss leider weitersuchen. Für alle anderen heißt es jetzt ganz entspannt: Let's go!

Peter Walker • Nancy Spinner:
Going. Schritt für Schritt zur Wahnsinns-Power!
Münster: Solibro Verlag 2007
ISBN 978-3-932927-38-6
Klappenbroschur, 250 Farbfotos., 96 S.

mehr **Infos** & **Leseproben:**
www.solibro.de

»Lakonisch, eindringlich, messerscharf: Hans-Hermann Sprado dürfte mit ‚Tod auf der Fashion Week' schwer in Mode kommen.«

      Frank Schätzing (Der Schwarm)

Der Tod eines Supermodels während der New Yorker Fashion Week und eine Serie mysteriöser Morde an Prominenten rufen den deutschen Reporter Mike Mammen auf den Plan.

Nach *Risse im Ruhm* recherchiert Mammen nun in der Glitzerwelt des internationalen Fashion Business. Er stößt dabei auf die tragische Liebesgeschichte eines Supermodels und verstörende Voodoo-Rituale.

Hans-Hermann Sprado:
Tod auf der Fashion Week. Roman.
Münster: Solibro Verlag 2007,
ISBN 978-3-932927-39-3
Gb mit Schutzumschlag, 384 S.

mehr Infos & Leseproben:
www.solibro.de

»Ich gehe nicht über Leichen,
 aber über Leichtverletzte, das schon.«

»Mir graut vor der Wohlfühlgesellschaft, ich fordere noch immer vehemente Gefühle, will noch immer zittern vor Glück, wenn eine Aufregung hinter mir liegt. Das gnädige Schicksal des Frühgeborenen, der vor der Erfindung der Virtualität auf die Welt kam, das ist das meine. Und all jener, die ihr Recht auf ein eigenständiges, eigenwilliges Leben nicht verraten haben. Ihnen ist dieses Buch gewidmet.«

Andreas Altmann

Andreas Altmann: *Getrieben.*
Stories aus der weiten wilden Welt.
Münster: Solibro Verlag 2005
ISBN 978-3-932927-25-6
Gb mit Schutzumschlag, 208 S.

mehr Infos & Leseproben:
www.solibro.de

»Ein Breitmaul-Nashorn streichelt man so:
man schlägt es. Was wir streicheln nennen, spürt es
leider nicht. Wichtig: mit der flachen Hand schlagen.«

»Seine zoologischen Kunststücke über den Killer-Strauß, den besoffenen Elefanten Hussein oder Zoowärter Toni sind urkomisch und so lehrreich wie Baron Münchhausens Abenteuer.«

Amica

Helge Timmerberg • Frank Zauritz:
Timmerbergs Tierleben.
Münster: Solibro Verlag, 2. A. 2006 [2005]
ISBN 978-3-932927-28-7, Klappenbroschur, 53 Farbfotos, 144 S.

mehr Infos & Leseproben:
www.solibro.de

Das erste Buch für Männer, die sich mit Zicken einlassen. Und für Frauen, die unter Zicken leiden.

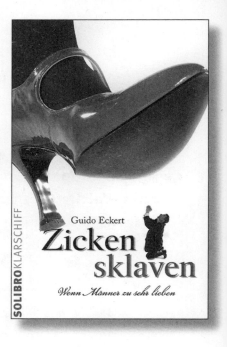

Erstmals erklärt ein Buch, was genau in den Köpfen von Zicken vorgeht. Jenen Wesen, die mehr und mehr zum dominanten Ideal moderner Weiblichkeit werden – und in so mancher (Männer-)Seele Spuren der Verwüstung hinterlassen.

Es wurde Zeit für ein Buch, das das Weltbild und die Strategien moderner Zicken entlarvt.

Karrierefrau als Schönheitsideal, Kalte Sexualität oder *Schleichende Unterwerfung des Mannes* sind nur einige brisante Aspekte, die dieses Buch beleuchtet.

Guido Eckert:
Zickensklaven.
Wenn Männer zu sehr lieben.
Münster: Solibro Verlag 2009
[Klarschiff Bd. 1]
ISBN 978-3-932927-43-0
Broschur • 256 Seiten

mehr **Infos** & **Leseproben:**
www.solibro.de

Der erste Ratgeber, der zeigt, dass Weisheit erlernbar ist.

Eine weit verbreitete Ansicht geht davon aus, dass Weisheit etwas sei, das sich zwar mühsam, aber automatisch mit zunehmendem Alter einstelle. Diese Ansicht ist in zweierlei Hinsicht falsch.

Zum einen ist nicht jeder Greis zwangsläufig weise. Und zum anderen lässt sich Weisheit kultivieren und auch schon in jüngeren Jahren praktizieren.

Dieses Buch zeigt konkret, welche Blockaden im Denken gelöst werden müssen, um weise zu werden. In 10 Schritten. Ohne Vorkenntnisse, für jeden Bildungsgrad.

Guido Eckert:
Der Verstand ist ein durchtriebener Schuft. Wie Sie garantiert weise werden
Münster: Solibro Verlag 2010
[Klarschiff Bd. 3]
ISBN 978-3-932927-47-8
Broschur • 256 Seiten

mehr Infos & Leseproben:
www.solibro.de

TEXTE VON WELT
KURZGESCHICHTEN VON STEFAN SCHWARZ

Stefan Schwarz
»War das jetzt schon Sex?«
9,90 Euro
ISBN 978-3-937088-00-6

Stefan Schwarz
»Die Kunst, als Mann
beachtet zu werden«
9,90 Euro
ISBN 978-3-937088-02-0

Stefan Schwarz
»Ich kann nicht, wenn die
Katze zuschaut«
9,90 Euro
ISBN 978-3-937088-06-8

MANN IN NOT
Die Familie ist das letzte Abenteuer der Menschheit, meint der Autor. Er kennt sich aus im Langzeitbeziehungsdeutsch und berichtet höchst amüsant von seinen Selbstbehauptungsversuchen als Mann, Vater und erwachsener Sohn.

»Absolut vergnüglich.«

(Freie Presse)

»Da lacht das Publikum
im innigen Einverständnis.«

(Deutschlandfunk)

seitenstraßen|verlag